KB001711

협궤열차

* 이 도서의 국립중앙도서관 출판시도서목록(CIP)은 서지정보유통지원시스템 홈페이지(http://seoji.
nl.go.kr)와 국가자료공동목록시스템(http://www.nl.go.kr/kolisnet)에서 이용하실 수 있습니다.
(CIP제어번호: CIP2016018493)

협궤열차

윤후명 소설

은행나무

차례

소금창고

나는 그림을 그린다. 오랜 시간 저쪽의 협궤열차. 그 그림은 바다와 염전과 그 사이로 놓인 철로로 이루어졌다. 혹은 철로도 어디로 가고 염전과 소금창고뿐, 남은 땅에는 나문재 군락. 막상 열차 자체는 없는 것이다. 열차가 달리지 않는, 멈춘 공간이다. 나는 그림을 그려 디지털카메라에 담았다. 짧은 나들이에 그것이 유일한 준비라고 여겼다. 그래서 서툰 그림이나마 밤새 그리지 않을 수 없었다. 은색의 염전과 울트라마린 블루의 바다는 실제와는 다른 색깔이겠지만, 또한 그렇게 칠해져야만 했다. 그리하여 나는 현실과 과거의 공간 속에 숨을 쉴 수가 있을 것 같았다.

협궤열차 주변을 돌아보는 행사에 초청을 받고 나는 아득한 느낌뿐이었다. 그러죠, 협궤(狹軌)! 나는 속으로 말했다. 협궤열차, 그것은 오래전의 추억 속으로 나를 끌고 들어가는 견인차였다. 그러나 나는 언제부터인가 자주 추억을 들먹이는 나를 발견하고 여간 못마땅한 게 아니었다. 나이 먹은 자의 놀이공간이 어느덧 추억이 되면서 인생은 볼 장 다 본 게임, 이른바 파장. 그러나 자꾸만 그렇게 되는 게 어쩔 수 없는 노릇이었다. 협궤열차의 흔적을 찾아가는 데 도움말도 할 겸 참석해달라는 초청 전화를 받고 나는 망설임 없이 응낙했다. 내게는 지난 한 시절이 실려 있는 열차. 이제는 없어진 그 흔적을 더듬어보는 여행 상품이 나왔다는 소식을 얼마 전 신문 한 귀퉁이에서 보았을 때부터 그거 한번 따라가봐야겠다, 했었다. 매사에 도무지 실천성이 떨어져도 한참 떨어지는 나로서는 막막한 계획이었다. 그런데 그날이 제 발로 왔다.

초청합니다. 협궤열차가 지나가는 몇 도시의 사람들이 단체를 만들어 행사를 갖는다는 것이었다. 인천, 시흥, 안산, 화성, 수원이 그 도시들이었다. 초청을 받자마자, 또 선거철이 되어 급조된 무슨 모임인가, 하는 불순한 생각이 드는 것을 어쩔 수 없었다. 그야 내 생각이 불순할 수도 있었다. 그러나 선거와 모임은 늘 그래온 것이 사실이었다. 어쨌거나 상관없었다.

버스가 출발한 것은 인천의 동막에서였다. 몇십 년 전에 왔던 곳이라는 것밖에는 아무것도 낯익은 구석이 없었다. 나 자신 그때 누구와 함께 왔는지, 무얼 했는지는 머릿속에서 지워져 있었다. 하지만 나는 동막이라는 지명을 기억하고 있었다. 우리나라 곳곳에 있는 흔한 지명이기도 했다. 시인 함민복이 사는 강화도 동막도 있었고, 영화 제목 〈웰컴 투 동막골〉을 붙인 음식점이 있는 경기도 팔당 근처 동막골도 있었다.

인천에서부터 협궤열차가 달리던 곳을 찾아가는 짧은 여행이지만, 내게는 소중한 시간이었다. 이제는 사라진 협궤열차를 아는 이들은 많지 않을 것이다. 인천과 수원 사이에 놓여졌던, 좁은 궤도의 수인선 열차. 기우뚱거리며 저물녘 외로운 바닷가를 달려가던 흐린 불빛. 안산에서 그 꼬마 열차를 타던 시절이 새삼 그리웠다. 무엇이라도 예전을 회상케 해주는 실마리가 있었으면 싶었다. 모든 것이 변해버렸다는 말을 들은 지 오래전이었다. 간이역이나 기찻길은 물론 없어도 어느 구석에 철도 침목이라도 남아 있다면. 그러나 아무것도 눈에 띄지 않았다. 황량했던 바닷가는 온통 개발이라는 이름으로 고층 아파트와 상가가 들어차 있었다. 어디가 어디인지 감조차 잡을 수 없었다. 나문재가 다부룩히 우거져 가을 보랏빛을 깊게 하던 땅은 어디였을까.

점심때가 되어 도착한 오이도(烏耳島)는 전혀 다른 곳이었다. 조개껍데기들이 깔린 고갯길을 넘어와 밟았던 백사장은 흔적조차 없었다. 횟집이며 방파제며 선착장이며 눈에 보이는 모든 것은 온통 시멘트 투성이였다. 안산을 떠나오고 나서 시화호가 여러 가지 문제로 매스컴에 오르내렸었다. 물이 썩어간다는 게 가장 큰 문제였다. 바다를 막아 만든 호수인 시화호가 완공될 무렵 나는 안산을 떠났다. 그리고 나중에 전철이 연장되어 오이도역이라는 종점까지 생겼다고 했을 때는, 멀리서 그저 놀라웠을 따름이었다.

포구도 없어졌고, 염전도 없어졌다. 옛 풍경들도 모두 변했다. 내가 헤매 다니던 그곳이라고 여기기 힘들었다. 그 공간 속에서 나는 꽤 오랫동안 내 사십 대의 시절을 보냈다. 그리고 험난한 술 속에서도 글을 놓지 않았었다. 내가 썼던 글을 빌미로 찾아가본 그곳의 변화를 직접 보고 확인하는 일은 서글프고도 어지러운 노릇이었다. 기억을 더듬어볼 만한 곳은 어디에도 없었다.

"어디쯤 무인도가 있었는데요."

나는 인솔자에게 말을 건넸다. 예상보다 훨씬 더 변한 환경에 나는 하나의 무인도를 떠올려보고 있었다. 포구에서 새벽 배를 타고 간 작은 무인도였다. 그저 하루 소풍 삼아 별 기대도 없이 찾아간 곳이었다. 그런데 꼭대기로 올라가자 제법 너른 평지가 펼쳐지고, 주황색 원추리꽃이 가득 피어 있었다. 그런 원추리밭을 본 적이 없었다. 무인도라는 고립의 느낌과 함께, 밝고 환한 모습이면서 고즈넉하기도 했다. 원추리를 안 것은 어릴 적부터였다. 어머니가 집 안 한구석에 심어놓고 이른 봄이면 나물로 뜯어 상에 올려놓고 했었다. 그러나 꽃을 인상적으로 본 것은 훨씬 뒤 그날 무인도에 가서였다. 원추리의 한자어인 훤초(萱草)가 근심을 없애준다는 뜻을 간직하고 있다는 것도 그러고 나서 알았다. 그 무렵 친구 시인 박정만이 저세상으로 갔던 사실과 어떤 연관이 지어져 문득 슬픔을 씻어준다고 받아들였던 것도 같다.

"그 무인도, 시화호 호수 가운데 아직 있습니다."

뜻밖의 대답이었다. 나는 놀랐다. 상전벽해의 변화 속에 외로운 섬은 어떻게 남아 있을 수 있었을까. 내가 그곳에 살았던 사실을 섬의 원추리꽃은 증명해줄 것이었다. 언제 섬에 다시 한 번 가서 원추리 가득 핀 풍경 속에 서보았으면 하는 마음에 어디쯤일까 눈을 들어보았으나, 쉽게 가늠할 수 없었다. 시화

호 언저리에서 공룡들이 살았던 흔적을 발견하여 보존하고 개
발한다는 소식도 들은 터라, 섬이 다시금 신비하게 다가오기
도 했다. 섬이 남아 있다는 말은 기가 죽어 있는 내게 한 줄기
희망이었다.

그제야 나는 카메라에 넣어온 그림을 열어 보았다. 어디에
도 없는 옛 공간이었다. 아니, 예전에도 그것과는 달랐을까. 하
지만 호수 가운데 어딘가 남아 있는 섬에서 아직 살아 있는 과
거를 느꼈듯이 그것은 살아 있는 풍경임에는 틀림없었다. 은
색의 염전에는 흰 소금도 한 무더기 그려져 있다. 푸른 바다는
물결이 넘실거린다. 나문재 군락은 진초록이 붉게 뭉그러지며
뚝, 뚝, 뚝, 점 찍혀 있다.

"무슨 사진이에요?"

누군가가 가까이 와서 물었다. 인터넷에 행사가 있다기에
신청을 해서 따라왔다고 소개하던 여자였다.

"사진이 아니라, 그림."

"그림요?"

"협궤열차 그림이지요."

내 말에 여자는 카메라 화면 쪽으로 눈길을 쏟았다. 보여달
라는 말이 강하게 전달되어 왔다. 나는 공연히 털어놓았구나

싶었다. 더 이상 설명하기도 어려웠다. 설명한다 해도 여자에게는 무의미할 것이었다. '협궤열차 그림'이라곤 했지만, 말했다시피 그림에 막상 열차는 그려져 있지 않았다. 그림을 보여주자면 그때의 내 상황을, 내 마음을 함께 알려주어야 한다. 쉬운 일이 아니었고, 그럴 까닭도 없었다. 때마침 행사 주최 측의 지역문화 전공 박사라는 젊은 남자가 오이도에 대해서 설명하고 있어서, 나는 나중에 보여주겠다는 시늉으로 여자의 요구를 모면했다.

"이곳은 조개 위에 있는 섬이라고 보면 되겠습니다."

사람들 몇몇이 주위를 둘러보았다. '조개 위에 있는 섬'이라는 말이 느닷없게 들린 표정들이었다. 나는 그가 말하고자 하는 취지를 알고 있었다. 그는 선사시대의 조개무지들이 발견된 역사적 사실부터 시작하여 지금도 많은 주민들이 조개를 캐거나 팔아 살아가는 터전임을 차근차근 이야기했다. 아닌 게 아니라 앞쪽의 식당에는 여기저기 흰 바탕에 붉은 글씨 '바지락 칼국수'와 '조개 구이' 깃발들이 늘어져 있었다. 그토록 깡그리 변했는데 여전히 갯벌에서 조개를 캔다는 사실은 반가웠다.

오이도는 처음 내가 왔을 무렵에도 섬이 아니었다. 버스에서 내려 동네를 가로지르면 고갯길이 나오고, 그 너머가 곧 바닷가였다. 그렇다면 버스를 타고 오는 동안 넓게 펼쳐져 있는 염전 어디쯤인가를 물목으로 짚어볼 수 있을 것이었다. 오래 전에는 바닷물이 들어왔던 듯싶었다. 그러면 섬 이름 오이도 의 '오이(烏耳)'는 무엇인가. 그는 스스로 질문을 던지고, 까마 귀 귀라는 풀이가 된다고 덧붙였다. 까마귀도 귀가 있냐? 옆의 한 여자가 그 옆의 여자에게 들릴락 말락 물었다. 왜 없겠어. 여자들의 소곤거림과는 상관없이 남자가 누구 까마귀 귀를 본 사람 있느냐고 일행을 둘러보았다. 아무도 대답이 없었다. 조 금 뒤 계속된 그의 말에 따르면 섬의 본래 이름은 '오질이도 (烏叱耳島)'로서, 사실 자기도 아직 확실한 뜻풀이는 하지 못하 고 있다고 고백했다. 흥미를 가지고 듣고 있던 나는 싱거운 결 론 아닌 결론에 맥이 빠졌다. '오이도에는 오이가 없다'라는 썰 렁 우스개와 뭐가 다를까 싶었다. 그러나 그의 말을 들으면서 '까마귀'는 새를 뜻하기보다 '검다'를 뜻한다는 생각이 얼핏 들 었다. '검'과 '곰'은 우리 지명에 흔하게 쓰이는 것이기도 했다. 하지만 나도 확신을 가지지 못한 만큼 입을 다물고 있었다. 그 대신 나는 언젠가 저물녘 거기 왔다가 갯벌 가운데에서 난데 없이 황소가 나타나는 통에 무척 놀랐었다고 혼잣말처럼 우물 거렸다.

"아, 예. 독특한 광경이죠."

그는 '갯벌 황소'에 대해 잘 알고 있는 모양이었다. 누구에게는 특별한 추억이 다른 누구에게는 평범한 일상이 되는 것이었다. 그러나 그에게 아무리 일상이었다 하더라도 내게는 예나 지금이나 하나의 충격이었다. 황소 대신 고래였더라도 그보다 덜했으면 덜했지 더하지는 않았으리라. 해는 기울어 어둑어둑한데, 문득 뒤돌아보니 웬 황소가 바다를 등지고 눈앞을 가로막고 있다고 상상해보라. 아니, 바다를 등지고 있는 게 아니라 바다를 끌고 있는, 아니, 바다에서 마악 나온 황소였다. 밀물이 스르윽스르윽 밀려오고 있었다. 그 짐승은 황소가 아니라 세상에는 없는 무슨 괴수였다. 황소가 먼 바다를 헤엄쳐 왔을 리는 없다는 판단 다음에, 내 머리에는 섬광처럼 어떤 상상이 휙 선을 긋고 지나갔다. 전혀 관계가 없다는 전제를 앞세운 그 상상은 뜬금없이 진화에 대한 어떤 것이었다. 방금 짐승은 물고기에서 진화하여 내게 나타났다. 어이없는, 지나친, 뜬금없는 상상에 나 자신 고개를 저었지만, 요컨대 내가 그만큼 놀랐음은 충분히 표현되었다고 믿는다. 우리나라에 없는 짐승이라면 덜했으리라, 왠지 그런 생각이 뒤따랐다. 갯벌에서 낙타나 코끼리가 나타나면 그래도 덜 생뚱한 광경? 모를 일이었다. 어찌됐든 나중에 이중섭이 그린 황소를 다시 보며 내가 본 갯벌 황소를 그렸다고 여긴 건 또 무슨 조화였을까.

"황소는 헤엄을 잘 쳐요. 갑작스런 밀물 때 아주 잘 대처해요. 타이어를 잘라 썰매처럼 만들어 끌게 하고 갯벌에 많이들 들어갔죠. 조개를 캐고 게를 잡았지요."

그는 한마디로 정리해주었다. 갯벌 작업에 쓰이는 도구들과 수확물을 운반하는 데 안성맞춤이라는 말이었다. 나도 처음 보고 놀란 바로 뒤에 모든 걸 알았었다. 하지만 어디까지나 나는 처음 순간을 지워버릴 수 없는 것이다. 단순히 조개를 캐는 데 동원된 황소가 아니었다. 갯벌을 뚜벅뚜벅 걸어 나와서 우람한 대가리를 내 앞에 들이미는 모습은 상상의 동물, 신화의 동물일 수밖에 없었다. 얼마 지나 전남의 미황사에 갔는데, 옛날 절을 세울 때 황소가 배를 타고 나타났기에 절 이름이 미황사로 되었다는 유래를 들으면서, 다시금 갯벌 황소가 머리에서 떠나지 않았다.

그가 싱거운 결론을 내고 물러나서 이제 점심시간인가 했지만 아니었다. 이어서 특별히 모셨다는 소개와 함께 조개를 연구한다는 사람이 앞으로 나섰다. 앞사람의 '조개 위에 있는 섬'과 관련지어 무슨 말인가 곁들일 모양이었다. 정년으로 대학교수를 퇴임했다는 남자로서, 전공은 아니어도 조개에 대해 연구를 좀 했다면서, 일본에는 조개 연구 단체가 있건만 우리나라에는 없는 현실이 안타깝다고 말문을 열었다. 여러 가지 많은 병원균을 조개가 옮기고 있다는 점에서 특히 그렇다고 했다. 그는 해마다 여름이면 사람 몇이 죽곤 하는 비브리오 패혈증을 '그건 하나의 예'일 뿐이라고 강조했다. 그 밖에 규명이 되지 않은 많은 병원균이 있는 조개에 대해 너무 소홀히 다루고 있다고 그는 혀를 찼다. 뜬금없이 웬 방역 강의냐고 나야말로 혀를 차지 않을 수 없었다. 그러나 그의 말에서 새롭게 알게 된 지식 때문에 어느 만큼 솔깃한 구석도 없지는 않았다.

"우리가 흔히 말하는 조개란 이매패(二枚貝)입니다. 두 장의 껍데기가 있는 거지요. 이와 달리 소라나 고둥이나 전복같이 하나의 껍데기가 돌돌 말려 있는 형태는 권패(卷貝)라고 하긴 하지만 엄밀하게 말해 연체동물 중 복족류(復足類)입니다. 달팽이도 여기에 듭니다."

그가 허공을 칠판 삼아 손가락으로 써 보이는 이매패, 권패, 복족류 등 한자를 머릿속에 되살리는 재미로 나는 지루함을 견뎠다. 그가 아무리 써 보여도 모르는 사람은 모르고, 안 써 보여도 아는 사람은 알 거라는 생각이 들자, 세상 모든 이치처럼 여겨졌다. 이매패니 복족류니 하는 용어는 처음 들었다. 또한 소라든 고둥이든 다 조개인 줄로만 알고 있었다. 하기야 달팽이를 조개라고 할 수는 없었다. 그의 결론은, 조개를 좀 더 잘 알아 우리 생활에 보탬이 되도록 해야겠다는 소박하고 건설적인 것이었다. 마냥 길게 이어나갈까봐 걱정이었으나, 짧게 끝낼 줄 아는 사람이어서 고마웠다.

조개 강의가 끝나자 점심 예약에 맞추려고 선착장을 한 바퀴 돌아보는 순서였다. 누군가가 노점에서 삶아 파는 다슬기를 사다주었다. 어렸을 적에도 사서 쪽쪽 빨아먹던 기억이 있는 민물고둥이었다. 잘 빨리라고 뒤꽁무니를 펜치로 자른 것은 역시 옛날 그대로였다. 언젠가 고갯길을 넘어와 여기 어디쯤에서 동죽조개 칼국수를 허겁지겁 맛있게 먹었었다. 동죽조개를 처음 배운 날이기도 했다. 시장에서 조갯살을 발라 비닐봉지에 담아 파는 그 조개. 그러니까 껍데기를 처음 본 것이었다. 그런데 그때 누군가와 함께였던 건 분명하건만 그게 누군지는 가뭇했다. 도통 떠오르지를 않았다. 여자였다는 생각도 확실치가 않았다. 누군가 그때는 소중한 사람이었음은 알 것 같았다. 아무렴, 조개 칼국수보다 소중하지 않은 사람이 어디 있으랴. 그런데도 그 누군지가 떠오르지를 않았다. 나 스스로에게 실망하지 않을 수 없었다. 혐오스럽기까지 했다. 나라는 인간은 옛 조개 칼국수는 알뜰하게 기억해도 동행인은 기억하지 못한다.

어쩌면 조개 칼국수를 다시 먹게 되는 순간, 그때의 기억이 새삼스러워지며 동행인의 얼굴이 드러날 수도 있을 것이다. 흔히 그렇기도 했다. 기억을 되살리기 위해서는 실마리가 필요하다. 조개 이야기를 많이 했으니, 으레 그런 종류의 점심이 마련되어 있을 터였다. 한 그릇 조개 칼국수를 먹으며 은인자중 기를 모아 '누구였을까'를 굴릴 일밖에 없었다. 그러나 선착장을 돌아 다시 버스를 타고 간 음식점은 돌솥비빔밥을 내세운 집이었다. 점심도 먹고 또 내 말도 들을 만한 자리를 가진 집을 찾은 결과라고 했다. 실망하기는 했으나, 조개에서 벗어날 계기는 되리라 싶었다. 나는 우르르 입구 쪽으로 몰려 들어가는 사람들 틈에 섞였다. 음식점으로 들어가 신발을 벗으려는데 아까의 여자가 다가와 물었다.

"그리신 그림에 소금창고도 있나요?"

느닷없는 질문이었다. 거북살스러웠다.

"아, 예."

나는 간단히 대답했다. 내 그림에는 소금창고가 없었다. 그

릴까 말까 망설이던 순간이 되짚어졌다. 협궤열차의 공간을 설정하는 데 소금창고가 없어서는 안 된다. 더군다나 염전이 있는 이상 당연히 있어야 한다. 나는 소금창고를 좋아했다. 높다란 지붕 아래, 세월에 찌든 낡은 목조 건물은 소금을 저장하기 위한 게 아니라 시간을 저장하기 위한 곳간 같았다. 시간을 어떻게, 왜? 어쨌든 순간이 마지막 휘발되기 전에 갈피지어 차곡차곡 쟁여둠으로써 추억을 발효시킨다. 소금창고에는, 기억을 갈무리하듯 시간을 갈무리하는 곡두라도 살고 있다고 믿고 싶었다. 그래서 그 옆을 지나갈 때면 어둠 속에서 지난 일들을 들려주는 두런거림이 들려오는 것만 같았다. 남에게는 들리지 않는 말을 자기만 듣는 것이 사랑이었다. 내 사랑은 소금창고 속 소금처럼 어둡고 숨겨진 장소에 깃들어 새로운 숨결을 기다리고 있어야 했다.

나는 돌솥비빔밥을 먹는 방법대로 눌은밥 만드는 것도 마다하고 나물을 뒤적거리며 옛 소금창고 속에 갇혀 있는 기분이 되었다. 갑자기 나타난 여자 때문이었다. 아니다. 여자는 단지 호기심을 보인 데 지나지 않는다. 나 자신 애초부터 응어리진 감정이 있었다.

그럼에도 불구하고 나는 왜 소금창고를 그리지 못했는가.

안산에 마련했던 보금자리인 아파트를 잃고 헤맬 때, 마지막 생각해낸 것이 소금창고였다. 거기 나무침대라도 하나 들여놓고 살 방법이 없을까. 서울의 대학로 옆에서 보았던 카페 '소금창고'에서 연상된 사치는 조금도 없었다. 한 여자의 벌거벗은 뒷모습이 무릎을 꿇고, 바구니 가득 담긴 흰 카라꽃을 안듯 하고 있는 그림 복제가 걸려 있었던가. 무슨 그림일까. 멕시코 화가, 프리다 칼로의 남편인 리베라가 그린 그녀의 모습. 카페를 전전하던 시절이라 다른 카페라고 해도 어쩔 수 없겠는데, 도무지 어울리지 않는 소금창고와 프리다 칼로를 같이 연결 짓는 관념은 거기서 비롯되었는지 모를 일이다. 그 뒤로 나는 틈만 나면 버스를 타고 가서 소금창고를 기웃거리곤 했다.

이윽고 점심시간이 끝나고 내 차례가 되었다. 앉은 그대로 좀 더 좁혀 앉아 자연스럽게 이야기를 나누자는 것이었다.

"아까 오이도에서 오는 길에 옥구공원 푯말을 봤어요. 언젠가 거기 간 적이 떠올랐습니다. 그 언저리에 너른 염전이 펼쳐져 있고 소금창고가 웅기중기 서 있었지요."

나는 소금창고를 이야기하고 있었다. 옥구공원이 아니라 정왕동으로 기억하고 있는 그곳은 바닷가의 매부리 모양 솟은 산 아래 염전 사람들이 살던 마을 자리였다. 일본 식민지시대

에 소금을 실어 가느라 만들었다는 염전 마을이 아니라, 과장
하면 오래전 삼국시대에 오이도가 오질이도로 불릴 때 수자리
하러 온 병졸들이 아직도 머물러 살고 있는 마을 같았다. 산기
슭에 철조망이 둘러쳐 있고, 염전이 거의 문을 닫으면서 사람
들이 어디론가 떠나 마을이 여간 으스스하지 않았다. 언제나
어울려 다니던 L과 P가 응당 옆에 있었으나, 나는 혼자처럼 걸
어 들어갔다. 일몰 후에는 드나들면 안 된다는 표지가 있는 곳
이었다. 갯고랑을 따라 간첩들이 드나든다는 얘기도 있던 시
절, 그 유령동네 같은 곳에서 아주 난처한 일을 당한 적이 있
었다. 군인들에게 검문을 받고 끌려갈 뻔한 것이다⋯⋯

　나는 말하기보다 그때를 회상하느라 머리가 어지러웠다. 으
스스한 마을로 들어서자, 어 여기가 어디지? 하는 느낌은 틀
림없이 예전에 와봤던 곳이라는 그것이었다. 퍼뜩 기시감이라
는 판단으로 나는 방어막을 쳤다. 어정쩡한 태도로 나는 마을
과 나 사이에서 냉정해져야 한다고 타일렀다. 기시감이라니?
나는 그 말 자체가 못마땅했다. 데자뷔라는 외래어도 싫기는
마찬가지였다. 이에 대해 누군가는 뇌의 기억중추가 일으키는
병적 현상이라고 설명했다. 이래도 저래도 싫은 감정이었다.
기시감이란 어떻게 자기 자신이 버림받느냐를 바라보는 시험

대였다. 양철지붕이 바닷바람에 삐거덕거렸다. 군데군데 시멘트가 떨어진 벽, 찢어진 비닐막이 처진 창문, 기우뚱 기울어진 굴뚝…… 이런 것들은 사실 낙후된 마을 어디엔가 있음 직한 것이었다. 그 가운데 소금창고만이 괴물처럼 우뚝 서 있었다. 공룡도 그런 흉물스러운 공룡은 없었다.

"기분 나쁜 동넨데."

L의 말이었다. P도 옆에 있어야 할 텐데 그의 모습은 보이지 않았다. 어디 마을 구판장이라도 발견해서 막걸리를 들이켜는지 몰랐다.

"왜 그렇지?"

"페스트라도 지나간 거 같애."

"페스트? 흑사병?"

그의 표정은 나중에도 잊히지 않을 정도로 흐려 보였다. 그가 말하는 바도 일리는 있었다. 페스트든 흑사병이든 우리가 겪어보지 못한 병인데 어떻게 아느냐고 들이대려던 마음도 금세 숙어들었다. 그 즉시 나 자신 그의 말에 공감하고 있었던 것이다.

그러자 L도 P도 이제는 저세상 사람이라는 사실이 상기되었다. L은 교통사고로 훨씬 먼저, P는 위암으로 지난해 세상을 떠나고 말았다. 과거를 돌아보는 동안, 오이도에서 함께 조개 칼국수를 먹은 사람이 누구인지 집요하게 따라붙던 의문이 희미해진 것은 다행이었다. 그러나 나는 얼토당토않게 지금이 아니라 예전의 기시감에 얽매여 있었다. 소금창고가 커다랗게 망막에 어렸다. 나는 안산에 가서 처음 소금창고를 보았다. 이전에는 어디서도 본 적이 없었다.

"그렇다고 해서 협궤열차가 다시 다니는 걸 보고 싶다는 마음도 아닙니다. 그것은 사라짐으로써 과거가 되었고, 우리는 과거를 바라볼 수 있게 된 거지요."

도대체 나는 무엇을 말하려는 것일까. 빌어먹을. 현재도 아닌 과거의 소금창고를 더 과거의 어느 공간 속에서 보았었다는 '병적 현상' 때문에 쩔쩔매고 있는 꼬락서니가 아닌가. 나는 내가 한 말을 이해할 수 없었다. 진땀이 났다. 맥주를 먹어서 그런가보다고 핑계를 대고 화장실로 향했다. 화장실은 빌딩의 다른 쪽 끝에 있어서 한참을 찾아야 했다. 복도는 미로 같았다. 사진첩에 끼어 있는 한 장의 사진이 머리에 떠올랐다. 호숫가에서 L과 P와 내가 어깨를 나란히 하고 찍은 사진이었다. 셋다 두툼한 오리털 점퍼를 입은 게 꼴불견이었다. 오리털 점퍼로 추위를 막아내고, 삶이 뭐 대수냐 큰소리치며 용케도 살아왔는데…… 우리 관계는 한 장의 덧없는 사진으로밖에는 남지 않았다. 사진을 나누며 너무 어둡게 나왔다고 아쉬워했던 기억도 있었다. 하지만 그들은 더 어둡게 어디론가 사라져갔다. 삶이란 뭐야? 나는 오줌을 누면서 하마터면 버럭 소리를 지를 뻔했다.

"소금창고 얘기를 좀 더 해주세요."

화장실에서 나와 다시 더듬어 오는 미로에서 말소리가 들려왔다. 돌아보니 공교롭게 그 여자였다.

"소금창고요? 무슨 얘길요?"

나는 공연히 심통이 났다. 그럴 만도 하다는 생각이 들었다. 안 그래도 머리가 어지러운 판에 때맞춰 나타나 참견하고 있지 않은가. 그러자 '공교롭게'라고 여긴 것에 마음이 짚였다. 카메라를 들여다볼 때, 음식점에 들어올 때, 화장실에서 나올 때, 여자는 '공교롭게' 나타났다. 다른 사람은 얼씬거리지도 않았다. 나는 비로소 머리가 갸우뚱거려졌다. 물론 우연일 수도 있는 만큼 지나치게 무게를 두어서는 안 된다. 그러나 우연히 세 번 이상 겹치면 필연이 된다는 말을 나는 알고 있었다. 아까도 소금창고를 얘기했었지, 아마?

화장실에 다녀오자 내 순서도 흐지부지 마무리되었다. 더 이야기하고 말고가 없었다. 이제 소래로 가서 한 바퀴 둘러보는 것으로 행사는 마친다고 했다. 소래에서 술 한잔을 하는 것은 개별적인 행동에 맡긴다는 것이었다. 오랜만에 소래는 꼭 둘러보아야 할 곳이었다. 수인선의 종점인 송도역이 폐쇄되고 소래역이 종점이 된 때가 있었다. L과 P와도 여러 번 협궤열차를 타고 갔었다. 직접 뚫린 도로도 없어서 다른 교통편은 마땅치 않았다.

소래는 그래도 오이도만큼은 변하지 않은 모습이었다. 무엇보다도 철교가 그대로 있었다. 열차가 다니지 않게 된 뒤로는 사람들이 다니게끔 침목 위에 구멍 숭숭 뚫린 쇠발판을 깔고 난간도 세워놓은 것이 크다면 큰 변화였다. 예전에 침목을 건너뛰다시피 하며 건널 때는 여간 조마조마하지 않았었다. 실제로 떨어져 죽은 사람도 있다고 했었다. 철교 아래로 통통배가 드나드는 광경도 그대로였다. 철교 위 양쪽으로는 갖가지 먹을거리를 파는 좌판들이 줄지어 있었다.

저쪽이 군자 염전이었는데, 하며 나는 눈을 들어 바라보았다. 소금창고들을 기웃거릴 무렵, 나는 그곳에도 갔었다. 아파트 단지밖에는 보이지 않았다. 오면서 보아서 알고 있는 사실이었다. 그럼에도 내가 보고자 했던 것, 찾고 있던 것은 소금창고였다. 없을 것을 확연히 알면서도 나는 그랬다. 소금창고를 찾아야 해. 나는 나를 믿기 어려웠다. 그것이 어떤 '병적 현상'에 기대려는 행동이라고 해도 좋았다. 만약에 기시감이란 게 우리를 다른 세계의 환상으로 끌어가는 힘이라면, 없어진 소금창고를 볼 수도 있는 것이리라. 신기루를 보는 것과는 달랐다. 신기루란 애당초 없는 것, 소금창고는 애당초 있는 것이다. 애당초 없는 것과 애당초 있다가 없는 것은 전혀 다르다.

누가 들으면 좀 어떻게 된 모양 아니냐고 힐끗거리리라는 생각에 나는 혼자 피식 웃음을 흘렸다. 하지만 나는 소금창고를 보고 있다고 믿고 싶었다. 한때 소금창고에서 살 궁리를 한 적도 있었다. 오죽했으면 그랬을까만, 갑갑한 세월이었다. 들에 나가 소루쟁이 긴 잎사귀를 잘라다 라면에 넣어 먹던 세월이었다. 소루쟁이처럼 아무 데나 잘 자라는 풀이 있는 한 시만 쓰면서도 살아갈 수 있을 것 같았다. 담배도 그 말린 잎사귀를 말아 피우면 되리라 했다. 소금창고 안에는 꼭 나무침대가 없어도 그만이었다. 술 취해 돌아온 밤이면 소금더미 위에 누워 잠들리라. 중국에서 싸구려 소금이 쏟아져 들어오던 시절, 소금은 가마니에 담겨질 처지가 못 되고 여기저기 쌓여만 갔다. 소금더미 위에 누워 몇 날이고 죽은 듯 잠들리라. 모두 잊고,

아무 꿈도 꾸지 않으리라. 소금에 절어, 썩지 않는 걸 고마워하며 잠든 듯 죽어가리라.

일행은 몇몇씩 나뉘어 어시장을 돌고 있었다. 호객하는 소리 속에서 생선 굽는 냄새가 코를 찔렀다. 철교 밑 갯고랑이 내려다보이는 곳에 자리를 만들어 생선회를 안주로 술을 마시는 사람들도 많았다. 예전처럼 드럼통 앞에 둘러앉는 식당은 눈에 띄지 않았다.

그런 어느 순간이었다. 소금창고에서 좀처럼 생각을 옮기지 못하고 있던 나는 나도 모르게 그 여자를 찾고 있었다. 그림에 소금창고를 그렸느냐고 묻고, 또 이야기를 해달라던 것이 그냥 한 말 같지 않았다. 조금 전까지만 해도 나는 여자가 혹시 따라붙을까 은근히 경계했었다. 행사도 다 끝난 판에 이러쿵저러쿵 피곤하게 굴까봐서였다. 카메라에 저장된 그림도 보여주고 싶지 않았다. 소금창고를 그리지 않아서가 아니었다. 속마음을 보여주고 싶지 않다는 감정이었다. 그러나 순간적으로 내 마음은 반대로 돌았다. 무엇 때문인지 나도 알 길은 없었다. 굳이 알 필요도 없었다. 하여튼 여자를 찾는 게 급했다. 어디로 간 것일까. 버스에서 내려 철교를 건너올 무렵까지는 모습이 눈에 띄었다고 여겨졌다. 군자염전의 소금창고를 찾던 그때까

지는. 애당초 없는 것과 애당초 있다가 없는 것 운운하며 소금
창고를 보던 그때까지는.

어디에도 여자는 없었다. 내 눈은 더욱 이리저리 움직였다.
일부러 걸음을 늦추고 어물전을 들여다보는 척하며 찾아보았
으나 마찬가지였다. 어물전에서 생선을 흥정하는 걸 본 게 마
지막인 듯싶었다. 말마따나 귀신이 곡할 노릇이었다. 어디론가
모습을 감춰버렸다. 왜? 모를 일이었다. 행사는 끝났다고 했으
므로 가버렸을 수도 있었다. 그래도 그만이었다. 하지만 여자
는 내게 나중에 그림을 보여달라고 말하지 않았던가. 보여주
지 않으려는 내 마음을 읽고 가버렸는지도 모른다. 더욱 조바
심이 났다.

나는 철교 건너 옛 소금창고를 다시 찾았다. 어렴풋이 무언
가 보인다는 착각이 들었다. 환영이나 신기루가 아니었다. 말
했다시피 애당초 없는 것과 있다가 없는 것은 다르다는 뜻을
뒷받침하는 풍경, 그 빙의라고도 믿고 싶었다. 빙의란 그림자
를 말하는 것이었다. 애당초 없는 것에 그림자가 있을 리 없다.
나는 소금창고의 그림자를 보고 있다고도 생각되었다. 소금창
고 언저리, 그 둘레를 맴돌 무렵 한 여자를 만났던 듯싶었다.
그 무렵 나는 술에 취해 만나게 되는 사람마다 내 집은 소금창

고, 거기서 함께 살자고 몽롱하게 제안하곤 했다. 술집 여자들도 있었고, 공단 남자들도 있었다. 남자하고는 결코 살고 싶은 마음이 없었지만, 아무려나 중얼거려댄 결과였다. 긴가민가 내 눈을 들여다본 여자도 있었다.

예전의 그 여자가 오늘의 여자라는 느낌에 정신이 퍼뜩 들었다. 역시 소금창고 탓이라 해도 어쩔 수 없었다. 여자를 찾아야 했다. 귀찮게 따라붙을까봐 꺼려졌던 여자를 내가 따라붙고 있는 꼴이었다. 그러나 따라붙을래야 따라붙을 상대가 어디론가 사라지고 없었다. 낭패였다. 그러면 그럴수록 찾아야 한다고 나는 기를 썼다. 어시장을 지나고, 다른 사람들이 몇 명씩 무리지어 나타나는데도 여자의 모습은 찾을 길이 없었다.

"그 여자 말이죠…… 그 왜……"

나는 주최 측 인솔자에게 물어보는 수밖에 없었다. 찾지 않으면 안 된다. 내 말을 듣고 남자는 눈을 껌벅였다. 그 역시 알 까닭이 없었다. 행사는 끝났다, 어디로 가든 그만이다, 하는 태도였다. 그에게 잘못된 점은 없었다. 행사에 참가 신청을 할 때 나를 잘 알고 있노라고 했는데, 어쩐 일이냐고, 그는 오히려 내 얼굴을 쳐다보았다. 나는 알고 있던 사람이긴 하다고 얼버무렸다. 잠깐 망설이던 나는 여자에게 연락할 방법이 없는지를

물었다. 망설일 계제가 아니었다. 남자가 참가자 명단을 뒤적
거렸다.

"이상한 일이에요."

그는 고개를 옆으로 기울인 채 명단을 다시 살폈다.

"뭔데요?"

"그 여자에 대한 건 아무것도 적혀 있는 게 없네요. 돈은 냈
을 텐데."

그런 일도 있지 않겠느냐는 듯 그는 겸연쩍은 웃음을 지어
보였다. 내가 마치 서류 처리를 소홀이 했다고 추궁하는 걸 변
명하는 모양새였다. 나는 단지 여자의 행방을 알고 싶을 뿐이
다. 소금창고 때문에 일어난, 설명할 수 없는 어떤 상황일 뿐이
다. 그러나 여자는 어디에도 없다. 나는 여자가 행사에 참가
했다는 사실조차 의심스러웠다. 어떻게 되었는지 온통 뒤죽박
죽인 느낌이었다. 그러면 그럴수록 예전 헤매 다닐 때 소금창
고에서 같이 살자고 말한 여자인지도 모른다는 추측이 사실로
다가왔다. 가슴이 조여들어 견디기 힘들었다. 어디선가 여자
의 목소리가 들려왔다. 이 침대, 기찻길 같지 않아? 오래전에
여관에서 여자에게 들은 목소리였다. 응? 뭐? 나는 물었다. 뭐
긴, 협궤열차길. 나는 그 대화를 기억하고 있었다. 응? 나는 여

자의 말에 대꾸할 말을 잃고 있었다. 그로부터 나는 여관이든 호텔이든 들어갈 때마다 그 말이 머리를 스쳤다. 잊을 수 없는 말이었다. 기찻길에 누운 우리의 사랑은 바닷가를 지나 염전을 지나가고 있었다.

그랬던가. 나는 다시금 냉정해지려 했다. 그 여자와 지금 사라진 여자를 동일인으로 단정 지을 근거가 무엇 하나 없지 않은가. 그러나 소용없었다. 그 여자가 틀림없었다. 아무리 피하려 해도 그 눈매의, 그 여자였다. 나는 망연히 서서 멀리 소금창고를 바라보았다. 이매패와 복족류 들이 기어다니는 섬 기슭 위 초원에는 원추리꽃이 가득 피어 있었다. 초원 위의 소금창고 문이 열리는가 하더니, 그 안 소금더미에 누워 있는 내 모습이 어렴풋이 드러났다. 그와 함께, 행사에 오면서 적어 가지고 온 시가 머리에 떠올랐다. 안산 땅을 떠나 소래를 떠올리면서 쓴 시였다.

내게 황새기젓 같은 꽃을 다오
곤쟁이젓 같은, 꼴뚜기젓 같은
사랑을 다오
젊음은 필요 없으니

어둠 속의 늙은이 뼈다귓빛

꿈을 다오

그해 그대 찾아 헤맸던

산 밑 기운 마을

뻐꾸기 울음 같은 길

다시는 마음 찢으며 가지 않으리

내게 다만 한 마리 황폐한

시간이 흘린 눈물을 다오

　제목은 〈희망〉이었다. 황새기젓, 곤쟁이젓, 꼴뚜기젓은 여전
히 소래 어시장 여기저기 그득했다. 예전에 나는 라면에 소루
쟁이를 넣고 이들 젓갈만으로 살아갈 계획을 세워놓고 얼마나
뿌듯했었던가. 그런 나를 되돌아보며 나는 아무도 몰래 슬며
시 웃음을 지었다. 이제야 그 '젓 같은 사랑'이 '늙은이 뼈다귓
빛 꿈'과 어울려, 내가 쉴 소금창고를 한 채를 지었다고 받아들
여졌다. 서울까지는 어떻게 갈 거냐고 남자가 물었다. 글쎄요,
하고 운을 뗀 나는 철교 너머 쪽으로 눈길을 돌렸다.
　"저기, 소금창고 쪽으로."
　"어디 그런 게 남아 있어요?"

그가 주위를 둘러보았다. 나는 말없이 고개를 끄덕여주었다. 그러나 기찻길 같은 침대도 있다는 말은 하지 않았다. 나는 누군가 사라진 그 언저리에 내 옛 추억이 남아 있을 거라고 먼 데 하늘을 응시했다. 그러자 어디론가 사라진 그 여자는 그걸 내게 가르쳐주려고 왔다가 간 어떤 모습이라는 생각이 들었다.

사랑의 먼 빛

이제 류(柳)라는 여자를 소개한다. 응시하는 '먼 데 하늘' 어딘가에 스며 있을 추억은 그녀와의 이야기를 중심으로 엮어져 있을 것이기 때문이다. 그녀와 잤다는 이야기 따위는 얼마 뒤로 미룬다. 그러므로 갑갑하더라도 그 얼마 동안은 다른 이야기를 할 수밖에 없겠다.

류, 그녀가 외박을 나왔었다는 소식을 들은 것은 그녀가 처음 집을 다녀간 뒤로부터 훨씬 뒤의 일이었다. 군대 내무반이든 학교 기숙사든 그런 곳에서 단체 생활을 해본 적이 없는 나는 외박이라는 말에 엉뚱한 상상부터 앞섰던 것이었으나, 곧 그런 것과는 거리가 먼 그녀의 외박의 실체를 받아들였다. 외박이라는 낱말은 내 머릿속에는 왜 그렇게, 그래서는 안 될 남녀가 잠자리를 같이한다는 내용으로만 박혀 있는 것일까. 왜 그렇게, 은밀하고 질탕한 성희의 장면으로만 연상되는 것일까. 누구는 머릿속에 뭐밖에 든 게 없다고 하는 표현들을 들으면 나는 조금은 찔끔하지 않을 수 없다. 가끔 나는 내 머릿속에 든 것의 '팔 할'은 섹스, 그것이 아닐까 하는 생각에 이르러 환희와 절망을 동시에 맛보는데, 그것을 지적하지나 않을까 해서인 것이다.

어쨌든 좋다. 나는 빠져나갈 구멍을 마련하기 위해 섹스'밖'에가 아니라 '팔 할'이라는 시적 표현을 썼다.

류가 경미한 환청 증세로 입원했다가 나와서 다시 들어갔다는 말을 듣는 순간 아름답다는 것은 슬픈 것이다라는 생각이 불현듯 되살아났다. 되살아났다고 하는 것은 나는 전에도 종종 그렇게 생각했었고, 또 나뿐만이 아니라 많은 사람이 그렇게 생각했었음을 알기 때문이다. 하지만 그 말이 되살아났다고 해도 그녀를 한 번도 아름답다고 여겨본 적이 없었다. 추하다고 여겨본 적이 없는 것처럼. 그녀는 뭔가 다른 종류의 여자였다.

내가 류의 외박을 모르고 있었다는 사실은 어쩌면 당연한 일이었다. 다만 같은 작은 도시에 살고 있었다는 것뿐, 그녀의 움직임에 대해 알고 있어야 한다는 아무런 책임도 권리도 없는 것이었다. 언젠가 한 번 뜻밖에 만난 뒤, 서로가 바쁘다고 사는 곳만 어물어물 말하고 헤어지고 나서 며칠 뒤에 현관 벨이 울려서 문을 열고 보니 또한 뜻밖에 그녀가 서 있었다.

"열두 시도 넘었는데."

나는 시계를 가리켰다. 밤이 깊어 있었다. 사십 대에 홀아비 생활을 한답시고 궁상을 떨고 있으면서 한밤중에는 여자를 불러들이는 음흉스러운 사내. 그러면 그렇지. 내숭을 떨고 있는 거야. 사실이 알려지면 일요일마다 계단 청소를 하기 위해 저마다 플라스틱 빗자루를 들고 나오는 이웃 아낙네들은 얼굴을 돌릴 것이다. 혼자 사는 거 좋아하시네.

"잠깐만 있다 갈게. 이거만 마시고."

추켜올리는 그녀의 손에는 반쯤 남아 있는 포도주 술병이 들려 있었다. 나는 그녀를 안으로 들였다. 사실 처음 뜻밖에 그녀를 만났을 때 나는 여간 당혹스럽지 않았다. 그래서 별로 바쁘지도 않았는데 어물어물하다가 헤어지고 만 것이었다. 그렇게 헤어지고 보니 아쉽고 안타깝기 짝이 없었다. 게다가 그녀가 산다는 아파트의 동·호수는 아무리 머리를 짜내도 까맣게 잊히고 말았다. 작은 도시라는 사실 때문에 아무래도 또 쉽게 만나겠지 하는 생각이 앞섰던 것일까. 아니다. 나는 솔직히 말해 너무나 놀란 것이었다. 그것이 그만 그렇게 어이없이 헤어지게 된 까닭임이 분명했다. 그런 중에도 나는 "혼자 살고 있지" 하고 전혀 쓰잘 데 없는 말을 했으니 그것도 우스꽝스러운 노릇이었다. 나는 남 몰래 가슴을 쳤다. 그녀가 내게 예전에 어떤 여자였길래 그렇게 그냥 헤어질 수 있단 말인가. 나는 얼마나 그녀 옆에 머물고 싶었던가. 거기에는 '영원히'라는 말이 곁들여져도 좋았다.

"잠이 도통 오질 않아서. 밖에서 보니 불이 켜져 있질 않겠어."

내가 유리컵을 갖다주자 류는 조금도 망설이지 않고 병마개를 열어 주둥이를 컵에 기울였다. 불이 켜져 있더라는 말에 나는 잠잘 때도 그냥 켠 채로 잔다고 내 습관을 일러주었다. 한밤에 혹시 잠에서 깨게 될 때 내가 캄캄한 이불 속에 홀로 누워 있었구나 깨닫는 것이 끔찍해서 나는 언제부터인가 항상 전등을 반쯤 죽인 채로 잠들어왔다. 잠들 때뿐이 아니었다. 볼일을 보러 외출을 할 때도 혹시나 어두운 밤에 돌아와 나를 맞이하고 있는 캄캄한 집 안을 보는 것이 두려워 스위치를 올려놓아야 했다.

"하긴 나도 불을 켜고 자."

류는 백열등 불빛에 비쳐 자색에 가까워 보이는 포도주를 입으로 흘려 넣었다. 그런 모습은 나로서는 처음이라 이 밤에 무슨 일이란 말인가 하고 나는 자못 어리둥절해 있었다. 젊은 여자가 제 발로 걸어 들어왔는데? 마다할 남자? 이따위 시답 잖은 생각은 가뭇없이 사라져버렸다. 나는 마치 홀린 것처럼 그녀의 행동거지에, 말했다시피 어리둥절하고 있을 뿐인 것 이었다. 하지만 그 어리둥절함을 심각한 어리둥절이라고 하지 않을 수 없다. 그때까지 정말로 나는 그녀에 대해 아무런 정보 가 없었었다. 그러니까 착잡한 눈초리로 그녀를 쳐다보고 있 을 도리밖에 없었다. 나로 말하면 소문이 실상보다 훨씬 험악 하게 나 있는 터고, 소문대로라면 그녀는 문을 닫고 들어오는 순간 어떤 식으로든 요절이 났어야 마땅했다. 그 점에 있어서 일단 나는 나에 대한 세상의 소문을 즐기는 편이라고 해두겠 다. 아니 땐 굴뚝에 연기 나랴는 속담을 결코 도외시하지 않으 면서 말이다.

그날, 내 집에서는 세상 사람들이 흔히 상상할 만한 일은 일 어나지 않았다. 세상 사람들은 남녀가 같이 어울려 있기만 하 면 무슨 일을 치러야만 속이 시원한 모양인 것이다. 하기야 '산에 올라갈 적엔 오빠 동생 하더니 내려올 적엔 여보 당신'이라는 속담이 있듯이 남녀의 친화력에 대해서는 입이 열 개가 있더라도 다 말하기 부족한 것이다.

그러나 그날 밤 나는 그저 멍하니 그녀의 행동을 바라보는 수밖에 없었다. 중년의 홀아비인 줄 알면서도 스스럼없이 한밤에 찾아온 옛 여인. 그렇지만 다시 말하건대 나는 심각했다. 나는 그녀에 대해 묻고 싶은 게 많았다.

"심야 영업이 금지되고부터는 아무 데도 갈 데가 없어. 정말 미치겠어."

그러면서 그녀는 여러 업소들이 밤새도록 영업을 할 때는 잠이 오지 않아도 걱정이 없었다고 했다. 어떤 때는 춤을 추며 밤을 지새웠다고도 했다. 그리고 몇 번이고 반복해서 불면증을 호소했다.

"이 나라에서는 이제 도무지 갈 데가 없어. 무서워."

불면증이 얼마나 무서운가에 대해서 어느 정도밖에는 모르고 있던 나는 얼마 지나면 저절로 낫겠지 하고만 생각했었다. 그러던 어느 날 그녀를 찾아 그녀가 산다고 했던 아파트를 뒤진 끝에 입원 소식을 들었던 것이다. 듣기로는 그녀는 단순한 불면증 이상의 어떤 증세에 시달리고 있다고도 했다. 그리고

보니 처음 집에 왔다 가면서 그녀가 내게 엉뚱하게 졸라대던
일이 떠오른다.

"저 그림 자기지?"

류는 거실의 벽에 걸린 작은 그림을 손가락으로 가리켰다.
흔히들 그렇게 물어오므로 나는 심드렁하게 고개만 끄덕거렸
다. 그러자 그녀는 말했다.

"저거 나 줄 수 없어?"

나는 내 귀를 의심했다. 있을 수 없는 주문이었다. 게다가
그녀는 결혼을 한 여자였고 그 그림은 나 개인의 모습을 그린
게 아닌가. 그런데도 그녀의 말투는 지극히 자연스러웠다. 마
치 어디서나 흔히 구할 수 있는 값싼 물건이라도 달라고 하는
것 같았다. 나는 어이없는 눈으로 그녀를 쳐다보았다. 그녀의
말이 정말인가 하고 묻는 뜻도 있었다.

"왜? 안 되나?"

내가 그렇게 쳐다보았으나 그녀는 아랑곳없었다. 그때 내가
왜 그녀의 머리가 어떻게 된 게 아닌가 의심하지 않았는지 알
수 없다. 세상에는 너무나 많은 종류의 사람들이 있어서 제각
기 나름대로의 살아가는 방식을 존중해야 한다고 여기는 평소
의 믿음 때문인지도 모른다.

"저게 안 되면 저건?"

내가 어이없는 가운데 도대체 어찌해야 할지 망설이는 동안 그녀는 다른 쪽 벽면을 가리켰다. 그제야 나는 단호히 고개를 가로저었다.

먼저 그녀가 가리켰던 그림은 의규(義圭) 씨가 미국으로 가면서 내게 남겼던 것으로, 내가 술 마시는 것을 그린 그림이다. 그 그림에 대해 좀 더 자세히 설명하자면, 우선 석쇠가 놓인 화덕이 들어앉은 둥근 테이블이 있고 석쇠 위에서는 고기 안주가 연기를 피워 올리며 익고 있으며 그 고기 안주 한 점을 젓가락으로 집어 드는 나라는 인물이 있는 것이다. 물론 테이블 한쪽으로는 소주병이, 그것도 두 개나 놓여 있다. 유리 소주잔에는 소주가 따라져 있다. '우선 석쇠가 놓인 테이블'이라고 '우선'이라는 말을 썼지만 그것이 앞쪽으로 그려져 있다는 것뿐, 작은 4호짜리 그림에서 모든 것은 한 손에 잡힐 듯 빤하다.

그런 가운데 나라는 인물은 상당히 기우뚱해져 있음을 본다. 어느 정도 취해 있다는 표현으로 받아들여진다. 고기 안주에서 피어오르는 연기를 피하려는 듯 왼쪽으로 몸을 기우뚱하고 있으나 역시 취한 모습이 분명하다.

"누가 그렸는지 잘 그렸는데."

여러 사람들이 이렇게 말하는 걸 봐서 그림의 나는 실제의 나와 매우 근사하게 닮았음을 알 수 있다. 내가 봐도 수긍이 간다.

그러나 그럼에도 불구하고 나는 왜 굳이 그것을 '나'라고 하지 않고 '나라는 인물'이라고 해야만 하는지 모를 일이다. 의규 씨가 뜻밖에 그 그림을 가져와 포장지를 끌러놓았을 때, 나는 고마운 마음에 눈을 휘둥그레 뜨고 잠깐 동안 말문이 막혔었다. 그러다가 무슨 말인지 해야 되지 않나 싶어 문득 입을 열었었다.

"내가 언제 이런 안주를 이렇게 먹나……"

웃으며 얼버무렸지만 고맙다는 뜻을 그렇게밖에 나타내지 못했다. 어떻게 보면 평소에 술을 마시는 버릇이 안주를 잘 먹지 않는데도 그림 속의 나는 제법 푸짐한 고기 안주를 앞에 놓고 그것을 젓가락으로 덥석 집어 들고 있어서 선뜻 받아들이지 못한 때문이라고도 할 수 있었다. 그러나 그림을 그린 당사자의 말로는 '이제부터는 안주를 이렇게 좀 드시라'는 의도라니 이런 식으로 꼬투리를 잡을 건 없는 일이겠다.

잘 그린 그림이다. 고맙다. 그러나 그럼에도 불구하고 나는 굳이 그것을 '나'라고 하지 않고 '나라는 인물'이라고 해야만 한다.

이 이야기는 여기서 잠깐 제쳐두고 의규 씨가 미국에 갈 꿈도 안 꾸고 있을 무렵 내게 남긴 그림이 또 있음을 주저하면서 밝히기로 한다. 애초에 그것부터 밝히기가 뭣했던 것은 그 그림이 정식 그림이 아니기 때문이다. 그 그림은 내가 살고 있는 이 지방 도시에서 갑자기 시화전을 개최하기로 되어, 그의 말대로 하루아침에 '쓱쓱' 그린 것이었다. 하기야 그림을 필생의 일로 삼겠다는 뜻을 세우고 한 차례 개인전까지 연 입장이고 보면 아무리 '쓱쓱' 그렸다고 해도 결코 함부로 볼 것은 아님은 두말할 필요도 없다. 그러나 역시 정식 그림은 아니다. 싸구려 액자에 들어 있어서도 아니며 시와 어울려 있어서도 아니다. 시와 어울려 있다는 것에 관해서 말하면, 어떤 사람은 시화를 사서 시가 씌어 있는 부분은 감쪽같이 도려내고 그림만 액자에 넣어 걸어놓는다는 웃지 못할 이야기가 있기는 있다. 시와 그림이 어우러져 엄연히 시화로서 하나의 작품을 이루는 것인데도 말이다. 어쨌든 의규 씨가 '쓱쓱' 그린 그림을 바탕으로 씌어 있는 시는 다음과 같다.

가장 사랑하는 고운 님에게

시들지 않는 추파를 엮어드리리
오직 하나밖에 없는
내 개승냥이의 얼굴을 보여드리리

이 시를 들여다볼 때마다 나는 '개승냥이'에서 한순간 생각을 멈춘다. 처음 이 시를 썼을 때 그것은 승냥이와 이리라는 뜻을 가진 시랑(豺狼)이라는 어려운 낱말이었다. 그런데 개승냥이는 늑대가 개와 많이 닮았다고 해서 이르는 말로 늑대를 일컫는 것이라고 한다. 그러니까 개승냥이는 승냥이와는 관계가 없는 것임을 알 수 있다. 개승냥이가 늑대임을 확인하고서도 나는 개승냥이를 늑대가 아닌 승냥이의 일종으로서 승냥이보다 더 못생기고 저급한 어떤 것으로 나타내고 싶었다. 여기서 지금 늑대니 이리니 승냥이니 읊어대고는 있지만 사실 그것들을 동물원에 가서 자세히 살펴본 적이 없는 만큼 그 차이점이 어떻다 하고 짚을 수는 없다. 산속에서 맞닥뜨린다 해도 저놈은 늑대도, 이리도 아닌 승냥이다 하는 투로 분별할 재간은 없다. 사전을 뒤져보아도 모두 갯과(科)에 속하므로 개와 조금 다를 뿐 모두 그게 그거라고 한다 해도 동물학자가 아닌 한 크게 탓할 사람은 없을 것이다. 실제로 내 시에서도 개승냥이라는 말이 던지는 느낌만 전해지면 되었던 것과 같다. 시화를 보면 녹색과 주황색을 주로 사용하여 사람의 얼굴 같기도 하고 무슨 짐승의 얼굴 같기도 한 형상이 그려져 있다. 두 얼굴이 함께 있는 가면처럼 보이기도 한다.

나는 왜 늑대니 이리니 승냥이니 하는 이야기를 쓸데없이 길게 늘어놓고 있는 것일까. 나 자신도 잘 모를 일이다. 하지만 짐작으로 결론을 내려보건대, 그것은 '나라는 인물'이 인간과 짐승 두 얼굴 형상의 가면을 쓰고 살아가고 있다는 것을 그 그림들에서 어느새 점점 짙게 느껴가고 있기 때문이 아닐까 하는 것이다.

이 두 그림에 그녀가 과연 각별한 눈독을 들인 거였던 것인지 아니면 그저 건성으로 말했던 것인지에 대해서는 아직도 미지수로 남아 있다. 다만 그 첫 외박의 사실로부터 나는 그녀를 되돌아보게 되었고 그러다 보니 그 이야기를 꺼내지 않을 수 없었던 것이다. 그 뒤 여기저기서 귀동냥을 한 결과 그녀의 병증은 잠을 못 이루는 것 이상인 모양으로 꽤 오랜 뿌리를 갖고 있다는 것이었다. 심해지면 병원에 들어가고 덜해지면 집에 와 있고 하기를 이미 오래전부터 계속해왔다는 것이었다.

그리고 두 번째 외박 때인지 세 번째 외박 때인지, 그녀는 느닷없이 친구와 함께 꽃을 사 들고 내 아파트를 방문했다. 이제는 그녀의 병력을 들었던 터라 얼마쯤은 떨떠름하게 맞아들일 수밖에 없었는데, 내 마음을 미리 알아채고 고정관념을 가차 없이 깨부숴버리려는 듯 그녀는 친구와 함께 깔깔대며 명랑한 모습이었다.

"얘, 넌 과대망상증이지? 그치?"

류는 친구에게 손가락을 뻗쳐 까딱거리며 웃어 보였다.

"아냐, 얘. 니가 그렇지. 호호홋."

꽃무늬 원피스를 단정하게 입은 친구도 그녀 못지않게 명랑하게 웃어 보였다. 그녀들은 문학이나 미술에 관심을 가지고 있다는 공통점으로 같은 병원에서 만난 사이임을 곧 알 수 있었다. 그녀들이 내게 꽃을 사들고 온 것은 내가 시를 쓴다는 사실 때문이었다. 이런 어엿하고 멀쩡한 여자들이 왜 어떻게 그런 병원에 입원을 하게 되었는지 도무지 깜냥조차 할 길이 없었다. 그녀가 가지고 와서 보여준 책자에 그 두 여자의 시가 실려 있는 것도 보았다. 다만 '마음의 고향'이든가 하는 제목의 그 책자가 단순한 책자가 아니라 비슷한 병증에 시달리고 있는 사람들이 모여 만든 것이라는 데서 마음이 걸리는 것은 어쩔 수 없는 일이었다. 그런 사람들을 치유하는 한 방법으로 사이코드라마인지 뭔지를 공연한다는 사실을 들은 적이 있어서 그 책자도 그런 방법의 한 종류인가 괜스레 마음이 아득해졌던 것이다.

또 이것은 지극히 우연에 속하는 일로서, 이번 여름 한 문학 단체에서 충남의 안면도로 '여름 문학 캠프'를 떠난다고 해서 머쓱해하며 따라나섰던 때 그 친구라는 여자를 만났던 것도 이야기하고 넘어가기로 한다. 대절 버스는 서산과 태안을 지나 안면도와 육지를 잇는 연육교를 건너서 안면읍으로 들어가고 있었다. 그때 누군가 여자의 목소리가 뒤에서 들려왔다. 유난히 큰 목소리였다.

"저 정육점 간판 좀 봐, 안면정육점. 너무했다. 안면정육점이라니! 하하하."

그 정육점 이름이 편안히 잠잔다는 뜻의 그곳 지명인 안면(安眠)에서 따온 것을 물어 무엇하겠는가만, 그 말은 순간적으로 이상하게도 내 안면 근육에 신경이 쓰이게 했다. 전혀 뜻은 달라도 같은 발음의 낱말, 즉 동음이의어를 구사해서 어떤 효과를 노리는 작품이 종종 있지 하고 생각하며 나도 모르게 뒤를 돌아보았다. 그 여자의 '안면'을 보고자 했던 것이다. 그랬더니 그쪽에서도 나를 보고 꾸벅 인사까지 했다. 바로 그, 류의 친구였다. 그를 막상 안면도에 가서는 모습조차 못 보게 된 까닭에 대해서는 나로서는 알 수 없다. 내게 꽃다발을 들고 왔었으면서도 일부러 숨어버려야 했던 무슨 사연은 더더구나 없다. 그러므로 그 여자는 꽃다발과 안면정육점으로서만 내게 기억을 불러일으킬 뿐이다.

친구 집 창문 밖에 저 나무는
어머니같이 서 있어요

친구와 깔깔대던 그녀가 펼쳐 보인 친구의 시는 이렇게 시작되고 있었다. 그리고 3단지 아파트 저 앞 수자원공사 밑에 서 있는 한 그루 나무를 아시느냐고 물었다. 그녀가 사는 아파트는 앞 동네의 맨 앞줄에 속해 있어서 늘 그 나무가 눈에 들어온다는 것이었다. 나는 당연히 모른다고 대답했다.

"큰 나무 하나 있잖아."

사람은 누구나 자기 자신이 의미를 부여하고 있는 것에는 그만큼 값어치가 있다고 믿는 구석이 있다. 남녀 간의 사랑도 그런 것이다. 그 나무가 그녀 집의 창문에서 내다보이는 가장 큰 나무라 한들 내 눈에는 아직 띄지 않았었다. 그와 마찬가지로 그녀 눈에는 띄지 않았을지라도 나는 동네 옆 산에 내 나무를 가지고 있었다.

내가 여전히 모른다는 표정으로 있자 그녀는 적이 실망한 모양이었다. 웬일인지 나는 그녀가 남편과도 떨어져 이 객지에 홀로 와 있다고 상상했다. 번잡한 서울을 떠나 홀로 조용한 곳에서 심신을 쉰다는 상상이었다.

"커피 없어?"

류가 다시 생기를 되찾으려는 듯 물었다.

"있지."

나는 간단하게 대답하고 그대로 앉아 있었다. 꽃다발을 들고 온, 비록 나이는 꽤들 들었으나 꽃다운 여자들이 앞에 있는데도 나는 조금 전 혼자 있을 때와는 전혀 달리 자꾸만 무력해져서 꼼짝도 하기 싫었다.

"우리가 끓여 먹어도 되지?"

그녀는 벌써 몸을 일으키고 있었다. 싱크대 위에 놓여 있는 중국제의 빨간 주전자에 물을 받아 끓여, 역시 그 옆에 놓여 있는 찻잔을 씻어 커피를 타는 류의 모습은 조금도 흐트러짐이 없었다. 나는 그렇게 커피를 마시니까 불면증이 오지 않느냐고 한마디 하려다가 그만두었다. 부질없는 일일 것이었다.

류는 친구가 자기 자신을 외국의 유명 여배우의 손녀딸이라고 우긴다는 말을 했다. 우기는 게 아니라 철석같이 믿고 있다고 했었다. 나중에 그런 말을 들은 사람은 '신분상승 욕구 때문이 아닐까' 하고 진단하고 있었다.

"선생님, 누가 썼더라……《생의 한가운데》라고 있지요? 그걸 마루 걸레질을 하면서 다 읽었다니까요."

이번에는 친구가 '깔깔'이 아니라 '키득키득' 웃었다고 해야 한다. 밑도 끝도 없는 말이었다. 하루 종일 마루 걸레질을 하면서 그 책을 읽었다는 것인지, 마침 그 책을 다 읽을 무렵 걸레질을 했다는 것인지 어쨌다는 것인지 알 수 없었다.

그러다가 커피를 다 마시고는 고맙게도 "그만 가봐야겠어요" 하고 둘이 나란히 일어났다. 그날 그녀가 그림에 대해서는 한마디도 이러쿵저러쿵하지 않는 것으로 보아 전에 했던 어이없는 주문은 주문이라기보다 그냥 한번 던져본 말에 지나지 않는 듯했다. 나갈 때 그 짐승사람 쪽으로 흘깃 눈길을 돌렸으나 별다른 의미는 없는 것으로 보였다.

며칠 뒤 나는 류가 다시 병원으로 들어갔다는 소식을 들었고, 그 사실과 직접적인 관계는 없겠으나 승냥이에 대해서도 까맣게 잊었다.

그러나 그 승냥이가 엉뚱한 곳에서 다시 나타나게 될 줄은 꿈에도 몰랐다. 이렇게 말하면 그 이야기야말로 무슨 엉뚱한 이야기냐고 물을 것이다. 도대체 어디를 갔기에 이미 우리나라에는 있을 법도 하지 않은 그 짐승을 보았느냐고 물을지도 모른다. 물론 나는 그 짐승을 직접 보았다고 하는 게 아니다. 따라서 그 이야기는 좀 길게 하지 않으면 안 된다.

한여름의 폭서가 기세를 꺾지 않고 있던 무렵, 그러니까 안면도를 다녀온 지 얼마 되지 않아서 갑자기 한 잡지사의 청탁을 받고 남해안의 삼천포 일대를 다녀와야 했다. 앞질러 밝히건대 거기서 다시 승냥이를 만난 것이었다. 그것은 일박 이 일의 짧은 여정이었는데 원고가 너무 급해 현지에서 직접 팩스로 부치게끔 되어 있었다. 나는 하루 종일 이곳저곳을 돌아보고 그날 저녁 여관방에서 다음과 같이 쓰기 시작했다. 내가 보고 느낀 삼천포라는 곳의 인상기였으므로 비교적 쓰기 쉬우리라 여겨졌으나 낯선 여관방이어서인지 쉽게 풀리지가 않았다.

한려수도의 잔잔한 물결이 햇빛에 반사되면서 고기비늘처럼 반짝인다. 세계적으로 공인된 이른바 청정 해역의 맑고 깨끗한 바다가 열려 있는 곳, 삼천포. 이곳의 대표적 공원인 노산

공원의 층계를 올라 내려다보면 옹기종기 둘러 있는 그림 같은 섬들에 포근히 안겨 있는 그 바다를 끼고 시가지가 한가롭고 평화롭게 펼쳐져 있다.

오늘날 다른 여러 도시들은 대부분 옛 모습을 잃었다. 그러나 이곳은 예나제나 이렇게 아름다운 바다를 안고 한가롭고 평화로운 모습을 하고 있는 것이다. 이러한 사실은 무려 삼십오 년 전인 1956년에 시로 승격되었으면서도 현재 인구가 육만 오천 명가량으로 정체되어 있는 데서도 잘 드러난다.

지리적으로 경상남도 남서쪽 바닷가에 위치한 이곳은 동쪽으로는 백암산, 향로봉을 경계로 고성군과 접하고 북쪽은 와룡산을 사이에 두고 사천군과 사천만에 이어진다. 그리고 남쪽은 남해를 건너 남해군의 창선면과 마주하며 서쪽은 하동군과 접해 있다.

우리나라에서 가장 규모가 작은 시인 이곳이지만, 그러나 남해안 연안 어업 기지로서 중요한 몫을 하며 활기를 띠고 있다. 노산공원에 시비가 서 있는 박재삼 시인이 '앞바다 호수와 같은/잔잔하고 조용한 물결을 자나 새나 보면서' '바닷가에 살면/좋으나 궂으나 간에 바다를 보고 받들어 살아야 한다'고 읊었듯이, 이곳 사람들은 바다를 향하고 열심히 살고 있다. 그래서 어떤 사람은 이곳을 '비린내로 가득 찬 도시'라고 일컫고 있는지도 모른다……

 ……그런데 이곳 관광지 가운데 무엇보다도 특이한 곳으로 사천군 하이면에 속하는 상족암을 꼽지 않을 수 없다. 이곳은 바닷가의 층층으로 된 단층과 굴도 매우 특이해서 보는 이의 감탄을 자아내지만, 최초에 발견된 공룡 발자국이 눈길을 끈다. 이 발자국은 팔천만 년 전인 중생대 백악기에 살았던 공룡의 것으로 추정되어 신비한 지구의 역사를 직접 볼 수 있다는 점에서 귀중한 자료로 여겨진다……

 이렇게 써 내려가자 낮에 보았던 그 공룡 발자국이 새삼스레 눈앞에 다가왔다. 지방문화재 제 몇 호로 지정되어 있으니 훼손하는 자는 처벌을 받는다는 경고문이 나붙어 있기도 한 그 공룡 발자국은 바닷가의 널찍널찍한 바위 위에 뒤뚱거리며 두 발로 걸어간 대로 찍혀 있었다. 용발횟집이니 쌍발횟집이니, 그 발자국에서 따왔을 이름의 작고 허름한 횟집이 있기는 했으나 인적이 드문 한적한 바닷가였다. 둥근 형태의 공룡발자국은 길이가 삼사십 센티미터밖에 되지 않았지만, 자료에 의하면 '부산대 김항묵 교수는 무게가 백 톤 가까이 되는 거대한 브라키오사우루스 공룡의 발자국이라고 추정하고 있다'고 했다. 공룡의 발자국은 그 바닷가 바위 위에 무수하게 찍혀 있었다.

나는 여관방에 누워 그 무시무시한 공룡들이 근처를 어정거리며 걷고 있다는 공상을 해보았다. 우리나라에도 공룡이 살았던 중요한 증거가 된다는 그 발자국들을 남기려고 한밤에도 잠자지 않고 걷고 있는 공룡들. 학생과학사전 같은 데서 보았던 그 기괴한 짐승들. 기억이 희미하지만 제각기 무슨 사우루스, 무슨 사우루스라고 이름 붙여져 있는 뇌룡(雷龍), 검룡(劍龍), 조룡(鳥龍), 익룡(翼龍), 어룡(魚龍) 들.

무시무시한 광경이 아닐 수 없었다. 그 거대한 공룡들이 모두 절멸하고 만 것은 수수께끼라고 했다. 그것들의 절멸의 수수께끼에 대해 나는 따지고 싶지도 않았고 또 그럴 능력도 없었다. 지금 이 세상에서 아웅다웅하며 살고 있는 모든 것들이 가뭇없이 사라져버리는 것은 시간문제다, 부귀니 영화니 명예니 하는 따위 모두 다 부질없는 짓거리다, 그러므로…… 나는 또다시 이런 청소년적인 깨달음으로 뻐끔뻐끔 담배 연기만 피워 올리고 있는 것이었다. 우리들 갖가지 문제로 간절히 애태우며 살고 있는 인간들도 머지않아 흔적도 없이 소멸하고 말

것이다. 나도 그러할 것이다. 먹고사는 문제에 매달려 이리 뛰고 저리 뛰면서, 또 어느 길모퉁이를 돌아가 애틋한 사랑의 눈길을 주고받았던 우리들. 못 이룬 사랑과 이룬 사랑의 애환 사이에서 서로 달리 울어야 했던 심금들. 모래알 하나에서 우주를 보고자 했던 철부지 사랑들.

……브라키오사우루스 ……사우루스.

상족암의 브라키오사우루스, 그 공룡들의 발자국 소리가 여관의 벽과 천장을 두근두근 울리며 들려오고 있었다. 내가 묵고 있는 방의 윗방이든 옆방이든 아랫방이든 사랑의 기쁨을 확인하려는 남녀가 투숙하여 마악 상대방의 육체에서 스스로의 영혼을 구하고 있는 소리라고 해도 좋았다. 이제는 어쩔 수 없이 헤어져야 할 아프디아픈 남녀가 투숙하여 사랑의 슬픔을 확인하려는 절망의 소리라고 해도 좋았다. 아니다, 그런 소리가 아니라 노산공원 벼랑 저 아래쪽으로 비린내 나는 생활에 지친 밤배가 어두운 바다 여울을 거슬러가는 소리일지도 몰랐다. 사우루스……

밥과 사랑, 이 두 거대한 허기점 앞에서 나는 이날 이때까지 허덕여온 것이 아니었던가. 라면을 오래 먹으면 어떻게 된다구요? 그러니까 양파를 많이 넣어 끓이세요. 달걀도 푸시고요.

그렇지만 라면이 아니라 진수성찬이라도 혼자 꾸역꾸역 먹는다는 건 못 견딜 일이겠지요. 남자와 여자는 합쳐졌을 때 비로소 완전한 하나가 되지요. 하지만 밥과 사랑의 허기는 영원히 어쩌지 못한답니다.

······사우루스 ······사우루스.

용발횟집에선가 쌍발횟집에선가 주린 배를 채우기 위하여, 그리고 짝짓기를 하기 위하여 공룡들은 바닷가를 우왕좌왕 헤매고 있었다. 그 어지러운 발소리를 들으며 나는 잠 속으로 빠져들어갔다. 나 역시 그놈들과 함께 밤새도록 헤맬 것이었다. 그러나 여관방의 어느 구석에도 내 발자국 하나 남기지 못할 것이 뻔했다.

다음 날 전신전화국에 가서 종이 규격 B4 넓이의, 처음 한 장에 천 원이며 그다음부터는 오백 원씩 받는 팩스로 원고를 부치고 나서야 나는 뭔가 내용을 빠뜨리지 않았나 하는 걱정이 들었다. 무슨 일이든 끝마칠 때까지는 서두르다가 막상 끝마치고 나면 과연 최선을 다했던가 미진해하기 마련이었다. 그와 함께 각산(角山)이라는 산 이름이 떠올랐다.

"저 산 이름이 각산인데요. 고려시대에 쌓은 산성과 봉화대가 있지요. 저기 올라 아래를 보면 한려수도가 한눈에 내려다

보입니다."

전날 만난 문화원 사람은 그곳 별미인 밤젓이 밑반찬으로 나오는 식당으로 가자고 말했었다. 산성과 봉화대가 있다는 말은 들었어도 그것이 그 산만의 특징은 될 수 없다고 판단되었다.

"밤젓이라뇨? 밤으로 젓갈을 담근다는 말은 첨 듣는데……"

나는 각산이라는 산을 한번 쳐다보는 체했을 뿐이었다. 산성과 봉화대야 내우외환이 잦았다는 말을 대변하듯 전국 방방곡곡 어디든지 없는 곳이 없었다.

"전어의 창자로 만든 것이지요."

그는 간단하게 대답하고는 각산 말고도 이순신 장군이 거북선을 몰래 숨겨놓았다가 불시에 나가 왜군을 무찔렀다는 굴항(掘港)에 대해서도 열심히 설명했으나 전어의 창자로 담근 젓갈인 밤젓만큼 내 관심을 끌지는 못했다. 젓갈을 좋아하는 나는 흔히 인간의 유형을 두 가지로 가르는 양분법의 종류 중에 젓갈을 좋아하는 사람과 젓갈을 싫어하는 사람 두 가지로 가르는 방법도 꽤 유력한 방법이 되리라 여길 정도이다. 젓갈 앞에서 유별나게 코를 틀어쥐는 사람이 있는 것이다. 밤젓은 빛깔은 시커먼 개흙빛이었는데 쌉싸름하고 고소한 맛이 향미가 있었다. 어제 쓴 원고의 말미에 이 젓갈을 언급한 것은 물론이었다.

나는 전신전화국의 소파에 앉아서 심심풀이 삼아 각산에 대한 자료를 뒤적거렸다. 그 산에 미안하다 하는 마음이었던 것도 같다. 그곳 산성은 고려 때 조정에 반기를 든 삼별초 군대가 남해도와 창선도를 점령하고 영남의 한 중심지인 진주성을 노림에 따라 그 길목의 요새에 쌓은 돌성이었다. 수군만호 아래 병선 열 척과 군사 칠백여 명이 주둔했던 곳으로 현재 성벽은 허물어졌으나 남쪽에 성문과 봉화대가 남아 있다는 것이었다.

해발 사백 미터의 산꼭대기에 역시 돌을 쌓아 만든 봉화대는 사진으로 보아 마치 굽이 높은 주발을 뒤집어놓은 꼴이었고, 그 옆에 씌어 있는 설명에는 높이가 오륙 미터라고 했다. 그리고 봉화란 옛날의 가장 빠른 통신수단으로서 대개 아홉 명의 관원과 군졸이 교대로 근무했다는 일반적인 설명이 붙어 있었다. 아무려나 특별한 무엇이 눈에 띄지 않아 다행이라면 다행이었다.

그러나 그러면 그렇지 하고 무심코 그다음 설명을 읽어 내려가던 나는 어느 곳에서 그만 눈길을 멈추었다. 그렇다. 미리 말하기로 한다. 그것은 '승냥이'라는 글자였다. 각산 봉화대의 승냥이? 누군가는 앞질러 의문을 표시해 올지도 모른다. 섣부른 의문이다. 나는 틀림없이 '승냥이'라는 글자에서 눈길을 멈추었다고 했다. 그런데 그다음에 이어지는 낱말이 있었다. 그것은 '의 똥'이었다. 나는 비록 '승냥이'라는 글자에서 눈길을 멈추었지만 설명에는 '승냥이의 똥'이라고 이어지고 있었다. 이번에는 봉화대의 설명에 웬 승냥이의 똥이 나오느냐는 물음이 나올 것이다. 어쩌구저쩌구 더 늘어놓을 것도 없이 그 부분의 설명을 그대로 옮기기로 한다.

봉홧불은 장작이나 화약을 사용하기도 하였으나 가장
많이 사용한 것은 승냥이의 똥이었다.

나는 여기서 눈길을 멈추었던 것이다. 정확히 말하면 눈길을 멈춘 게 아니라 눈을 빛냈다는 쪽이 되겠다. 설명은 계속되고 있었다.

승냥이 똥에는 인(燐)이 섞여 있어서 불빛이 푸르고 밤
에도 멀리까지 보인다.

보다시피 그것은 각산 봉화대만에 국한된 설명이 아니었다. 그 어느 봉화대든 그랬다는 것이었다. 새로운 지식이었다. 나는 봉화대에 오르는 불은 당연히 횃불 같은 거겠거니 했었다. 대낮에는 연기를 하늘 높이 피워 올려야 했을 것이었다. 그런데 전혀 상상할 수 없었던 게 거기 있었다. 새로운 사실을 알게 되었다는 기쁨보다 내가 이 세상을 향해 보고, 느끼고, 판단하는 잣대가 형편없는 것에 지나지 않는다고 느껴져 한심스럽기까지 했다. 나는 지극히 짧은 지식을 가지고 살아가고 있었다. 내가 붙잡고 있는 것은 한낱 단순한 고정관념 몇 개뿐이란 말인가. 나는 어둠 속을 헤매고 있는 것이었다. 그것을 간단하게 밝혀 알려준 승냥이 똥!

일을 마치고 돌아오는 길은 갈 때의 비행기 편과는 달리 배를 타고 부산을 거쳐 열차를 탔다. 시속 삼십이 노트라는 엔젤호는 삼천포에서 사량도, 충무, 성포를 기항하면서 두 시간 반만에 부산에 닿았다. 그리고 또 무궁화호 열차로 수원까지 와서 안산으로 버스를 타고 오는 동안 이번 여행에서 내가 본 것은 공룡 발자국과 승냥이 똥 두 가지뿐이었으며 그럼에도 불구하고 그 어느 여행보다도 뿌듯한 수확을 얻은 느낌이었다. 그리고 아득한 고대의 시간 속으로 되돌아갔다가 다시 현실로 되돌아오는 느낌도 들었다. 그래서 그런지 겨우 일박 이 일의 일정인데도 무척 기나긴 여행이었다고도 여겨졌다.

류가 기다렸다는 듯이 다시 나를 찾아온 것은 바로 다음 날 저녁 무렵이었다. 내가 어련히 있을 것으로 믿는 듯한 그녀의 태도가 공연히 부담스러워 여행에서 하루만이라도 더 늦게 돌아올걸 하는 생각도 들었다.

"외박을 나왔어?"

나는 조금은 사무적으로 물었다. 좀 진득하게 붙어 있지 못하고 늘 출싹대니까 병이 나을 까닭이 없지 않으냐는 질책이 섞인 말이기도 했다. 그러면서도 예전의 그녀를 향한 내 마음의 어느 부분이 흔들리며 되살아나는 것을 어쩔 수 없었다.

"아니, 퇴원했어."

"퇴원?"

"응, 왜? 난 퇴원하면 안 되나?"

나는 꼼짝없이 의표를 찔리고 있었다.

"아니, 아니. 축하를 해야겠군."

뒤늦게 얼버무리는 꼴이 되고 말았으나 내심 다행이라는 생각이 들었다.

"아니야. 또 언젠가는 입원하게 될지 모르니까."

류는 덤덤하게 받았다. 완쾌의 기약이 없이 언젠가는 다시 도질지도 모르리라고 예견하는 말에는 뭐라고 대꾸조차 할 수 없었다. 병원에서의 생활이 어떠했냐고 묻고 싶었으나 그럴 수도 없었다. 듣기로는 그곳은 무섭고 괴기스러운 곳이었다.

"협궤열차 타봤어?"

그녀가 느닷없이 물었다. 나는 무슨 물음인가 하다가 피식 웃고 말았다.

"그건 왜지?"

협궤열차라면 나는 역무원이나 기관사 말고는 누구보다 잘 알고 있다고 자부하고 있는 터였다. 내 주머니 수첩 속에 주민등록증과 함께 들어 있는 수인선 열차 시각표를 군이 꺼내지 않더라도 몇 시에 닿고 떠나는지조차 손바닥 들여다보듯 환히 알고 있는 것이다.

"그걸 한번 타보고 싶어서. 요전번에도 트럭하고 부딪혀서 넘어졌다면서?"

류는 흰 이를 드러내며 웃음을 지어 보였다. 그 열차가 그런 식으로 넘어지는 것이 어쩌다 없지 않았다. 그 말을 듣자 나는 불현듯 역으로 나가보고 싶다는 생각이 불끈 일었다. 그것은 욕망에 가까웠다. 하루에 세 번씩 수인선의 협궤철도를 오르

락내리락하는 그 작은 열차를 가까이서 만나지 않은 것도 꽤
오래되었다. 도저히 못 견딜 것만 같았다.

"하여튼 나가보도록 하지."

나는 짐짓 그녀의 청에 못 이겨 마지못해 나간다는 듯한 몸
짓을 했다. 언제부터 나는 손해 보는 짓은 않겠다고 감정을 저
울질하며 살아온 것인지 때때로 자신이 역겨워지기도 한다.
그러나 여기서는 좀 다른 무엇이 있다. 그 대상이 협궤열차인
것이다. 이 작은 열차를 바라보는 내 눈길이 남들하고 어떻게
다른지를 설명하기는 그리 어렵지 않다. 삼 년 전에 여자와 헤
어진 뒤로 그녀에게 가 있는 딸아이가 이 열차를 타고서만 나
를 만나러 올 수 있다는 것부터 이야기해도 좋을 것이다. 시내
의 고잔역을 혼자 지키고 있는 역장님과 내가 몇 년 되는 술친
구임을 밝혀도 좋을 것이다. 색소폰 소리보다 조금 더 깊은 폐
부에서 울려 나오는 듯한 경적 소리, 잘가락잘가락 밟히는 바
퀴 소리, 그리고 갓 출가하여 여대생 티가 가시지 않은 채 팔
뚝에 연비 자국이 아직 아물지 않은 수해(修海)스님을 태워 보
내기 위해 어느 날 별을 보며 배웅 나갔던 여섯 시 반의 새벽
열차……

언젠가 딸아이를 마중 나갔을 때 역장은 마치 외국 사람들

이 그렇듯이 다짜고짜 포옹을 해 오기도 했었다. 그러고는 새삼스레 "이 열차는 안 없어져요"라고 결의에 찬 얼굴이었다. 아닌 게 아니라 여러 해 전부터 이 보잘것없는 열차를 없앤다는 설은 심심하면 떠돌곤 했었다. 안산에 자리 잡고 나서 처음 만난 술친구이기도 해서 그와 마주 앉으면 그 이야기가 나오는 것은 자연스러운 일이라고도 할 수 있었다. "이 열차는 안 없어지나요?" 나는 으레 이렇게 물었던 것이다. 술친구라고 말하는 것은 편의상의 표현이기는 하다. 그는 나보다 십 년 가까이 나이가 많았다. 처음 나는 도시 한옆에 거의 버려져 있다시피 한 역을 발견하고 나도 모르게 그곳으로 발걸음이 옮겨졌었고 어두컴컴한 창고 같은 역사에 숨어 있듯 웅크리고 있는 그를 만났었다. 어둠 속에 숨어 있는 사람에게 술 한잔의 제의가 얼마나 따뜻한 손길인지 나는 알고 있다. 그러나 그런 그를 마주하고 "이 열차 안 없어지나요?" 하고 물은 것이 얼마나 쓰디쓴 물음인지에 대해서는 그때는 미처 몰랐었다. 그는 안 그래도 붉은 얼굴을 더욱 붉히면서 그럴 리가 없다고 손을 뻗쳐 휘두르며 극구 부인했다. 대머리 진 그의 머리가 그 횟집의 진열창에 놓여 있는 삶은 문어의 머리 같다고 생각하고 있던 나는 마치 삶은 문어가 발을 뻗쳐 온다는 느낌마저 들 정도였다.

그 첫 만남 이후로 그 열차가 없어지는 것은 곧 그의 직업이 없어지는 것과 같은 특수한 위치에 그가 있다는 것을 알았고, 따라서 그 일에 관해서는 입을 닫았다. 어쩌다 협궤열차를 타고 그 승무원들에게 물어보면 십중팔구는 없어지리라는 말과 없어져야 하리라는 말을 서슴없이 하고 있었다. 적자를 보아도 형편없이 본다는 게 첫 번째 이유였다.

나는 몇 개월 만에 그 역으로 나가고 있는 것인지 감개가 무량하기조차 했다.

이곳저곳 새로운 도시의 건설이 박차를 가함과 함께 그곳 역사도 어느새 번듯한 시멘트 건물로 새로 세워지고 있는 참이었다.

"저기로 가볼까……"

이리저리 솟아 있는 낯선 시멘트 기둥 사이에서 작고 꾀죄죄한 옛 목조 역사는 금방이라도 철거될 듯 서 있었다. 그래도 아직은 열차 일을 거기서 보고 있는 모양인지 사람들 몇이 그 안으로 들락거리고 있는 것이 반가웠다. 얼굴 붉은 역장은 희끄무레 곧 꺼져버릴 것 같은 형광등 불빛 아래서 보면 거무튀튀한 나뭇등걸 같아 보였었다. 그곳으로 걸어가면서, 그동안 잠잠했던 협궤열차의 존폐 문제가 요즘에 다시 들먹여지고 있음을 상기했다. 그러나 그는 그따위 이야기들은 모두 다 헛소리라고 믿으며 그 역사를 지키고 있을 것이었다. 빨리 그를 보고 싶었다.

벌써 열차가 올 시각이 되었는가. 사람들이 철로 가까이 다가들었다. 나는 손목시계를 들여다보았다. 일곱 시 십 분, 삼 분 뒤면 열차가 도착할 시각이었다. 그리고 원곡, 군자, 달월, 소래, 남동을 거쳐 인천의 송도로 갈 것이었다. 여느 때 같으면 역장이 금테 모자를 눌러쓰며 초록색 깃발을 들고 나와야 할 때였다. 그런데 모습이 보이지 않았다.

"우린 열차 안 탈 거야?"

류가 물었다.

"타려면 낮 열차를 타야지 지금 타면 돌아오기가…… 그냥 여기서 구경이나 하자구."

애초부터 열차를 탈 마음은 없었다. 그것을 가까이서 만나는 것으로 내 들끓는 욕망은 사그라질 것임을 나는 알고 있었다. 그녀가 섭섭한 표정을 짓건 말건 나는 저녁답 속의 철길 앞에 망연히 서 있었다. 헤어진 여자와 딸아이, 그리고 중년 나이가 되도록 뭐 하나 신통하게 이루지 못하고 떠밀려온 삶. 만났다가 헤어진 여러 사람들 속에 사랑이라고 속삭이며 왔다간 여자들의 얼굴도 먼 빛으로 다가왔다. 나를 떠나간 여자도 있었고, 내가 떠나온 여자도 있었다. 어느 날 그녀들의 이름을 백지 위에 적어보리라. 패(佩), 경(瓊), 옥(玉), 그리고…… 아득한 별빛 같은 그 이름들……

열차가 색소폰 소리보다 좀 더 깊은 폐부에서 울려 나오는 경적 소리를 내며 들어오고 있었다. 열차가 멎고 옆구리의 문이 열리면서 몇 사람이 내리고 탔다. 그리고 열차는 떠나가고 있었다. 그 뒷모습에서 나는 공룡의 모습을 얼핏 떠올렸다. 그러도록 역장은 모습을 나타내지 않았다. 알 수 없는 일이었다. 철로 옆에는 웬 아낙네 한 사람과 우리 둘만이 남아 있었다. 검은 옷을 입은 뚱뚱한 여자였다. 열차는 그대로 다니는데 그토록 극구 감싸던 역장은 어디로 갔단 말인가.

"저어, 말씀 좀 묻겠는데요. 여기 역장님 어디 갔습니까?"

나는 아낙네에게 말을 건넸다. 아낙네의 눈초리가 희뜩 빛나는 걸 나는 보았다.

"역장은 무슨…… 내가 일을 봐요. 왜요?"

말뜻을 알아들을 수가 없었다.

"왜 뭔 일이 있습니까? 그분을 좀 알고 해서……"

나는 말꼬리를 흐렸다.

"그 사람, 내 남편은 갑자기 쓰러져 죽었다오. 고혈압에 맨날 술이니…… 철도청에서 날 대신 써줘서 일을 보고 있는데…… 왜 그래요?"

너무나 준비 없이 받아들인 말이라 나는 당황할 수밖에 없었다. 쓰러져 죽었다오. 그리고 고혈압과 술이라는 말만 멍한 머릿속을 맴돌았다.

"아닙니다. 그저…… 실례했습니다."

나는 허둥지둥 뒤돌아섰다. 그러자 그 새로운 역장이 역사 앞에 쌓여 있는 나뭇더미를 오르내리며 뛰놀고 있는 여자아이들을 향해 내뱉는 소리가 들려왔다.

"야, 이것들이 왜 거기서 놀고 지랄들이야. 이 썩어 문드러질 가시나들아."

그 소리가 그 아이들을 향해 지르는 것만이 아니라는 판단은 잘못된 것일까. 저쪽 공단 입구의 건널목을 지나는 열차의 경적 소리가 길게 들려왔다.

철로가의 어느 이름 없는 허름한 음식점에 류를 끌고 들어간 나는 찌개 하나를 시켜놓고 막걸리를 마셨다. 마시는 동안 나는 그 역장의 죽음과 함께 '이 썩어 문드러질 가시나들아' 하는 말이 줄곧 머리를 떠나지 않았다. 인간은 언젠가 죽는다는 평범한 진리를 새삼스레 반추해보고 있었던 것도 같다. 소멸이라는 말도 사라진 경적 소리처럼 귀에 울렸다. 그리고 일부러 철로의 침목을 밟고 집으로 돌아오는 방법을 택했을 때는 날은 어두워져 있었다. 길가의 점멸등이 불을 밝혔다.

열차도 불을 켠 채 서해안의 버려진 들판을 달려갈 것이었다. 차창으로 새어나오는 희미한 불빛이 눈에 어른거렸다. 외롭고 비린내 나는 생활에 찌든 사람들이 차창에 기대어 비춰보내고 있는 불빛이었다. 사람이 죽어 묻힌 무덤가에 인불이 푸르게 빛나는 것을 본 적이 있었다. 그 열차에서 비춰 보내고 있는 불빛은 전기로 켠 불빛이 아니라 인의 빛이었다…… 승냥이 똥에는 인이 섞여 있어 불빛이 푸르고 밤에도 멀리까지 보인다……

그리고 나는 뒤뚱뒤뚱 뒤뚱뒤뚱 달려가는 협궤열차의 공룡 발자국 소리를 들을 수 있었다. 나는 지금 그 발자국의 몇천만 년 묵은 화석 위를 걸어가는 것이었다. 나와는 아무 상관도 없는 여자가 나와 엇비슷이 옆을 걷고 있었다. 나는 몇 번이나 류를 만났으나 아직까지 그녀의 신변에 대해서 묻고 싶은 것을 묻지 못하고 있었다. 알 수 없는 일이었다. 그러나 나는 아무 말도 건네지 않는다. 그녀도 뭔가 다른 분위기를 느꼈는지 입을 열지 않는다.

……사우루스 ……사우루스 ……사우루스.

멀리서 내게 누군가 빛을 보내고 있다. 그것이 누구이며 어떤 뜻을 담은 빛일까. 안타깝게도 나는 알아내지 못한다. 삶이란 무엇이며 사랑이란 무엇인 것일까 하고 문득 하늘의 별을 쳐다본다. 아득한 이름을 가진 별에서 오는 아득한 별빛이다. 이따위 감상에 젖는 것은 술기운 탓이리라 여겨도 본다. 그러나 그 별빛은 승냥이 똥의 빛처럼 밤하늘 멀리서 내게로 오고 있다.

……사우루스……

하지만 나는 아무것도 알 수 없다고 느낀다. 우리는 어디서 와서 어디로 가는가. 우리는 단순히 썩어 문드러지고 마는 것일까. 지금 내가 알 수 있는 것은 철로 침목에 남기는 발자국의 소리뿐인 것이다. 그와 함께 어둡고 머나먼 땅, 아무도 나를 아는 이 없는 외로운 땅에 홀로 던져졌다는 생각에 나는 몸을 떤다.

나는 다시 하늘의 별을 쳐다본다. 별빛은 여전하다. 알 수 없이 가슴이 저려 온다. 그제야 몇천만 년 전, 그렇다, 아득한 몇천만 년 전부터 내가 꿈꾸어 온 것은 오로지 하나의 사랑이었으며 그 신호는 승냥이 똥의 별빛으로 내게로 오고 있다는 생각이 들었다. 그리고 나는 협궤철도의 침목을 밟으며 그것을 찾아간다는 생각이 뒤따랐다. 아니, 그것을 찾아가야 한다는 생각이라고 해야 옳을 것이었다.

웬일인지 나도 모르게 깊은 한숨이 새어나왔다. 그 소리가 그녀에게까지 들릴까봐 나는 손으로 가슴을 힘주어 쓰다듬었다. 그리고 짐짓 말했다.

"오늘 밤은 모두 잘 잠잘 수 있을 거야."

그렇게 헤어지는 것은 안타깝기 짝이 없는 일이었으나, 류는 예전에 오랫동안 내게는, 말하자면, 우상과 같은 여자였다.

너의 귀, 나의 귀

내가 류에 대해 뭔가 모르게 소홀했던 점에 나는 사과한다. 정신병원에 대한 내 선입견 때문일지도 모른다. 그런데 지금 나는 류, 그녀와 간이역에 서 있다. 그녀는 이제 병원 따위에 는 가지 않는다고 말하고 있었다. 꽤 오랫동안 소식이 없던 그녀는 전혀 딴 여자가 되어 있었다. 아니, 그것이 그녀의 본래의 모습이었다. 그런데 그때는 왜 그랬을까.

열차는 제시각이 되어도 오지 않는다. 저녁 여섯 시 사십팔 분, 어천역, 수원발 송도행 도착 시각. 기다리는 사람들이 제 가끔 시계를 들여다보았다. 늦가을에 벌써 어두울 무렵이어서 역사의 하나밖에 없는 백열등 불빛 쪽으로 시계의 글자판을 기울이고 있는 것이었다. 좀 늦어질 모양이라고들 합의를 본 듯 말하고 있었다. 이 차는 종종 그런다니까요. 곧 올 거예요. 누군가는 스스로를 위로하는 투로 말하고 있었다. 나도 시계를 들여다보았다. 벌써 이 분이나 지나 있었다. 소슬한 가을 바람이라는 말이 떠올랐다. 바람이 떡갈나무 잎사귀들을 헤집고 불 때처럼 오소소 오소소 소리를 내며 몸을 헤집고 들었다. 역 구내의 '어천' 표지판 밑에 놓은 비닐 가방과 보따리들이 먼 불빛에 희끄무레하게 웅크리고 있었다. 벌써 날은 완전히 어두워져 있었다. 하늘에 얼마쯤 흩어져 있던 흑청색도 어둠에 묻혔다. 오 분이 지났다. 어디선가 전화벨 소리가 연방 울렸다. 전화를 어서 받지 않고 뭘 하는 것이람. 조바심이 났다. 나는 역 구내를 서성거렸다.

"차가 오긴 오나요?" 아이를 데리고 있는 젊은 여자가 바람 때문인지 불확실한 미래에의 불안 때문인지 몸을 잔뜩 오그리고 어느 누구라 할 것 없이 사람들에게 물었다. "오긴 올 거예요. 어쩌다 늦어지는 수가 있지요." 누군가가 대답했다. 다소 위안이 되었는지는 모르나 하나 마나 한 이야기였다. 시간은 넘어가고 있었다. 무슨 일이 일어난 것일까. 그러나 어디서 알아볼 곳도 없었다. 작은 간이역은 오래전에 폐쇄되다시피 하여 역무원은커녕 집무실에는 열차 일과는 관계없이 가정집이

들어앉아 있었다. 다만, 낡은 침목들이 쌓여 있고 레일이 연결
되어 있는 목조의 오두막집이 옆에 딸려 있었는데 전화벨은
그 안에서 연방 울려대고 있는 것이었다. 그 문의 커다란, 녹
슨 자물통은 일제시대부터 그대로 채워진 채로 있다는 느낌이
었다.

"무슨 사고라도 났나."

나는 중얼거리며 담배를 꺼내 불을 댕겼다. 애초에 이 여행
은 잘못된 여행이었다. 그녀는 향나무 옆에 붙어 서서 무슨 상
념엔가 젖어 있었다.

류를 만나 여기까지 온 것이 바로 오늘 일이건만 까마득한
세월 저쪽의 일처럼 느껴졌다. 지금 그녀는 저기 서 있지만 그
런 그녀조차 예전부터 저기 서 있었던 것처럼 느껴지는 것은
알 수 없는 일이었다. 그렇다면 이 만남은 우리의 어떤 과정
속에서 거슬러 올라가 이루어진 만남인지도 몰랐다. 열차는
오지 않는다. 오긴 올 거예요. 이 말을 믿을 수는 없다. 철길이
외줄이잖아요. 그러니까 이쪽 차가 안 오면 저쪽 차도 움직이
질 못하게 돼요. 사람이 몇이나 타고 기다리는데, '오긴 올 거'
라는 부연 설명이었다. 하지만 시간은 자꾸 흘러가고 오직 막
막한 희망과 기대만으로 무작정 기다리기만 한다는 것은 그리

쉬운 일이 아니었다. 낡은 역사는 유령의 집처럼 보이기도 했다. "요전에도 고새기에서 사고가 났답니다. 어린애가 달려들었지요. 거긴 집들이 철길 옆에 요렇게 바싹 붙어 있으니까요." 열차에 대해 가장 잘 알고 있음 직한 여자가 두 팔을 반쯤 벌려 보였다. 그러나 우리는 혹시 이렇게 밤을 새우게 되는 것인지도 알 수 없었다. 일은 본래부터 이렇게 꼬이게 마련이었던 것처럼도 여겨졌다. 우리가 어떻게 해서 이 간이역까지 와서 있게 되었는지, 이 사실부터가 모호한 일이었다. "잘 들어보세요. 차가 오면 저쪽 건널목에서 땡, 땡, 땡, 땡, 땡 소리가 나니까요." 짐은 그대로 놔두고 바람이라도 막아보자고 휑뎅그렁한 역사 안쪽으로 몸을 옮기며 여자가 말했다.

낮에 그녀와 만난 나는 열차를 타고 이곳에 내렸었다. 잘못된 운명을 되짚어가려는 사람이 되어 이 간이역을 기점으로 삼으려는 듯이. 그러나 그로부터 몇 시간이 지나 나는 다시 이곳에 서 있는 것이었다. 만나서부터 나는 얼마 전에 그녀가 왜 그렇게 흐트러져 있었는지 그것이 자못 관심거리이자 의심거리로 되살아났었다. 그러나 나는 아무 말도 묻지 못했다. 학교 때의 그녀를 생각하면 도저히 상상할 수 없는 일이었다. 사람은 그렇게 변해가는 것일까…… 나는 땡, 땡, 땡, 땡, 땡 소리를 듣기 위해, 그 소리를 못 들으면 열차를 놓치게 되는 것인지도 모른다고 조바심을 치며 어둠 속으로 두 귀를 쫑긋거렸다.

귀에 생각이 미치자 예전의 그녀의 방이 떠올랐다. 낮에 열차를 타고 오면서도 나는 예전의 그 방을 떠올렸었다. 그때 작은 서향 창으로 오후의 햇살이 비쳐 들어와 그 방을 비현실적으로 보이게 하던 것도 아울러 떠올랐다. 그때의 그 느낌만은 언제나 환등기에 비춰보듯이 어두운 뇌리에 환하게 비춰졌다. 그것은 이승의 방 같지 않았다. 하지만 이승이 아니라고 해서 그렇다면 저승 쪽이란 말인가. 그것도 아니었다. 그것은 먼 어떤 세상의 그것이었다. 아무도 모를 유배지의 바닷가, 그 벼랑의 아늑한 동굴 속. 마치 어릴 적에 낮잠을 자고 일어나 문득 다가오는 감정, 서럽고도 외롭고도 감미로운 이상한 세상에 외따로 떨어져 있는 그런 감정에 나는 사로잡혀 있었다. 그 방에 서서 멀쩡한 정신으로 깨어 있으면서도 그렇게 느끼고 있었던 것이다. 그러나 그렇다고 해서 그 방이 무슨 특별한 방이라고는 할 수 없었다. 오히려 평범한, 한 가난뱅이 여학생의 자취방에 지나지 않았다. 철제 캐비닛이 있고, 낡은 찬장이 있고, 앉은뱅이책상이 있었다. 앉은뱅이책상 위에는 야광 사발시계가 동그마니 놓여 있었다. 그러고는 무슨 복제 그림이 끼워져 있는 나무 액자가 하나. 그것밖에는 아무런 장식도 없어 "류, 무슨 여자 방이 이렇게 무뚝뚝하지?" 하고 말하려다가 나는 그만두었다. 너무 정곡을 찌를까봐 순간적으로 저어되었던 것이다. 여자의 방은 네 벽마다 아기자기한 이야기들을 소곤거리고 있어야 한다고 생각했던 것부터가 잘못이었는지도 모른다. 그렇지만 그런 내 관념은 아직도 변함이 없다. 아직도 나는 여자의 방은…… 그중에서도 류의 방은…… 하고 말하고 있는 것이다.

그런데 그 방을 다시 한 번 휘둘러보던 나는 벽에 붙어 있는 이상한 장식에 눈길이 쏠렸다. 그 순간, 나는 내 눈을 의심하고 있었다. 하기야 내 눈은 형편없는 근시로서 차라리 약시에 가까웠다. 그러므로 그 엄연한 장식에 눈길이 쏠려 있었음에도 불구하고 내 눈을 의심하지 않을 수 없었다. 뭘 잘못 보았는지도 몰라. 그리고 그녀에게는 내가 별다른 행동을 하지 않는다는 투로 보이도록 신경 쓰며 두 발짝쯤 앞으로 다가갔다. 그리고 보았다. 내 나쁜 눈은 그것을 잘못 파악하지 않았다. 그것은 하나의 귀였다. 하나의 귀라고 해놓고 보니 몹시 부정확하고 오리무중인 느낌이 든다. 알 수 없는 암호 같기도 하다. 그래도 역시 나는 그것은 하나의 귀였다고 말할 수밖에 없는 것이다.

하나의 귀라니 그것이 어떻게 '장식'으로 벽에 붙어 있단 말인가?

그것은 보통 사람의 것보다 크고, 게다가 새하얀 하나의 귀였다. 나는 그때까지도 정체를 파악하지 못하고 그것과 방의 '무뚝뚝한' 풍경 사이에 엉거주춤 서 있었다. 화가 고흐가 자기의 귀를 자른 이야기도 떠올랐다. 그 상처 위에 흰 붕대를 두른 스스로의 모습을 그린 그림도 어디선가 보았었다. 고흐는 면도칼로 귀를 잘랐다고 되어 있지만 실상 사람의 귀는 뜻밖에 잘 떨어져버린다는 것을 나는 알고 있었다. 어릴 때 나는 장난으로 여동생의 귀를 잡아당겨 양쪽 끄트머리만 간신히 붙은 채 거의 다 떨어지게시리 만들었던 죄과가 있는 것이다. 그래서 여동생도 내가 나중에 본 고흐의 자화상처럼 붕대를 두르고 다녀야 했다. 다만 여동생과 고흐가 다른 점이 있다면, 여동생은 그 붕대 안에 귀가 들어 있었고 고흐는 그렇지 못했다는 점이 되겠다. 그런데 고흐가 그 자른 귀를 성냥갑에 넣어 다른 사람에게 보냈다는 것은 정말일까. 어떤 사람이 그렇다고 한 데 대해 어떤 사람은 그렇게까지는 하지 않았다고 했다. 알 수 없는 일이며 또 알아본댔자 내게는 별다른 소용이 닿지 않는 것이었다. 남의 잘라진 귀의 행방을 쫓는 일에 생각이 미

치자 일본 어디라든가 조선시대의 임진왜란 때 왜군들이 우리
나라에서 잘라 간 수많은 귀들을 파묻었다는 귀무덤도 떠올랐
다. 어느 학자가 찾아가서 사진까지 찍어 신문에 실었었다. 흔
히 백병전에는 상대방의 귀를 잘라 옴으로써 전과를 계산한다
는 것이었다. 6·25 때도 그랬다는 이야기를 들은 적이 있었는
데, 그때 나는 어리석게도 "그럼 귀 두 개가 사람 하나가 되겠
네요?" 하고 얼결에 끼어들었다. 그러자 중사 출신의 상대방은
대뜸 "어허, 이 사람!" 하고 일갈했다. 천만의 말씀이었다. 사람
의 귀는 그것이 머리에 달려 있을 때는 똑같이 생긴 것처럼 보
이지만, 떨어져 나왔을 때는 실상은 반대로 되어 있는 것이었
다. 혹시 이 사실에 그때의 나처럼 어리둥절할 사람이 있다면
쉬운 설명 방법이 있다. 즉 한쪽 귀를 떼어 다른 쪽에 붙여본
다면 그 귀는 얼굴 앞쪽이 아니라 뒤쪽을 향하여 귓바퀴가 열
리게 됨을 알게 될 것이다. 그러므로 어느 한쪽 귀 하나만 자
르도록 통일만 하면 되는 것이었다. 평범한 진리였다. 그런데
도 나는 그 사실이 왠지 굉장히 신기하게만 받아들여져서 눈
을 껌벅거렸었다.

"세네카의 귀야."

내가 엉거주춤하고 서 있는 동안 잠깐 문밖에 나갔던 류가

어느새 들어와 있었다. 나는 그 목소리에 순간적으로 흠칫 놀랐다. 그러나 무슨 귀라고 했는지는 얼른 알아들을 수 없었다. 다만 비록 잘리어 벽에 붙어 있다고는 하더라도 실제로 사람의 귀는 아니라고 말하고 있음은 그 말투에서 느낄 수 있었다. 하지만 내가 여태까지 그것을 실제 사람의 귀로 여기고 있었던가 하면 그것은 분명 아니었다. 그것을 실제 사람의 귀로 여기고 있었다면 나는 그 무서운 마녀의 집에서 혼절을 했거나 뛰쳐나왔을 것이다. 그것은 크고 하얬다.

"로마시대의 정치가라고 했어. 아니, 철학자, 문필가, 웅변가라고 사전에 적혀 있었어. 이름 들어봤어? 세네카, 그 사람 귀. 이 방은 연탄만 꺼지면 얼음장이야. 불구멍 조절하는 게 왜 그리 힘든지."

류는 사위어가는 연탄불처럼 희미하게 웃어 보였다. 그제야 나는 그 귀의 임자를 알았다. 나도 세네카라는 사람의 이름을 어디서 주워들어 알고 있었다. 그는 로마를 불태운 폭군 네로의 신하이기도 했었다. 영화 〈쿼바디스〉에서 네로가 수시로 그의 이름을 부르고 있었던가. 네로를 주인공으로 한 제목을 잊어버린 영화인지도 모른다. 그 세네카의, 석고로 만든 귀였다. 그런데 이 세네카의 귀에 무슨 의미가 있단 말인가. 그가 유난히 다른 사람들의 말을 경청하는 능력이 뛰어난 미덕을 갖추었기 때문에 죽은 다음에 귀만 석고로 떠서 남겼단 말인가. 나는 여전히 오리무중이었다. 피아니스트이며 작곡가인 리스트는 유난히 손가락이 길어서, 그의 음악이 그 긴 손가락과 깊은 연관이 있을 것이기에, 그가 죽은 다음에 손만의 석고상이 떠졌다고 했다.

"세네카의 귀……"

나는 류에게 들릴락 말락 하게 중얼거렸다. 그와 아울러 그 불가해한 귀에 그녀의 과거의 어떤 부분이 응축되어 깃들어 있을지도 모른다는 추측이 마치 음흉한 촉수처럼 머릿속에 뾰족하게 돋아올랐다. 과거의 아름답고 아픈 상처의 기념물?

그러는 사이에 그녀는 말없이 찬장 속에서 커피포트를 꺼내 물을 끓였다. 한낮이 기울고 있는지 방의 서향 창으로 햇빛이 기어들고 있었다. 다소 어두웠던 방이 부분적으로 밝아졌다. 그리고 보니 그 귀 아래 그녀는 마치 신에게 바칠 제물을 마련하고 있는 것만 같았다. 그녀의 방으로 나를 안내한 것도 그런 광경을 보여줄 목적이었던 것 같았다. 그녀는 이 모든 광경들을 내게 보여줌으로써 더 이상 나의 접근을 막고자 하는 것일까. 나는 그 귀가 무엇을 뜻하는지, 왜 벽에 고착시켜놓았는지를 알 수 없듯이 갑자기 그녀의 모든 것에 대해 알 수 없다는 고절감에 빠져들어갔다. 그래서 "커피가 다 떨어져서 병을 우려내야 할까봐" 하고 그녀가 말했을 때도 나는 그 생각에만 골몰해 있었다. 그리고 그 병 바닥을 말끔히 우려낸 커피를 잔에 따라놓고 둘이서 마시며, 그 세네카의 귀는 예전에 잠깐 다니던 화실에서 실수로 깨뜨린 석고 흉상의 한 조각이라는 것, 그래도 성한 부분은 저 부분밖에 없어서 무심코 들고 와 붙여놓았다는 것, 붙이는 일은 생각보다 쉬웠다는 것 등의 이야기를 들을 수 있었으나, 이미 혼란된 내 정신은 그 사실들을 곧이곧대로 받아들일 수 없었다. 그리고 시간이 흐를수록 까닭 모르게 우울해져서 가만히 앉아 있기가 힘들었다. 하지만 그 뒤 나는 이상스럽게도 더더욱 류에게 정신을 빼앗겨가는 나를 발견했다. 귀 때문일까. 그것은 모른다. 어느새 내 젊은 영혼은 그녀로 인해 하루하루 피돌기를 계속할 수 있다고 믿고 있었다. 그녀는 내 영혼의 심장이었다!

그런데 꽤 오랜 세월을 뛰어넘어 나는 다시 그 방을 가장 가깝게 떠올리고 있었다. 그 오랜 세월 틈틈이도 내가 그 방을 떠올리지 않은 것은 아니었다. 특히 화방 옆을 지나며 그 안에 있는 어떤 종류의 석고상을 보게 될 때는 어김이 없었다. 그럴 때마다 나는 그 방의 첫인상을 떠올렸고, 그와 함께 까닭 모르게 심란해지는 마음을 가누려고 애썼다. 그것은 갑자기 인생이 수수께끼처럼 여겨지는 감정을 수반했다. 인생이 왜 수수께끼라야 하는가. 내가 태어난 사실이 확고한 이상, 내가 살아서 두 발로 길을 걸어가고 있는 이상, 인생은 확고한 것이지 않으면 안 된다. 하지만 그놈의 귀 때문이란 말인가. 나는 그만 맥없이 헤맬 수밖에 없었다.

만약에 '아침에는 네 발로 걷고, 낮에는 두 발로 걷고, 저녁에는 세 발로 걷는 동물은?' 하는 수수께끼를 스핑크스가 냈을 때, 그것이 사람이라는 것을 여태까지 아무도 맞추지 못했다면, 스핑크스는 오늘날처럼 나폴레옹 군대에 의해 코가 깨진 채 사막에 서 있는 게 아니라 귀가 뭉청 날아간 채 서 있을 것이다, 라고 중얼거렸을 정도로 나는 그놈의 귀에 신경이 쓰였다. 그러나, 어쨌든 이 모든 것은 그녀로부터 연유했다고 해야 한다.

그런데, 내가 '그런데'라고 말하면서 '그 방을 가장 가깝게 떠올리고 있었다'고 말하고 있는 까닭은 무엇인가. 얼른 말해서 나는 그녀와 함께 열차를 타고 가고 있기 때문이었다. 이 사실 자체가 내게는 믿기지 않는 사실이었다. 전에 몇 번 이상한 형태로 만난 것은 그녀가 아니었고 이번에 그녀를 처음 만났다는 생각도 들었다. 그녀는 저 세월 속에서 학교도 채 마치지 않은 채 어디론가 사라져버렸었다. 나는 이것을 배반으로 받아들였다. 왜냐하면 우리는 상당히 자주 만났고 그 과정에서 어느덧 나는 그녀를 내 여자로 점찍어놓고 있었던 것이다. 나중에 바람결에 들리기를, 나도 어찌어찌하면 알 만한 사람과 결혼을 했다고 했다. 나는 그때 한 주간지에 적을 두고 밥을 빌어먹고 있었다. 나는 예전에 늘 그녀 주위를 빙빙 돌면서 이렇다 할 이야기를 만들지 못한 내가 새삼 되돌아보아졌다. 하는 수 없는 노릇이었다. 그 뒤로 나는 어디에서도 그녀의 소식을 들을 길이 없었다. 그 주간지마저 80년대에 들어와서 이른바 언론 통폐합의 소용돌이 속에서 여배우의 옷을 너무 벗겼다는 준엄한 단죄에 의해 고래 싸움에 새우등 터지듯 터져 없어져버리고 말았고, 집구석에 들어앉게 되자 내게는 가느다랗게 되어 있다고 기대되는 통로마저 봉쇄되어버린 느낌이었다. 그러나 젊은 날에 가까이서 그때그때 애를 태우다가 영원히 사라져버린 여자를 향해 통로란 무슨 부질없는 짓거리란 말인가.

"저것이 나문재란 풀이지. 나물도 해 먹는데 맛이 없기로는 둘째가라면 서러울 거야."

나는 차창 밖으로 펼쳐진 너른 개펄에 선연한 붉은빛으로
가득히 돋아 있는 나문재의 군락을 가리켰다. 그것은 마치 하
늘의 나염 공장에서 그 빛깔만 골라 몇만 평의 천을 일부러 갖
다 널어놓은 것같이 보였다. 내가 그녀에게 설명한 것은, 그 광
경을 처음 보는 사람마다 틀림없이 "저건 뭐죠?" 하고 묻기 때
문이었다. 어떤 구상화가가 있는 그대로 낱낱이 그려놓는다고
해도 그 풍경은 구상이 아니라 추상일 수밖에 없었다. 내가 가
리키는 데 따라 그녀는 망연히 밖을 내다보고만 있었다. 이제
가을이 완전히 지나고 겨울이 가까워질수록 저 붉은빛은 보라
색을 띠어 개펄을 어두운 색조로 물들이다가 누릇누릇 시들
것이었다. 열차는 그 개펄을 오른쪽으로 바라보며 작은 야산
아래 펼쳐진 논밭 사이로 달려가고 있었다.

나는 수첩을 꺼내 미리 적어둔 열차 시각표를 하릴없이 들
여다보았다. 사실 그것을 들여다볼 필요는 전혀 없었다. 나는
우리들이 가고 있는 곳까지의 여러 역 이름조차도 외고 있었
다. 우리는 고잔역에서 탔고 그다음이 일리역, 그다음이 사리
역, 그다음이 야목역, 그다음이 우리들의 목적지인 어천역이었
다. 고잔에서 열한 시 사십팔 분에 떠나 어천에 열두 시 십오

분에 닿았다. 그러니까 삼십 분이 채 못 걸리는 멀지 않은 거리였다.

류로부터 뜻밖에 전화가 온 것은 전날 저녁이었다. 나는 또다시 여러 가지 감회가 어렸으나 기껏해야 "어떻게 지금 괜찮아?" 하는 말이 앞섰다. 그러나 서울을 떠나 작은 신생도시에 같이 살고 있다는 사실에 대한 반가움에 뒤이어 결국 별수 없는 삶이라는 묘한 반응이 따랐다. 이 황량한 곳까지 밀려왔으니 너도…… 하는 동류의식 속에 자신에 대한 부끄러움과 상대방에 대한 은근한 깔봄이 안쓰러움으로 깃들어 있다고 하더라도 역시 반가움은 반가움이었다. 그녀는《생활정보》라는 지역 선전 책자에 이름이 보인 김에 전화를 걸어보는 것이라고 대답했다. 나는 그곳에 〈새 땅에 새 뿌리를 내리자면〉이라는 짤막한 글을 써서 실은 적이 있었다.

우리는 물론 만남에 주저 없이 합의했다. 그러고 나서 마침 바로 다음 날 예전 은사인 김적인(金迪仁) 선생님을 찾아뵐 작정을 했으니 괜찮으면 같이 가는 게 어떠냐고 나는 제안했던 것이다. 김 교수가 학교에서 정년퇴직한 뒤 남양 땅에 자리 잡았다는 사실은 벌써부터 동창에게서 듣고 있었고 주소도 적어두었었다. 김 교수를 찾아보려는 계획은 다분히 수인선 철도를 의식하고 꾸며진 것이었다. 그 철도를 이용하면 안성맞춤이겠기 때문이었다. 그녀는 잠깐 머뭇거리더니 좋을 대로 하라고 승낙했다. 나는 전에 그녀가 그 열차를 타고 싶어 했으나 거기 응하지 못한 것에 미안함을 느끼고 있었기에 고마운 마음이었다.

시간이 거의 다 되어 나타난 그녀와 이러쿵저러쿵할 사이도 없이 우리는 열차에 올랐다. 협궤열차 안은 사람이 한두 명 섰을 정도로 한산했다. 철도 언저리 마을로 장사를 나감 직한 아주머니들이 서로 마주 보며 모여 앉아 이야기꽃을 피우고 있을 뿐, 나머지 사람들은 그저 멀거니 앉아 흔들리고 있었다. 다른 데서 온 손님 같았으면 협궤열차가 어떻고 저떻고 설명을 늘어놓았으련만 나는 입을 다물고 있었다. 오래간만에 만났음에도 불구하고 그녀가 큰 감정의 폭을 나타내지 않는 데도 원인이 있었다. 짙은 쥐색 바바리를 아무렇게나 걸쳤으나 그동안 그녀는 상당히 세련된 몸가짐을 하고 있었다. 그런데도 그 표정 어딘가에 빈곳이 있음을 나는 지나치지 않았다. 여기까지 밀려와서 살아가야 하는 일상의 곤고함 때문이리라. 그러므로 그저 누구나가 하듯이 "그동안 어떻게?"라는 질문을 던졌고 이에 대해 그녀로부터 "그저 그렇게"라는 대답을 들었다.

하지만 시간은 아직 얼마든지 있었다. 그녀 쪽에서 먼저 전화를 걸어왔으므로 내 쪽에서 서두를 것도 없었다. 게다가 그녀는 어느 의미로 내게는 '배반자'였다. 그런 그녀와 문득 이상한 땅에서 만나 협궤열차를 타고 옛 은사를 찾아간다? 도무지 이해할 수 없는 장면이었다.

"선생님이 의아해하실걸?"

나는 그녀에 대한 궁금증 따위는 짐짓 뒤로 미루고 될수록 가벼운 분위기를 가질 필요가 있다고 느꼈다.

"뭘?"

그러나 그녀가 생뚱한 표정을 지었다. 모든 여자들이 그렇지만 그녀는 예전부터 시치미를 떼는 데는 뭐가 있었다. 그 시치미에 그만 나는 움츠러들었다. 그와 함께 그녀가 무엇 때문에 만나자고 했는지조차 아리송했다. 아니, 그녀는 전화만 걸었지 만나자고 한 것이 아니기는 했다. 하기야 만나서 이제 겨우 십몇 분, 숨 돌릴 틈이나 겨우 있을까 말까였다. 아니다, 이 여자는 옛날 자신의 배반 때문에 아직은 그것으로부터 자유롭지 않은 것이다, 나는 생각했다.

"표 안 끊으신 분들 표 끊으십시오."

승무원이 기다란 전표 모양의 승차권을 들고 지나갔다. 그는 비어 있는 운전석 옆에서 아까부터 비디오카메라를 들고 열심히 바깥 풍경을 찍고 있는 흑인을 발견하고는 그냥 지나치려다 되돌아서서 "쑤원?" 하고 장난처럼 물었다. 흑인이 다소 긴장한 얼굴로 머리를 끄덕였다. 그에 따라 승무원도 웃으며 알겠다는 듯 마주 고개를 끄덕였다. 그러고 나서 승무원은 저쪽 칸으로 가봐야 볼일도 없다는 몸짓으로 그 옆에 기대서서 흑인의 비디오카메라에 손을 내밀었다. 흑인이 비디오카메라를 넘겨주었다. 승무원은 그 렌즈를 통해 바깥 풍경을 바라보더니 그렇게 보이는군요 하듯이 고개를 끄덕이며 돌려주었다. 여름철 행락 인파가 많을 때 세 칸이나 네 칸으로 늘어나기는 해도 보통 두 칸만으로 운행하는 그야말로 장난감 열차였다.

일본 식민지시대에는 쌀이나 소금을 실어 나르는 데 큰 활약을 했다고 하나 이즈음에는 승객도 줄어들어 웬만한 역은 역무원조차 근무하지 않는 폐역이 되어버렸다. 그러니까 우리는 지금 유리창도 깨지고 벽의 회칠도 벗어지고 밤이면 전등불 하나 제대로 켜지지 않는 버려진 폐역들을 거쳐 어디론가 가고 있는 것이었다. 승무원이 흑인에게 열차 안의 통로 쪽을 가리키며 비디오카메라를 눈에 갖다대는 시늉을 했다. 저기 쪼그리고 앉은 몸뻬 차림의 아낙네나 마고자 차림의 노인네나 피곤에 지친 듯 졸고 있는 더벅머리 젊은이나 칭얼대는 어린 애를 어르는 아낙네가 통로를 사이에 두고 서로 마주 보고 가고 있는 광경은 안 찍느냐는 뜻이었다. 거기에 흑인은 흰 이를 드러내며 웃기만 했다. 열차가 이목역에 닿았다. 몇 사람이 내리고 타고 열차는 떠났다. 시멘트로 포장된 좁다란 농로와 가까워졌다 멀어졌다 하면서 열차는 속력을 더했다. 낡은 침목으로 열차는 덜컥덜컥 뛰었다. 추수가 끝난 논에 쌓여 있는 볏단을 바라보며 나는 주머니 속의 차표를 꺼내 들었다. 자줏빛 몸뻬를 입은 중년 아낙네가 자리에서 일어나 플라스틱 함지를 문 쪽으로 붙여놓았다. 비닐로 꼭꼭 여며놓은 함지 안에는 겨우 전철표보다 클까 말까 한 작은 전어 새끼가 납석같이 흰 비늘을 반짝이며 소복하게 쌓여 있었다.

"아저씨, 내릴 때 이거 좀 들어줘요."

아낙네가 내게 부탁했다.

"예. 우리도 내립니다. 염려 마십시오."

유난히 커다란 교회 건물이 십자가를 높이 치켜들고 있는 언덕이 눈에 들어왔다. 우리는 그 아래 역에서 내려야 했다.

"여기서 또 버스를 얼마쯤 타야 돼."

나는 알아둔 대로 말했다. 그녀가 고개를 끄덕였다. 그 역도
이미 그냥 내버려져 있는 역이었다. 우리는 묵은 측백나무가
앞을 가리고 있는 덩그런 역사로 들어가 빈 대합실을 두리번
거리며 빠져나갔다.

"꼭 유령의 집 같애."

그제야 그녀가 뭔가 또렷한 목소리로 말했다. 그 목소리로
말미암아 그 말의 내용이 무엇이든 간에 나는 비로소 그녀와
의 대화가 시작되었다고 느꼈다. 그때까지의 그녀는 내게 미
정형의 무엇이었다. 허둥지둥 열차에 올라 손잡이를 잡고 흔
들리고 있었으므로 서로 사이에 흐르는 감정이 제자리를 잡지
못하고 있었다 하더라도.

"죄다들 도시로만 몰려가니 별수가 없지. 그쪽은 여기서 어
떻게 지내?"

나는 이제 뭔가 물어볼 기회가 왔다고 여겨져서 드디어 정
색을 하고 물었다. 곧 큰길이 나왔고 우리는 왼쪽으로 방향을
틀어잡고 있었다.

"그렇게 됐어. 여기서 쪼그만 가게를 차렸어. 서울은 워낙
자리 값이 비싸니까 엄두를 못 내고."

그녀는 서슴지 않고 말했다. 그 말 한마디에 그녀가 서 있는

인생의 대강이 어느 정도 밝혀졌다.

"가게? 무슨 가게?"

나는 관심을 기울여 물었다. 순간 나는 귀가 여기저기 장식된 액세서리 가게 같은 걸 상상했다. 언젠가 대학 앞의 카페라는 곳에서는 주인 여자가 학생들이 없는 방학 때는 그곳을 자신의 화실로 사용한다고 말했었다. 그처럼 그녀의 가게도 특수한 공간일 것 같았다.

"그냥 아무거나 하는 거야. 장사에 재주가 있어야지."

그녀는 그 언젠가처럼 희미하게 웃음을 띠고 구체적인 대답을 피했다. 그녀의 그런 태도에 꼬치꼬치 캐물을 생각은 버려야 했다. 그러지 않아도 저절로 알게 될 것이었다.

우체국을 지나고 약국을 지나고 중국음식점을 지나고 복덕방을 지나니 '민들레다방' 앞에 버스 정류장이 나타났다. 맨드라미꽃 모양 깃이 달린 블라우스를 입은 레지가 내다보다가 나와서 표 두 장을 끊었다. 길을 사이에 둔 양쪽의 집들은 모두 앞면이 반듯하게 잘린 채 일정한 높이의 블록으로 위장되어 있었다. 그 뒤쪽은 서까래가 휘어진 낮은 지붕들이 먼지를 함빡 뒤집어쓰고 숨어 있었다.

"남편은?"

왜 내가 마치 꺼내서는 안 될 물건을 꺼내는 것처럼 느껴졌을까. 그러고는 마치 지나치는 질문이라는 듯 버스가 왜 이리 늦게 올까 하는 시늉으로 먼 길모퉁이에 눈길을 던졌다.

"남편은…… 뭘?"

그러나 그녀는 반문했다. 나는 그가 무엇을 하느냐고 던진 물음이었다. 모퉁이로 버스가 차창에 햇빛을 반짝 반사하면서 모습을 나타냈다.

"차가 와. 남편은 잘 있느냐고."

나는 싱긋 웃어 보였다. 버스가 멎는 바람에 우리들의 토막진 대화는 끊겼다. 세 사람이 내린 다음 우리는 차에 올랐다. 남편 이야기는 당연히 어디로 사라져버렸다. 우리는 멍하니 바깥을 바라보았다.

버스가 목적지에 이르렀으나 아직 해는 높았다. 아니, 우리가 가야 할 정말 목적지는 거기서부터 이십 분쯤은 또 걸어야 했다.

"뭘 좀 먹고 가야겠어. 점심땐데."

나는 말하고 가게 몇 개가 나란히 붙어 있는 골목으로 접어들어 갔다. 골목은 꽤 넓은데도 좁고 어둡게 느껴졌다. 고소한 냄새가 독기처럼 코를 찔렀다. 반들반들하고 까맣게 기름에 전 무쇠솥 안에서 참깨가 유황 타는 것 같은 연기를 내며 달달 볶이고 있었다. 버스를 타고 오면서 나는 무슨 생각을 했던가. 그것은 생각이라고도 할 수 없었다. 예전 그녀가 종적을 감추었을 때 나는 그녀를 배신자로 낙인찍었으며 괴로워했다. 그리고 그 뒤로 오랫동안, 아니 오늘날까지 나는 그 생각을 버리지 않았다. 이 이면에는 내가 아직도 그녀에 대해 멍울진 간절함을 품고 있다는 뜻이 새겨져 있었다. 그런데 어떠한가. 이제 내게서는 살아 있는 느낌의 간절함은 배어나오지를 않았다. 나는 내 밋밋한 가슴에 놀랐다. 류는 이제 있어도 그만 없어도 그만인 존재에 지나지 않았다. '세상에 가엾은 여자는 버림받은 여자이며, 그보다 더 가엾은 여자는 잊힌 여자'라는 삼류 정의가 있지만 류는 그야말로 이것도 저것도 아니었다. 나는 이 사실에 당혹하는 한편 그녀가 이 사실을 눈치채게 될까봐 몹시 부담스러웠다고 고백하지 않으면 안 된다. 게다가 그녀는 내가 지니고 있던 것보다 훨씬 평범한 여인상의 여자에 지나지 않아 보였다. 무슨 가게를 하는지 몰라도 길거리의 무수한 진열창 안에 우두커니 앉아 있는 여자 중의 하나에 불과한 것이다. 그놈의 세네카의 귄지 뭔지 하는 그 귀때기만 해도 그렇다. 그저 심심풀이로 주워 와서 형편없는 장난으로 붙여놓은 게 나를 홀렸던 것이다.

골목이 다 끝나도록 이렇다 할 음식점은 안 보였다. 몇 사람이 둘러앉은 가운데 파란색 운동복을 입은 사람이 송아지만한 개를 월월 어르며 무엇인가 장사를 하고 있었다. "아무것두 없군" 하고 내가 돌아서려 하자 그녀가 한옆에 앉아 스테인리스 양재기를 들고 국수를 먹고 있는 아낙네를 가리켰다. 국수 위에 채 썬 호박이 파릇파릇 움트는 새싹처럼 보였다.

"아주머니, 그런 국수 파는 집이 어딨죠?"

그 집은 바로 맞은편의 아무런 표지도 없는 흰 포장집이었다. 우리는 그리로 들어가 국수 두 그릇을 시켰다.

"저 개 말야. 종자가 뭐라나. 한 번 붙이는 데 오만 원이랴. 한배 잘 봐 길르믄 수십만 원은 문제도 아니라느문."

"그야 갯금이 송아짓금보다 나으니께. 듣자 하니 어떤 건 십만 원씩 하는 것두 있다더구만. 개는 크기는 큰데. 저런 거하구 붙이자믄 암컷두 웬만큼 큰 종자라야지."

이야기하는 중년들 앞에는 막걸리 양재기가 놓여 있었다. 나는 그들의 말을 들으면서 오만 원이라는 사실에도 놀랐지만 저렇게 돌아다니며 개를 교접시키며 살아가는 직업이 있다는 사실에 더욱 놀랐다.

"흘레를 붙이는 모양이지, 개를?"

어느새 좌판 앞에 나온 국수를 젓가락으로 집어올리며 그녀가 말했다. 나는 말없이 고개만 한 번 끄덕였다. 나는 그녀를 뒤따라 먹기 시작했다. 중학교 때 살던 부산 서면 뒷골목이 떠올랐다.

그곳에는 개들이 유난히 많았었다. 아침에 학교에 가다 보면 골목길 한복판에서 개들이 교미를 했다. 개들은 수컷이 암컷 속으로 들어가기가 바쁘게 왜 서로 반대 방향으로 떨어지려고 애쓰는지 모를 일이었다. 어느 날도 개들은 서로 떨어지려고 낑낑 애를 쓰고 있었다. 그 광경을 바라보며 옆을 지나치던 나는 순간 길옆 나무판자 담장 틈 사이에 무엇인가가 있음을 직감했다. 무엇일까 할 사이도 없이 나는 그것이 까만 눈동자임을 알았다. 그 까만 눈동자에 비쳐 나온 열띠고 번들거리는 빛이 그 눈동자의 정체를 내게 노출시킨 것이었다. 내가 그 눈동자를 쳐다보는 순간 그 눈동자는 담장 틈에서 재빨리 옆으로 비켜졌다. 눈동자만 한 너비의 틈 사이로 하얀 옆얼굴이 언뜻 보였다가 사라졌다. 그 하얀 얼굴에 어린 홍조를 나는 보았다고 생각했다. 누구일까. 그것은 새침데기로 이름나서 동네 형들이 말 한마디 못 붙이고 공연히 휘파람만 후익후익 불어

대던 그 집 여고생 누나가 틀림없었다. 아무리 좁은 틈서리라 해도 나는 알 수 있었다. 그 뒤 나는 그 누나가 교복을 말끔히 다려 입고 눈을 살포시 내리깐 채 길을 지나가는 모습을 보면서도 개가 흘레를 붙는 광경이 연상되었다. 또 개가 흘레를 붙는 광경을 보면 그 누나의 모습이 떠오르곤 했다. 그것은 그만큼 내가 그 누나를 흠모했다는 이야기로 풀이된다.

국수를 먹은 뒤 우리는 가게에 들러 간단한 선물을 샀다. 사과와 작은 국산 양주였다. 그리고 길을 물어 우리는 함께 걷기 시작했다. 김 교수는 내 졸업논문을 지도했을 뿐만 아니라 내가 일자리를 얻는 데도 큰 도움을 주었었다. 졸업하고 처음 몇 해 동안 해마다 빠짐없이 그 집에 드나들었으나 먹고살기가 바쁘다는 핑계로 차츰 뜸해져서 마침내는 발길이 끊어지고 말았다. 류와 나는 같은 교실에서 윤리니 도덕이니 정의니 하는 것들을 공책에 적어 넣었었다.

내가 선생님이 몸이 불편하더라는 말을 했을 때 그녀는 마른 코스모스 대궁을 똑똑 꺾고 있었다. 농협 건물을 지나 돼지 우리를 마지막으로 곧 시골길로 접어들었다. 벌써 잎들이 진 아까시나무들의 앙상한 가지가 허공을 휘어잡으려는 듯 갈퀴를 짓고 있었다. 도대체 예전의 그녀에게서 느끼던 감정은 조금도 느끼지 못하고 길을 가야 한다는 것은 고역이었다. 그랬다면 차라리 다방에서 만나 몇 마디 이야기를 나누고 홀가분하게 헤어지는 편이 나았었다. 그런데도 그녀는 내 감정을 아는지 모르는지 전혀 개의치 않는 눈치였다. 나는 은근히 부아마저 치밀었다. 그때는 어떻게 된 거지? 왜 아무 말 없이 집까지 옮기고 사라졌지? 묻고 싶었으나 다 부질없는 노릇이었다. 그따위 일들이 이제 와서 무슨 소용이 있단 말인가. 그것은 이미 십몇 년도 더 전의 케케묵은 이야기일 뿐이었다. 아니, 심지어 옆에 걷고 있는 여자는 류가 아니라는 생각도 들었다. 그일과 나 자신도 무관한 것처럼 여겨졌다. 그것은 내게 있었던 일이 아니다. 나는 몽롱한 의식 속에서 허우적거렸다. 지금 나는 어디로 가고 있는 것이며 옆의 사람은 누구인가. 가야 할 곳은 정작 딴 곳에 있는데 엉뚱한 방향으로 가고 있는 건 아닐까. 구름 한 조각 없는 청명한 하늘과, 베어진 벼 그루터기만 까슬까슬 남아 있는 논과, 너무나 잘 자라 마치 플라스틱으로 만들어놓은 것 같은 배추 포기들이 내가 겪고 있는 현실의 풍경인지조차 부쩍 의심이 날 지경이었다.

자전거를 타고 오는 학생에게 다짐하듯 길을 물었다. 바로 도랑 건너 집들이 옹기종기 모여 앉은 마을이었다. 마을 뒤의 야트막한 야산은 군데군데 단풍으로 물들어 있었다. 자, 다 왔나봐. 나는 구원이라도 받은 듯 말했다. 그녀가 손에 들고 있던 들국화 한 줄기를 도랑에 던졌다. 동네 사람인 듯싶은 노인이 맞은편에서 나타났다. 우리는 노인이 도랑 위에 걸린 좁은 시멘트 다리를 건너오기를 느긋이 기다렸다. 노인이 헛기침 소리를 냈다.

"저 말씀 좀 묻겠습니다……"

노인에게서 들은 말은 너무도 뜻밖이었다. 선생님은 보름 전쯤 갑자기 세상을 떠났다는 것이었다. 그녀와 나는 얼굴을 마주 쳐다보았다. 허망하기 짝이 없는 노릇이었다. 선생님은 돌아가셨다. 우리는 그 선생님을 방문하기 위해 십몇 년 만에 만나 이상한 여행을 해온 것이었다. 온몸에 기운이 빠지고 변변찮은 선물이나마 들고 온 것이 천근의 무게로 느껴졌다.

그녀가 십몇 년 만에 나타났다는 사실부터가 심상찮은 일로 받아 들여졌다. 그녀는 마녀야 아닐지는 몰라도 마녀의 역할을 하고 있다는 생각이 퍼뜩 들었다. 어서 집으로 돌아가야 한다. 그리고 평온을 되찾아야 한다. 선생님은 돌아가셨다. 나는 나를 되찾아야 한다. 나는 무거운 발길을 허둥지둥 되돌려 걷기 시작했다. 잘못된 운명을 되짚어가려고 했다가 막다른 골목에 이른 꼴이었다. 선생님의 죽음을 확인하기 위해 실로 어처구니없는 짓을 했다는 생각이었다. 선생님은 돌아가셨다……

그리하여 다시 하나의 기점으로 돌아온 우리는 열차를 기다리고 있는 것이었다. 하지만 땡, 땡, 땡 소리는커녕 열차는 감감무소식이었다.

"이러다가 정말 안 오믄 어쩐단 말야?"

한복 바지에 스웨터를 입고 중절모를 쓴 중늙은이가 아내인 듯싶은 여자에게 공연히 짜증을 냈다. 아무도 거기에 대해 시원한 답변을 해줄 수 있는 사람은 없었다. 캄캄한 하늘에는 별들이 문자 그대로 총총 돋았다. 건너편 마을의 집들에서 비쳐 나오는 형광등 불빛들이 바랜 감광판처럼 빛났다. 또다시 전화벨 소리가 그악스럽게 울려댔다. 열차는 오지 않으니 기다리지 마십시오…… 급히 알려주려는 전화 같았다. 여러분은 지금 위험한 지경에 빠졌습니다……라고 말하려는 것일까. 그 지역은 이미 적의 수중에 떨어졌습니다…… 낙동강 지역에서 치열한 전투가, 아뿔사, 딘 소장마저 적의 포로로! 채병덕(蔡秉德) 장군님!…… 구상(具常)은 이중섭(李仲燮)을 배에 태워 일본으로 보내주었습니다…… 어둠 속에서 울리는 모든 소리는 비상시의 소리처럼 들렸다. 어둠 전체가 열차가 오는 길을 차단하고 완강하게 저항하고 있는 것만 같았다. 그렇다면 어둠이 물러서지 않는 한 열차는 오지 않을지도 모른다. 아이를 데리고 자꾸만 시계를 불빛에 비쳐 보던 젊은 여자는 이윽고 포기했는지 어디론가 향해 발길을 돌렸다. 안 오나봐, 그냥 우리 집에 들어가서 자고 내일 가. 안 돼. 밤늦게라도 그이가 올 텐데, 저녁도 지어놔야지. 전화하면 되잖아. 그래두 가야 돼. 젊은 여자는 아마도 조금 전까지 자고 가라고 권유하다가 들어간 친구 집으로 가는 것이리라. 그러고 보니 어느 틈에 두어 사람이 더 없어진 것 같았다. 오지 않는 열차를 기다리는 것처럼 어리석은 일은 없다는 격언도 있었다고 기억되었다. 열차는 정녕 오지 않는가? 아니, 어쩌면 먼저 지나가버렸는지 모른다고도 여겨졌다. 우리가 도착하기 바로 직전에, 뒤뚱거리며 달리던 보잘것없는 열차가 갑자기 특급열차라도 된 양 이 작은 간이역을 그냥 통과해버렸다는 생각도 들었다. 우리는 지금 기다림의 본질 중의 하나인 무지몽매함 속에서 다만 암흑만을 볼 수 있을 뿐이다. 아무리 기다려도 우리에게 더욱 구체적으로 다가올 것은 암흑뿐일 것이다. 역에 있는 다른 모든 사람이 어디론가 간 다음 우리만 남는다면? 그래도 하염없이 기다려야 할 것인지 나로서는 도무지 판단할 수 없었다. 그녀와 나는 이제는 오히려 거북한 사이에 불과했다. 그런데 난데없는 곳에서 어둠이 우리를 얽어매놓고 있는 것이었다. 불안했다.

"열차가 안 오나봐요."

문득 류의 목소리에 눈을 들어 보니 흐린 불빛을 등지고 선 그녀의 검은 실루엣이 어둠의 실체처럼 다가왔다. 그 모습이 웬일인지 실체의 그녀 같지 않아서 순간적으로 나는 기묘한 느낌에 빠져들었다. 여태까지와는 달리 존대 어미를 붙이는 것도 여간 생소하지 않았다. 나는 열차에 대해서 뭐라고 말할 처지도 아니었지만, 그 느낌 때문에 아무 말도 입 밖에 낼 수 없었다. 그 느낌 중에 그녀의 모습이 이 세상 사람의 모습이 아닌 것처럼 여겨진 구석이 있었다면 그것은 단순히 어둠 탓으로 돌려야 할 것이었다. 그러나 그 검은 실루엣의 얼굴이 창백하게 느껴진 것은 왜였을까.

"그럼 열차가 올 때까지만 얘길 해야겠어. 사실은 안 하려고 했지만 무언가 기다린다는 건 진력나는 일이니까. 옛날에 그 귀 생각나? 석고상에서 떨어져 나온 귀 말야. 그게 내게는 무슨 운명을 암시하고 있었나봐. 나로서는 심심풀이에 지나지 않았는데. 그건 악마의 주술이었는지도 몰라. 열차가 언제 올지 모르니까 간단히 말해야지."

그녀가 잠시 동안 말을 멈추었다. 그동안 그녀야말로 무슨 악마의 주술을 읊고 있는 것처럼 꼼짝 않고 그 자리에 서 있었다. 그에 따라 나도 이상스럽게 얼어붙은 듯이 서서 그녀의 말에 귀를 기울이고 있었다. 하지만 나는 그녀가 하는 말을 한마디도 알아들을 수가 없었다.

"결혼을 하고 집을 옮겼을 때도 나는 웬일인지 그 귀를 떼어다 붙였어. 내 딴에는 퍽 이색적인 장식이라고 생각했던 게 틀림없어. 그러나 그건 어디까지나 장식에 불과했어. 유치한 장식이지. 도대체 그게 그 이상의 뭐겠어?"

내 동의를 구하는 듯한 물음이었다.

나는 잠자코 고개를 끄덕거렸다. 나는 그 방에 처음 들어가서 그 귀를 보았을 때의 분위기가 되살아났다. 그것이 과연 유치한 장식에 지나지 않았던가에 대해서는 뭐라고 꼭 집어 말하기는 곤란해도 그것은 확실히 내게는 그 이상의 무엇이었다는 생각이 들었다.

"그런데 문제는 그해 오월부터 시작되었어. 80년 오월 말이야. 광주하고는 아무 상관도 없는 그이가 갑자기 직장을 집어치웠던 거야. 이해할 수 없는 일이지. 광주라니? 그이는 광주에 가본 적도 없다고 했어. 그런데 웬일인지 견딜 수가 없다는 거야. 자기 자신이 견딜 수가 없다는 거야. 가만히 의자에 쭈그리고 앉아서 봉급 받을 날만 기다리는 자기가 견딜 수가 없다는 거야. 사람들이 죽어 나자빠져 가는데 그러고 앉아 있는 자기가 견딜 수가 없다는 거야. 그렇다고 현실에 대해 어쩌자는 것도 아니고 다만 자기 자신을 되찾아야겠다는 거였어. 사실 그이는 체제니 반체제니 하는 것들과도 담을 쌓고 있던, 그저 소심한 생활인이었어. 그런데 어느 날 갑자기 직장을 집어치우고 집에 들어앉았어. 피가 끓어오르고 눈물이 나서 못 견디겠다면서, 그러고는 자기를 찾자면 우선 글을 쓰거나 그림을 그려야 된다면서 원고지며 스케치북이며 이젤이며 마구 사들였어. 난 영문도 모른 채 팔짱을 끼고 보고 있을 수밖에 없었어. 그이는 하루 종일, 그야말로 식음을 전폐한 채 뭔가를 쓰고 그리고 했어. 꼭 미친 사람 같았어. 눈이 벌게가지고 무서웠어. 그이가 써놓은 글이나 그려놓은 그림이란 것도 도무지 알 수 없는 거였어. 글은 문장이 어디서 시작해서 어디서 끝나는지, 또 무슨 소리를 하려고 했는지 읽을 수조차 없었고. 그림은 모두 결국은 짓뭉개놓은 것에 지나지 않았어. 그러면서 무수한 사람들이 죽어갔으니 자기 자신을 찾아야 한다고…… 미친 거야. 그거 무서운 일이었어. 내가 어떻게 손쓸 틈도 없이 미쳐버린 거야. 그런 기간은 꽤 오래갔어. 난 그러다가 정말 자기를 되찾아 예전의 모범 생활인으로 돌아오리라고 막연한 기대만을 하고 있었어. 그런데 어느 날이었어. 그건 끔찍한 일이었어. 확실히 세네카의 귀란 그 재수 없는 물건 때문이었는지도 몰라. 어느 날 기척이 이상하길래 문을 열어보니, 이럴 수가. 그이는 귀에 피를 철철 흘리고 있는 거야. 그리고 그 손에 들고 있는 한쪽 귀를 보았어. 왼쪽 귀였어. 세상에 이런 일이 어디 있겠어. ……그이는 지금 병원에 있어. 한쪽 귀가 없는 채로. 듣기 뭣한 얘기였지? 나도 그때부터 불면증이 오기 시작했어. 솔직히 말하면 혹시 장사에 무슨 도움을 받을 일은 없을까 해서 만난 것뿐인데 이상한 얘기를 다 했군. 그런데 열차는 왜 안 올까 몰라."

그녀는 말을 마치고 한숨을 몰아쉬었다. 나는 그녀의 이야기를 듣는 순간 알 수 없이 정신이 멍해져 있었다. 그해 오월에 나는 아무 생각 없는 평범한 생활인이었다. 직장에서 곧이어 쫓겨날 줄도 모르고 이리저리 밥벌이에만 코를 박고 있었다. 왜들 죽이고 죽고 야단들인지 원, 하고 한마디 정도는 했을지도 모른다. 그런데…… 하나의 귀가 있었다.

무엇인가 처연하면서도 안타까운 감정이 어둠처럼 나를 감쌌다. 그녀와 그 남편의 일들이 불행한 과거였다면 내 과거는 더욱 불행한 것임에 틀림없었다. 나는 내 무력감 앞에 허망하게 떨고 있는 나를 보았다. 그리고 조심스럽고 부끄럽게 내게 물었다. 너는 너 자신을 어떤 방법으로 찾을 수 있겠느냐. 몸에 열이 나는지 오한이 온몸을 휘감고 지나갔다. 그래. 나도 나를 찾아야 한다. 지금까지의 나는 내가 아니다. 일찍이 하나의 귀가 있었다. 그런데 너는 너 자신을 어떻게 찾을 것이냐……

먼 데서 실낱같이 가늘게 잘가닥잘가닥 바퀴에 레일 밟히는 소리가 들려왔다. 열차가 오고 있는 소리가 틀림없었다. 아무리 먼 소리라도 청력이 좋은 나는 잘 분별하여 알아들을 수 있었다. 마침내 열차가 레일을 밟고 오는 소리가 들린다. 그녀는 아직 그 소리를 듣지 못했음이 분명해 보였다. 그러자 그녀도 지금 피가 철철 흐르는 자신의 한쪽 귀를 잘라 들고 있다는 착각이 들었다. 두려움이 몸에 소름을 돋게 하며 엄습해 왔다. 하지만 다행히도 열차가 오고 있다. 그러나, 두 귀를 가진 나는 열차가 오는 소리가 멀리서 들린다는 말을 류에게 할 수가 없었다.

그 늦은 열차를 타고 목적지, 아니 출발점까지 온 우리는 아무 말 없이 약속한 듯 여관으로 향했다. 그리하여 우리는 서로의 열차가 오고 있는 소리를 분명하고 또 확실하게 들었다.

"남편을 사랑해?"

나는 그녀의 벗은 몸을 향해 비굴하고도 어리석게 물었고, 기다렸다는 듯 들려오는 대답을 들었다.

"무척."

협궤열차에 관한 한 보고서

협궤열차를 아는가?

협궤란 말 그대로 좁은 궤도란 뜻으로, 광궤에 대응되는 말이다. 즉, 열차가 다니는 궤도에는 광궤와 협궤가 있는 것이다.

보통 철길을 걸어본 사람은 알 것이다. 두 줄의 평행선 사이를 뛰어본다. 분명히, 뛰어야만 다른 쪽 레일 위에 올라설 수 있다. 이것이 광궤의 레일이다. 그런데, 협궤의 레일은 평상의 걸음걸이로 다른 쪽 레일을 디딜 수 있다. 그만큼 좁은 폭이다.

어느 날 딸아이를 마중하러 이 협궤열차의 역에 나간다.

열차는 멎었는데 출발은 지연되고 있었다. 딸아이가 역무원과 무엇인가 이야기를 하고 있다. 그래서 열차는 못 떠나고 있다. 두 량(二輛)짜리 조그만 열차.

"무슨 일이니?"

"아빠, 차비를 지금 내."

"왜?"

이 꼬마열차의 역은 이제 대부분 역사가 텅텅 비어 있고 사무를 보는 사람들이 없다. 그리하여 열차 안에서 표를 끊어야 한다.

"표 끊을 손님 없습니까?"

승무원이 통로를 오간다.

그 표에는 가격 표시가 10, 20, 30, 40……100으로 되어 있어서, 가령 120원어치 거리는 20과 100에 구멍을 뚫어 합계를 맞춘다. 그런데 딸아이는 중간에 승무원과 마주칠 기회가 없었던 것이다.

딸아이와 서로 헤어진 채 사는 게 어언 삼 년째. 열 살짜리 딸아이는 방학 때면 이 작은 열차를 타고 아빠를 만나러 온다. 혼자서 인형을 들고.

언제나 뒤뚱거리는 꼬마열차의 크기는 보통 기차의 반쯤 된다. 통로를 사이에 두고 서로 마주 보며 앉게 되어 있는데, 상대편 사람과 서로의 숨결이 느껴진다고 해도 과장이 아니다. 이것이 바로 수원과 인천 송도 사이를 오가는 수인선 협궤열차이다. 전 세계에서 유일하다고도 한다.

"그거 트럭하고 부딪쳐도 넘어지겠군."

누군가가 말한다. 실제로 그런 일도 있는 조그만 열차. 언젠가 딸아이를 배웅하러 갔을 때, 저쯤 이미 열차는 출발하고 있었다.

"어, 어, 세워주세요!"

나는 소리쳤고 아이는 발을 동동 굴렀다. 그러자 열차는 저만치서 속력을 멈추면서 정거했다.

오늘도 나는 딸아이를 마중 나갔다. 그러나 깜박 낮잠 때문에 도착 시간은 벌써 지나 있었다.

'큰일이다.'

나는 부랴부랴 발걸음을 재촉했다. 역까지는 빨리 가야 십오 분. 숨을 몰아쉬며 달려가자 앞에서 딸아이가 걸어오고 있었다.

"별일 없었니?"

나는 달려가서 딸아이를 끌어안았다.

"별일 있었지."

"무슨 일?"

나는 겨울 추위에 빠알갛게 상기된 딸아이의 볼을 쓰다듬었다.

"차비를 안 가져왔거든."

"그래서?"

나는 물었다.

"담에 갈 때 드린다고 했지."

이렇게 수인선 협궤열차는 오늘도 하루에 세 번씩 다니고 있다.

언젠가 이 열차를 타고 낯선 곳으로 갔었다. 낯선 곳이라는 표현이 어색하게 들릴지도 모른다. 어쨌든 이 열차의 구간은 전부가 46.9킬로미터로서 그리 길지는 않다. 수원과 인천 송도 구간이므로 종착역을 빼고 나머지 역 이름은 어천(漁川), 야목(野牧), 사리(四里), 일리(一里), 고잔(古棧), 원곡(元谷), 군자(君子), 달월(達月), 소래(蘇萊), 남동(南洞) 등으로 되어 있다.

이들 역 중에 어디로 갔는지를 굳이 밝히지 않겠다. 다만 그날도 딸아이를 만나러 두 역쯤 앞으로 갔던 것이다. 나는 몇 사람이 흩어져 간 황량한 역에 내려 주위를 살펴보았다. 바람이 쓸쓸하게 불고, 이렇다 할 다방, 아니 가게 하나 없는 시골 역이었다.

이 이야기를 좀 더 자세하게 해야 한다. 즉, 이 단선철도는 한낮에는 상행차와 하행차의 연결이 두 시간 남짓 시간차가 있어서 그 황량한 역에서 다시 오자면 두 시간 남짓 어디선가 시간을 보내야 한다는 것이다.

'어디서 시간을 보낼까?'

막막하기 짝이 없었다.

나는 본래 황량한 풍경을 좋아한다. 소위 명승지라는 곳은 모든 여유 있는 사람들에게 드리고 싶다. 나 자체가 그만큼 황량한 것일까. 그럼에도 불구하고 그 역 주변은 너무나 황량했다. 너무나 보잘 것이 없었다. 나는 유리창이 깨지고 전구조차 빠진 역사를 둘러보다가 어디로 갈까를 생각하며 몇 발짝 걸음을 옮겨놓았다.

그때였다.

"다음 열차는 언제 있을까요?"

그 여자는 갑자기 꿈에서 나타난 듯 내 옆에 서 있었다.

"네?"

나는 그 여자를 쳐다보았다.

"여기서는 어떻게 움직일 수가 없어요. 열차 시각표도 안 써져 있어요."

이십 대 후반쯤 되었을까? 나는 물론 그 주인 없는 역사에서 시각표니 요금표니 하는 표시들도 다 철거된 것을 보았었다. 그리고 그 여자가 나처럼 두 시간 남짓 기다려야 한다는 사실을 알았다.

"어디까지 가십니까?"

나는 물었다. 그리고 이 도시 냄새가 나는 젊은 여자가 왜 이런 곳에 와 있나 호기심과 의아심을 동시에 가졌다.

"글쎄요……"

그 여자의 얼굴이 흐려지는 것을 나는 보았다. 왜일까? 특별히 아름답다고는 할 수 없으나 어딘가 세련된 모습의 여자였다. 그런 여자가 목적지도 제대로 말하지 못하는 채 열차 시각을 묻고 있었던 것이다.

"좋습니다. 저도 꼬치꼬치 캐묻고 싶지 않습니다. 다만 다음 열차는 두 시간 기다려야……"

나는 자세히 설명했다. 그리고 실은 나도 같은 처지가 되었다는 것, 이곳이 이렇게 시간 보낼 곳이 없는 줄 처음 알았다는 것 등을 덧붙였다.

그리고 우리는 곧 철길을 걷기 시작했다. 두 시간이면 나는 내 집까지도 충분히 도착할 것이었다. 미리 말했거니와 그 철길은 레일 폭뿐만 아니라 침목 폭도 좁다. 우리는 그 좁은 폭의 침목을 밟으며 마치 연인처럼 걸었다.

'어서 방학이 되어 딸아이가 이 철길로 와야지.'

나는 생각했다. 그때 그 여자가 말했다.

"선생님 눈이 와요."

그리고 팔짱을 끼었다. 정말 눈발이 날리고 있었다.

멀리서 협궤열차의 또닥거리는 소리가 들린다. 딸아이가 타고 올 것이다.

몇 해 전이었을까. 경기도 서해안의 새로운 도시 안산에 이사 올 것은 꿈에도 생각 못했던 그때 소래포구에서 협궤열차를 탔었다. 열차의 종착역은 수원이었지만, 그곳에 무슨 볼일이 있지는 않았다. 서울에서 소래까지 왔었고, 바로 거기서 협궤열차를 탈 수 있기 때문이었다. 그러니까 협궤열차로 수원까지 가서 다시 서울로 돌아가는 순환 여행이었다. 동행의 여인과는 그 무렵 사랑에 빠지기 시작했던 사이였다.

그녀가 혼자 살고 있었던 동네에 가서 허름한 술집 겸 밥집에 들러 무슨 이야기인가 시간 가는 줄 모르고 읊조리다가 돌아오곤 했던 시절. 그 무렵 나는 나 자신에게 한없는 권태를 느끼고 있었고 무엇인가 깨부수고 싶은 충동에 허덕이고 있었다. 겉으로는 매우 평온한, 순치된 생활이 있었다.

그러나.

내 마음속에는 항상 '그러나'가 있었다. 삶이란 일회성이라는데 과연 내 삶은 무엇이란 말이냐. 때로는 밤새도록 이야기하고 사랑의 행위를 하고, 아무것도 먹기 싫어 웅크리고 있다가 저녁 무렵 동네 고갯마루에서 사과 한 알로 이별을 고하는 경우도 있었다.

이곳은 사과가 떨어지면 툭 하고 소리가 나는 세상.

목월(木月) 선생은 저승에 대해 이승을 이렇게 표현하고 있지만 내게도 그때 사과 한 알은 그처럼 절실하게 영혼과 육체에 와 닿았다.

"자, 이제는 마지막으로 사과 한 알."

빨간 홍옥 한 알이 내 손에 쥐어졌다. 그러면서 그 가을은 깊어갔고 또 겨울이 지나가고 있었다.

나는 지금도 그때의 협궤열차를 기억한다. 물론 협궤열차와 매우 가까이 산 적이 있어서 그에 대해서 잘 알고 있었다. 어떤 날에는 그 열차가 저쪽 건널목을 지나면서 울리는 경적소리를 귀 기울여 듣기도 했다. 그러나 그때의 그 협궤열차만큼 내 인생에 환상으로 달린 열차는 없었다. 가을에 그 작고 낡은 기차는 어차피 노을녘의 시간대를 달리게 되어 있었다. 서해 안의 노을은 어두운 보랏빛으로 오래 물들어 있고, 나문재의 선홍색 빛깔이 황량한 갯가를 뒤덮고 있다.

"저런 빛깔을 내기란 어렵지요."

안산의 젊은 화가는 말한다.

나문재를 아는가?

봄철 포구에 가면 발긋발긋 물들어 있는 어린것을 뜯어다가 '나물 사가세요' 하고 팔고 있었다. 이것이 커가면서 다육식물 처럼 통통한 초록빛 잎사귀로 자라다가 가을이 깊어가면서 선 홍색으로 자색으로 물들어 갯가를 온통 붉게 뒤덮는다. 거대 한 찬피동물의 선지피를 쏟아놓은 것일까. 짙고, 아름답고, 슬 프고, 섬뜩하다. 그러나 봄철의 그 나물은 보기와는 달리 지극 히 맛이 없다. 분명히, 맛이 좋지 않다가 아니라 없다는 것이 다. 그때 서해안의 황량한 풍경에 어린 그 노을빛과 풀빛을 나 는 잊지 못한다.

'이런 곳에서 시를 쓰며 외롭게 외롭게 살았으면.'

그것은 이 세상에는 없는 황량한 선경(仙境)이었다. 나는 이 제껏 세파에 시달려온 지난날을 생각했다. 지나치게 '군중 속의 고독'에 시달려왔다는 생각이 들었다. 그것이 얼마나 부질없는 것인지는 나도 잘 알고 있었다. 삶의 진정한 의미는 어디에 있는가?

아웅다웅하는 저 세상을 버리고 자기 삶을 절대고독 속에 놓고 진실로 외롭게 살아가는 길은 없을까?

나는 지금도 이런 못된 생각으로 헛되이 시간을 보낼 때가 많다. 이런 점에서 나는, 우리들 삶에서 가장 낭비적인 싸움이라 할, 외로움과의 싸움을 벌이고 있는 것이다. 참으로 지겹고 부질없는 싸움이다. 하지만 이제 와서 나는 그 싸움을 멈출 수가 없다. 시시포스의 신화의 덫에 걸린 것이다. 나는 매일 아무 목적 없이 외로움의 바윗덩이를 산꼭대기로 밀고 올라간다. 그러나 허사가 되어버린다. 바윗덩이는 또다시 아래로 굴러떨어지고 나는 다시 밀고 올라가야 한다. 왜 이따위 짓을 하는가? 하지만 나는 한마디만 덧붙이고자 한다. 시시포스에게는 그것은 영겁의 형벌이었고 그래서 괴로웠겠지만 내게는 그렇지 않다는 것을. 왜냐하면 그것은 남에게서 받은 형벌이 아니라 나 스스로 택한 것이기 때문이다. 문학이 형벌이라 할 때 더욱 그렇다.

그 협궤열차는 내게 잊지 못할 동경의 세계를 가르쳐주었다. 어느 날 그곳을 한 바퀴 돌아온 이래 나는 '그런 곳에서 살고 싶다'는 꿈을 쉽사리 버릴 수가 없었다. 그러나 그것은 결코 실현될 수 없는 꿈이었다. 게나 조개나 바닷새가 아닌 한 나는 서울의 '노예선'에 승선하고 있어야 했다. 꽤 오래전에 그 언저리에 와서 며칠 있은 적도 있었는데 그때는 '여기서 살고 싶다'는 생각이 전혀 없었다. 인생이란 참으로 알 수 없는 것이다.

그 뒤 나는 방황을 하다가 그녀의 셋방에 기어들어 가 이상한 형태의 동거인이 되고 말았다. 나는 열심히 글을 썼으며 '둔황(敦煌)'이니 '로우란(樓蘭)'이니 하는 비단길 위의 도시국가들에 관심을 기울이고 있었다.

> 눅눅하게 습기가 차고, 채광이 되지 않는 그 방에서의 동거 생활은, 그러나 뜻이 같을 것임에도 불구하고 왠지 동서(同棲) 생활이라고 하는 편이 좀 더 적확한 표현인 듯싶었다. 우리는 함께 거주하고 있었다기보다 함께 서식하고 있었다. 우리는 그 어두운 방에 아예 틀어박히다시피 하고 지냈다.

이미 읽은 사람은 알다시피 나는 〈로우란의 사랑〉에서 이와 같이 쓰고 있다.

인간의 꿈은 때때로 너무 쉽게 이루어지는 수가 있다. 내가 줄곧 서해안의 황량한 선경에 마음이 사로잡혀 있어서였을까. 어느 날 '새로운 도시와 시민들의 합창'을 알리는 공고가 나붙었다. 숨통이 막히는 열 평짜리 아파트와 이 지구라는 별이 결국은 곤충들의 세계가 될지 모른다는 견해를 뒷받침이라도 하듯 기승을 부리는 바퀴벌레들을 떠날 기회가 온 것이다. 그리고 나는 협궤열차를 매일 만난 것이었다.

그리하여 남동, 소래, 달월, 군자, 고잔, 야목, 어천 같은 수인선 역 이름들을 만나고, 소음 속에서도 하루에 세 번씩 좁은 레일을 잘가닥잘가닥 밟고 가며 경적을 울리는 열차의 소리를 듣게 되었다.

그러니까 물론, 삶의 터전을 옮긴 고단한 몸을 눕힐 곳은 아무 데도 없는, 노을과 갯벌만 있는 곳은 아니었다. 그러나 가까이에 그런 곳들이 있었다. 나는 외로움을 황량한 공간에서 반추할 수 있는 가장 현실적인 곳까지 온 것이었다. 내가 어디에선가도 말한 바와 같이 나는 황폐하게 버려져 있는 어떤 곳을 얼마나 동경해왔던가. 그래서 의식 속에서나마 그런 곳을 얼마나 헤매왔던가.

이곳을 제2의 고향으로 삼으리라.

진눈깨비가 질척질척 내리던 날, 새로운 터전에 짐을 부렸다. 짐이라야 낡은 책 꾸러미가 거의 전부였다. 새로운 생활을 계획한다는 의미에서 서울에서 쓰던 허섭스레기 생활 도구들을 죄다 버리고 와서, 작은 픽업트럭의 바닥에도 허술히 깔리는 짐이었다.

그해 눈은 천지를 뒤덮으며 이 강산에 내렸다. 그리고 안개는 지척을 분간할 수 없이 도시를 에워쌌다. 새로운 고향을 만들기 위해서는 그에 합당한 통과제의가 필요한 것일까. 그로부터 나는 더욱 본격적으로 헤매 다니기 시작했다. 첫해 겨울의 눈과 안개를 지나, 춘, 하, 추, 동. 서해의 흐린 바다가 다가오는 곳에 또한 눈물겨운 섬들이 있었다. 통통배가 들어오는 포구의 뱃사람들 주막집, 외로운 사람들이 모여드는 포장마차, 뜨내기 노동자들이 묵고 있는 '함바' 집에는 내가 앓고 있는 술이 있었다. 나는 스스로 자멸파(自滅派)임을 자처하는 친구와 함께 인생과 예술과 술을 이야기하며 주로 헤매 다녔다. 세고비아와 로드리게스를 따르고 연극에도 몰두했던 그는 소설을 공부하고 있었다.

"그 사람, 첨에는 어떻게 된 사람 같았어. 아침부터 혼자 멍하니 앉아 있곤 해서."

그를 향해서 '함바' 주인은 말했다.

그 밖에도 많은 사람들이 있었다. 그들 사이에서 나도 자멸파의 한 사람으로 위치를 굳히고 있었다. 이런 헤맴 속에서의 어울림의 분위기를 누군가는 '그 시궁창'이라고도 표현한다. 모두들 자신들이 왜 아무런 연고도 없는 이 도시에 와서 헤매다니는지 알 수 없다고 말하고 있었다. 그런 가운데 많은 사람들이 떠나고 나는 아직 남았다. 그 언제였던가. 협궤열차를 같이 타고 가면서 내가 '이런 곳에서 외롭게 외롭게 살았으면' 하는 환상을 가졌을 때, 내 동행이었던 그녀도 딸아이와 함께 그곳을 떠났다.

나는 열여섯 평짜리 아파트에 홀로 남아 있었다. 그리고 죽음에 관한 시를 쓰고 있었다. 시인이 되어 꼭 십 년 동안은 시만 썼고, 그 뒤 소설가가 되어 꼭 십 년 동안은 소설만을 썼고 다시 이제는 시와 소설을 함께 쓰면서. 그러고 보면 나는 십 년 동안의 주기로 삶의 궤도를 바꾸는 것인가.

하루도 빠짐없이 그 위태로운 협궤열차가 다니고 있는 사실은 놀라웠다. 그 흔들거리는 모습이 한 편의 시였다.

저놈의 협궤열차가 아직도 다녀

헤어진 여자가 가 있는

딸애가 타고 왔다가 가는

협궤열차에 흔들리는 삶

꼭 유령 같다니까 아니 강시 같다니까

금방 무덤에서 나온 듯

도시에 나타나 어 저게 저게 하는 동안

뒤뚱뒤뚱 아마 고대공룡전(古代恐龍展)으로 사라진다니까

거무튀튀한 몸통뼈 안에 그러나

흔들리는 삶

아직 살아서 뒤척이는 꿈

날품팔이 아낙네의 질긴 사랑

나도 그래야 한다 삶 찢기도록

사랑해야 한다

살아 있음의 질긴 몸뚱이들을

　딸아이는 협궤열차가 서는 시골 역에서 이십 분을 걷는 마을에 살면서 3킬로미터쯤 떨어진 초등학교를 걸어 다니고 있다. 그 애는 방학이 되면 혼자 협궤열차를 타고 내게로 온다.

그리고 인형을 사달라고 조른다. 협궤열차가 없으면 너무나 먼 길을 버스를 바꿔 타고 비잉 돌아와야 하므로 3학년짜리가 혼자 올 수는 없다. 이것이 지금 협궤열차가 내게 갖는 또 다른 의미였다.

그 애가 내게 온다고 하더라도 내가 해줄 수 있는 것은 아주 보잘것없다. 언젠가는 장화를 사주었는데 너무 커서 신을 수 없다는 것이었다. 같이 가서 골랐는데 도무지 영문을 모를 일인 것이다. 그래서 나는 그 애가 읽을 동화를 쓴다. 어려서부터 이상할 정도로 책벌레인 그 애는 어김없이 그것을 읽는다. 가령 이런 것이다.

또다시 겨울방학이 되었습니다. 흰 눈이 펄펄 내리고, 땅도 물도 몽땅 꽁꽁 얼었습니다. 아빠는 여전히 혼자 계시겠지요. 아빠한테 가야 하는데 열차가 추워서 제대로 다니지 않으면 어쩌나 품이는 생각해봅니다.

하지만 그럴 까닭은 없을 겁니다. 열차는 비록 조그마해도 조랑말처럼 씩씩하니까요.

"어머, 눈이 오네."

품이는 소리쳤습니다.

과연 하늘에서는 눈이 쏟아지기 시작했습니다. 올해는 정말 눈이 많이 오는 해입니다. 벌써 몇 번째 흰 눈이 내려 쌓였는지 모릅니다.

눈이 많이 오는 해는 풍년이 든다고 어른들은 말씀해주셨습니다. 품이도 눈을 좋아합니다. 그렇지만 품이에게는 새로운 걱정이 생겼습니다.

'눈이 많이 오면 필례하고 이 세상에서 제일 큰 눈사람을 만들기로 했는데 어쩌지.'

품이는 곧 열차를 타러 가야 하기 때문입니다.

저번에 눈이 왔을 때는 아무리 뭉쳐도 잘 뭉쳐지지 않아 겨우 꼬마 장독만 한 걸 만들었을 뿐입니다.

그런데 눈이 갑자기 펑펑 쏟아지는 것입니다.

'아빠하고 약속을 미룰까?'

그것도 안 될 일이었습니다. 아빠는 오늘이 오기를 몇 날 동안이나 기다리셨습니다.

"아무리 어려도 라면 끓이는 건 할 줄 알아야지."

아빠는 여름방학 때 그렇게 말씀하셨습니다. 그래서 라면 끓이기도 배워두었습니다. 그 솜씨도 보여드려야 합니다. 아니나 다를까, 필례가 어느 틈에 찾아왔습니다.

"눈이 많이 오는구나. 곧 쌓이겠지?"

필례의 말에 품이는 잠깐 머뭇거릴 수밖에 없습니다.

"오늘 눈사람 못 만들어."

품이는 시무룩하게 말했습니다.

"왜? 눈이 많이 오는데."

필례가 무슨 말인가 하고 쳐다보았습니다.

"응, 나 아빠한테 가야 돼."

"아빠?"

"응."

필례도 금방 알아듣는 것 같습니다. 방학이 되면 그런다고 했던 말이 떠오른 모양입니다. 필례의 실망이 크겠지요.

눈이 쏟아져 쌓이고 있습니다. 그러나 품이는 떠날 때가 되었습니다.

"안녕! 갔다 올게."

품이는 손을 흔들었습니다.

"안녕!"

필례도 손을 흔들어주었습니다.

품이는 눈이 펑펑 쏟아지는 길을 걸어 역으로 향합니다. 세상이 온통 새하얗게 변해 있습니다. 멀리 서 있는 나무들도 눈발에 가린 채 품이를 배웅하고 있습니다. 품이는 발걸음을 재촉합니다. 눈발이 얼굴을 때려 앞을 보기도 쉽지 않습니다.

앞쪽으로 역이 다가옵니다. 몇 사람이 벌써 역 구내에 나와 기다리는 걸 보니 열차는 머지않아 도착할 모양입니다.

"휴우."

품이는 숨을 내쉬었습니다. 몇 번씩 미끄러질 뻔하면서도 다행히 그런 일 없이 역까지 왔습니다. 품이는 신발에 잔뜩 달라붙은 눈을 탁탁 털어냅니다. 오늘은 정말 커다란 눈사람을 만들 수 있는 날입니다.

눈이 품이의 눈앞을 이렇게 가리는데도 열차는 무사히 올 수 있을까요? 사람들이 시계를 들여다봅니다. 눈이 쏟아지는데도 보통 때보다 사람들이 많은 것이 이상합니다.

"버스길이 막혀서 말이지요. 이놈이라도 타고 가야지요."

어느 아저씨가 말합니다. 아무리 보잘것없는 조그만 열차지만 '이놈'이라고 말하는 사람은 처음 보았습니다.

"무슨 눈이 이렇게 오는지 지겨워 죽겠어요."

어느 아주머니가 말합니다.

품이는 그 아주머니가 콩쥐 팥쥐의 어머니처럼 심술궂다고 생각합니다. 눈이 많이 오면 풍년이 든다고 가르쳐주고 싶습니다.

땡, 땡, 땡, 땡, 땡.

저쪽 찻길의 건널목에서 작은 소리가 들려옵니다. 열차가 오니 자동차들은 잠깐 멈춰서 기다리라는 신호였습니다.

"열차가 오는군요."

열차가 눈발을 헤치며 커다란 고래처럼 생긴 뭉툭한 앞대가리를 보입니다.

"빨리 탑시다. 빨리요."

"서두를 거 없어요. 이건 사람이 다 타야 떠나는 열차니까."

품이도 사람들과 함께 열차에 올랐습니다. 사람들이 옷에 내린 눈을 털어냅니다.

"아주머니, 하필이면 남의 얼굴에다 대고 눈을 털어낼 건 뭐요?"

아까 그 아주머니에게 승객 한 사람이 말합니다.

열차는 눈 속을 달려갑니다.

논이며 밭이며 길들은 모두 눈으로 덮여 있습니다. 품이는 눈 나라를 지나가고 있다고 생각합니다. 마음까지도 하얗게 깨끗해지는 것 같았습니다. 친구와 다투던 것도, 투정을 부리던 것도 부끄러운 마음이 되었습니다.

"승무원, 열차도 눈이 많이 오면 못 가겠지요?"

누군가가 묻습니다.

"그럼요."

승무원이 대답합니다.

"허어, 지독한 눈이로군."

품이는 여전히 바깥을 내다보고 있습니다.

정말 오늘 같은 날은 세상에서 제일 큰 눈사람을 만들 수도 있을 거야. 품이는 생각합니다. 그것은 정말 굉장한 일인 것입니다. 아이들은 물론 어른들도 깜짝 놀라겠지요.

그런데 그것은 코끼리만 한 크기일까요, 집만 한 크기일까요, 산만 한 크기일까요?

품이는 골똘히 생각했지만 알 수가 없었습니다. 그렇지만 오늘 같은 날은 세상에서 제일 큰 눈사람을 만들 수 있을 거라는 생각만은 들었습니다. 비록 필례와의 약속은 못 지켰지만, 그것은 아빠를 만나기 위해 할 수 없이 못 지킨 것뿐이니까요. 그리고 아빠에게 그것을 보여줄 수만 있다면 라면을 끓이는 것보다 몇 배나 자랑스러운 일일 테니까요.

열차는 하얀 눈 나라를 달려가고 있습니다. 그렇게 덜커덕 거리던 기차 바퀴 소리도 오늘은 안 들리는 것 같습니다. 품이가 내려야 할 곳도 멀지는 않습니다. 아빠가 계시는 곳도 멀지는 않습니다.

그때였습니다.

갑자기 끼익 소리가 나며 열차가 멎기 시작했습니다. 승객들이 앞으로 쏠렸습니다.

"아니, 무슨 일인가?"

"사고가 났나?"

승객들이 어리둥절한 눈길을 이리저리 굴렸습니다. 그러나 밖에서는 아무 소리도 들리지 않았습니다. 눈만 그대로 사정없이 쏟아질 뿐이었습니다.

그리고 잠깐 동안 서 있던 열차는 곧 움직였습니다. 아무 일도 없었던 모양입니다.

"승무원, 무슨 일이 있었습니까?"

한참 뒤 지나가던 승무원에게 누군가가 물었습니다.

"글쎄요. 아무 일도 없었습니다."

승무원은 대답했습니다.

"그런데 왜 급정거를 했느냐 이 말입니다."

"글쎄요."

승무원이 머뭇거렸습니다.

"글쎄라니요?"

"글쎄요. 기관사가 뭘 잘못 본 모양입니다. 갑자기 앞에 눈사람 같은 게 보이더라는 겁니다. 이 세상에서 제일 큰 눈사람 같은 게 말입니다."

"별사람 다 있네. 눈이 하도 많이 오니 원…… 하기야 온 세상이 눈판이니까. 헛헛헛."

그 사람도 어이없다는 듯 웃었습니다.

여름에는 강릉에 갔었고, 가을에는 속초엘 갔었다. 강릉이 내가 태어난 곳이라는 연고로 강원도의 영동 지방에는 나와 모종의 연관을 맺고 있는 곳이 여럿 있었다. 속초도 그런 곳이다. 동족이 서로 죽이는 전쟁이 끝날 무렵 속초의 바닷가에서 나는 일 년 남짓 살았었다. 설악산이 뒤로 있고 아름다운 영랑호와 청초호의 두 호수가 있는 작은 바닷가 도시.

옛날 신라의 화랑인 영랑은 금강산에서 수련을 마치고 신라 서울 서라벌로 돌아가던 길에 한 호수를 발견하게 된다. 거울같이 잔잔하고 맑은 호수에 깃든 빨간 저녁노을 속으로 설악산 울산바위가 웅대하게 물에 어리고, 호수 곁 범바위도 영검스러운 자태를 드러내고 있었다. 영랑은 그 풍광에 매료당하여 서라벌로 돌아가는 것도 잊어버리고 오랫동안 머물면서 풍류를 즐겼다. 이로부터 이 호수는 영랑호라고 불리게 되었다.

예로부터 문인·학자들의 경탄의 대상이었던 영랑호는 오늘날까지 많은 속초 사람들의 사랑을 받아왔다. 호수 서남쪽에 잠겨 있는 범바위는 성스러운 바위로도 널리 알려져 있어 지금도 민속신앙을 믿는 사람들의 발길이 끊이지 않고 있다.

강원도 인제를 지나, 최근에 포장된 미시령 고개를 넘는다. 과거에 영동 지방으로 가는 길은 대관령·한계령·진부령 등이 있었으나, 미시령이 열림으로써 속초시는 서울과의 지름길을 얻은 셈이 되었다. 게다가 미시령은 설악산을 바짝 끼고 달리는 것이어서 절경을 이룬다. 이제 해마다 몇백만의 사람들이 이 고개를 넘어 울산바위의 웅자에 감탄을 거듭하며 설악산에 이르러, 인구가 불과 칠만가량인 속초 땅에 넘실대는 것이다.

관광객들이 많음에도 불구하고 속초는 매우 조용하고 한적한 곳이라는 인상을 준다. 외국의 어느 휴양도시를 연상케 하는 도시의 짜임새는 구릉들을 넘으며 아기자기하기까지 하다. 우리나라에서 산과 바다와 호수가 이렇게 조화를 이루며 어우러진 도시는 없다.

그러나 이 도시는 그 안에 많은 아픔을 간직하고 있다는 것을 잊어서는 안 된다. 앞에서도 잠깐 말했듯이 6·25 때의 피난민들로 이 도시의 인구는 급격하게 늘어났다. 실향과 망향의 슬픔을 안고 살고 있는 사람들의 고장이라는 뜻도 되는 것이다. 아, 그래서, 또한 배 타는 남정네들도 많은 곳이어서, 홀로 된 아낙네들도 많을 수밖에 없다는 사실이 우리들의 눈앞을 흐리게도 한다. 삼팔선 이북인 이곳은 해방 후 북녘 땅에 속했다가 6·25가 한창이던 51년에 수복한 곳이다.

1953년에 한 소년이 국군을 따라 이곳까지 왔었다. 아직은 전쟁 중이어서 이곳에는 학교도 문을 열지 못했다. 소년은 하루 종일 바닷가에 나가 있는 때가 많았다. 양미리를 잡아 귀항한 배가 고기를 부려놓는다. 양미리는 아직까지 살아서 퍼덕거린다. 소년은 공연히 한 마리를 잡아 드럼통에 집어넣는다. 드럼통의 물은 민물이어서 양미리는 얼마 살지 못한다. 소년은 헤엄치는 고기를 보다가 바닷가로 향한다. 어떤 집 기둥에 소년보다 큰 문어가 산 채로 걸려 있다. 소년은 그 동그란 빨판에 깡통을 붙여준다. 문어야, 깡통의 피를 빨아보렴. 그리고 동해의 푸른 바다가 있다.

소년은 모래사장에서 눈을 조심스럽게 뜨고 기다린다. 무엇을 기다렸던가. 그것은 귤이었다. 전쟁 중의 강원도 북부에서 귤을 기다리다니? 제주도에도 귤을 심지 않던 시절이었다. 그런데도 그 바닷가에는 어쩌다 한 알의 귤이 파도에 떠밀려 오는 수가 있었다. 지금은 그렇지 않지만 그 무렵 속초는 군사도시에 속했다. 미군들도 많았다. 어쩌다, 참으로 어쩌다 떠밀려 오는 귤은 그 미군들의 보급 물자를 싣고 온 배에서 바다에 떨어진 것이었다. 지금은 길거리의 수레에도 가득가득 넘쳐나는 귤 더미들. 그때는 바다에서 마치 황금 덩어리가 떠오르는 것 같았던 귤 한 알.

삼십육 년 만에 속초에 가서 그 귤을 생각한다. 대포동의 포구에는 오징어배가 공룡의 눈알만 한 커다란 등들을 매달고 있고 한치와 광어와 도다리와 털게가 있다. 이제는 그 바닷가에 귤은 떠밀려 오지 않지만, 속초는 다른 도시의 변화를 감안하면 그렇게 많이 변하지는 않았다. 그때 귤 한 알을 건지면 같이 나누어 먹으리라 했던 소녀는 어디서 어떻게 살고 있을까. 그 애는 귤을 한 알도 건지지 못한 소년을 떠나 다른 소년 곁으로 갔었다. 소년은 나중에 소설가가 되어 그 바닷가에 와서 소녀와 귤과 고깃배와 등대와 파도를 생각한다. 이름 모를 그 소녀도 찾을 길 없고 바다 귤은 없어도, 여전히 명태, 오징어, 양미리, 꽁치, 노가리, 문어가 잡히는 이 바다는 있다. 바닷가 땅을 파도쳐 파고들어가, 나중에 그 소녀의 마음 빛과 눈빛이 닮았을 것 같은 아름다운 호수를 만들어놓은 속초 바다는 추억을 불러일으키게 하얀 포말을 날리고 있다.

물결이 찰랑이는 영랑호 호숫가를 돌아가면 청둥오리들이 푸드덕 날아오르며 늦은 가을을 새삼스럽게 한다.

"저것 봐요. 논병아리."

논병아리 한 쌍이 물속으로 쏙 들어갔다가 봉싯 몸을 띄운다. 호수 한가운데 바위에는 재두루미도 큰 날개를 펼친다. 그 물 밑으로 잉어들이 지느러미를 번뜩인다.

오늘도 범바위에 기원을 하러 오는 사람들이 있다. 나도 영랑호에 도취되어 어떤 기원을 뜻하며 신라시대의 영랑이 되어 한 알의 귤을 사고자 했다. 그러면서 옛 신선을 떠올리고 또한 선녀를 떠올렸다. 어느새 소녀도 선녀의 모습으로 내게 아로새겨졌는지 모른다.

시와 소설이 인간을, 나를 구제할 수 있을까? 그러나 이 또한 외로움과의 싸움임을 알 때 망연해진다. 그래서 나는 남들과 문학 이야기를 될 수 있는 대로 하지 않으려 한다. 바람이 몹시 불거나 눈비가 칠 때 정인(情人)을 찾아가듯 문학을 할 수 있다면 얼마나 좋을까.

겨울이 되어 창문을 꽁꽁 닫으면 귀를 열어도 협궤열차의 경적 소리는 들리지 않는다. 내 악마주의를 어찌지 못해 그 악마에게 양식인 술을 먹이다 먹이다 지쳐 돌아와 쓰러져 잔다. 한번 가고 만 사랑은 돌아오지 않는다. 또 돌아올 필요도 없다. 그것은 그것으로서 이미 완성된 것이다. 비록 하룻밤의 사랑일지라도.

몇 날 며칠을 악마는 먹이를 달라고 윽박지른다. 그런 어느 날 포구의 언덕 위 묘지 옆, 언제부터인가 버려져 있던 천주교 공소 건물에 화실을 차린 후배가 와서 회복을 하라고 염소 똥 같은 걸 한 알 주었다. 염소 똥이라도 금방 눈 까만 빛깔이 아니라 오래되어 바랜 빛깔이었다.

"이게 뭔데 그래?"

"죽염이라는 겁니다. 대나무 통 속에 소금을 넣고 아홉 번을 굽는답니다."

나는 그의 포구의 통통배들을 보는 재미로 그의 화실에 가끔 간다. 포구는 언제 보아도 측은하다. 그 측은한 구석구석에 통통배들은 낮게 떠 있다. 통통배들이 악기 같다는 생각을 한다. 그것은 고대의 악기다. 그래서 커다란 앵무조개 껍데기같이 바다를 떠다니며 이상한 소리를 멀리 낸다. 나는 그 소리가 슬프다.

사람을 새로 사귈 때마다 우선 내 모든 걸 배알까지 까발려 놓아야 하는 나는 이제부터 이미 만난 사람을 소중히 해야 한다고 생각한다. 명함 대신에 배알을 내놓아야 하는 내 속물주의에는 신물이 난다. 배알도 그냥 배알이 아니다. 한 인간에게는 두 개의 얼굴뿐만 아니라 여러 개의 얼굴이 있는데 그중에서도 가장 '괴기스럽고 추물스러운' 얼굴을 보여주려고 악을 쓴다. 가련한 속물주의이다.

이런 내가 싫을 때 내가 그리워하는 것은 두 가지 있었다. 그 하나가 포구이며 다른 하나가 가사미산의 엄나무였다. 포구는 물이 빠졌을 때는 작은 개울만 하다. 물빛도 탁하다. 그러나 그 물길로 올라온 통통배는 때에 따라 돌고래도, 바다표범도 내려놓는다. 그리고 늘 눈을 치뜨고 오락가락하는 괭이갈매기들. 이것만으로도 나는 큰 바다를 본다. 나는 어느 결에 옛 바닷가 소녀들을 생각한다. 이 기슭 어디에 숨바꼭질을 하듯 숨어 있을 것만 같다.

그러나 나는 이미 말했다. 한번 간 사랑은 그것으로 완성된 것이다. 애틋함이나 그리움은 저세상에 가는 날까지 가슴에 묻어두어야 한다. 헤어진 사람을 다시 만나고 싶거들랑 자기 혼자만의 풍경 속으로 가라. 진실로 그 과거로 돌아가기 위해서는 자신은 그 풍경 속의 가장 쓸쓸한 곳에 가 있을 필요가 있다. 진실한 사랑을 위해서는 인간은 고독해질 필요가 있는 것과 같다.

그리하여 나는 그 포구의 가장 쓸쓸한 내 장소로 간다.

그 골짜기에는 늘 검은 바람이
긴 옷자락을 끌고 있었다
술에 적신 듯 갈매기 눈알이
빨갛게 노을에 젖는 저녁
내 눈알도
슬픈 이야기에 젖어 어떤 사랑을
갈구한다
갈매기들도 쫘 먹지 않는
상한 생선 배알 같은 그런 것을
갈구하다가

검은 바람의 긴 옷자락이

끌고 있는 그림자에 쫓겨

돌아온다

生은 늘 먼 곳에서만

깜박이는 흐린 불빛처럼……

　이런 날 돌아올 때의 마음은 사랑하는 사람과 헤어져 어두운 밤길을 돌아올 때의 마음이다. 그 이별의 입맞춤이란 얼마나 공허한 것들이었더냐.

　그 밤 나는 한 마리 승냥이가 되어, '세피아 빛 승냥이 울음소리'로 운다. 그리고 잠이 든다. 사랑하는 사람과 같이 잠드는 사람들은 상대방을 순장(殉葬)하지만, 나는 곰팡내 나는 물건들이 내 무덤의 부장품이 되어준다. 내가 주워 온 것들이다. 작은 멧새 둥지, 제비집, 벌집, 성게, 기왓장, 돌, 떡메, 청자와 백자 편(片), 그리고 마른 잠자리도 있다(이 잠자리는 스스로 날아들어 와 거기 앉아 고스란히 말라 죽고 만 것이었다). 모두가 죽은 것들이다. 아니, 살아 있으나 싹을 틔우지 못한 아주까리, 목화씨, 꽈리씨도 있고 파릇파릇한 난(蘭) 몇 촉도 있다. 그리고 또 서너 마디 되는 대나무 통이 있다. 대나무 통만 보면 옛이야기가 생각나서 항상 그것을 거실 모서리에 세워둔다.

옛날 신라시대에 어떤 사람이 사랑하던 아내가 죽자 그 혼을 대통 속에 넣어 늘 가지고 다니며 그 여자와 만나곤 했다는 이야기이다. 대통을 보며 나는 그 속에 들어 있을 어느 여인의 혼을 생각한다. 누군가 들어 있을 것만 같다. 그러나 그게 누굴까?

고향에 갔다가
교산 언저리 푸성귀밭
흐린 우물만 남아 있는
사천의 허균 생각에 갔다가
아직도 청청 뻗은 대밭 옆에서
대나무 한 뿌리를 얻었습니다
홍길동 뿌리를 얻었습니다
앞으로 살아야 할 막된 홀아빗길
저놈 하나 바라고 살까 하고
대통 속에 남모를 계집 넋 하나 집어넣고
뜨신 밥 한 그릇 그리울 세월
그 넋 불러내 보려고
내 남존여비의 비참한 사랑

대 뿌리 하나를 얻었습니다
홍길동 꿈을 꾸며
비참하게 비참하게 헤매는 뜻을
그 계집은 알리라 하고

교산(蛟山)이란 강릉을 둘러싸고 있는 명주군의 사천에 있는 야트막한 야산이다. 이곳에서 태어난 《홍길동전》의 작가 허균의 호는 그래서 교산이 된다. 어쨌든 이렇게 내가 대나무를 바라보는 눈길은 그쪽으로 기울어져 있다.

잠을 깨면 창문 한쪽으로 가사미산의 한 조각이 눈에 들어왔다. 해발 육십 미터 남짓 되는 작은 산이다. 그런데 예전부터 이곳 사람들이 신령스러운 산이라 하여 범접을 꺼려온 것은 무슨 까닭인지 모른다. 과연 그 인적 드문 산기슭에 서 있는 우람하고 귀기 서린 한 그루 엄나무. 예전 성황당이 있던 곳이기도 하다. 그 언저리의 숲은 아름드리 소나무들이 우거졌고 어딘가 으스스한 기운이 감돈다.

나는 이곳에 오자마자 이 엄나무를 섬기기 시작했다. 그리하여 가끔 홀로 찾아가 주위를 맴돌다가 돌아오곤 하는 것이다. 엄나무는 삐죽삐죽한 가시를 가졌고, 예로부터 몹쓸 역병을 막기 위해 담장 위에 쳐놓던 나무이다. 여기서 나는 처용(處容)의 모습을 본다. 그리고 이 나무를 맴돌다 와서 몇 개의 단편소설을 썼던 것이다.

방 안 구석에는 언젠가 가을날 꺾어 온 갈대가 아직도 먼지를 뒤집어쓰고 꽂혀 있다. 바닷가 가까운 곳의 습지에는 키가 넘는 갈대들이 무성하게 자란다. 그 속에는 새들이 유난히도 많다.

내가 그 여자와 이른 아침 산책을 나선 것은 지극히 우연한 결과였다. 왜냐하면 아무런 약속도 없이 우연히 그 길에서 만났기 때문이다. 더군다나 우리는 그전에는 결코 한 번도 서로 만난 적이 없는 사이였다.

그런데 왜 이런 새벽에 그 여자는 그 길을 가고 있었을까? 차라리 묻지 않는 것이 좋을 이런 질문을 나는 무의식중에 던진다. 누구나 던질 수 있는 질문이기 때문에 나만이라도 회피해야 한다. 나중에 안 바로서, 그 여자는 우연히 그 길을 가고 있었다. 아니, 무작정이라는 표현이 맞을 것이다.

조금은 걸음걸이가 흔들리는 것도 같다. 아마 저 여자는 술집에 다니는 여자인지도 몰라. 새벽에 퇴근하는 여자 말야. 나는 내 상상력에 다소 실망하지만 그래도 짐짓 낄낄거리는 심정이 되어본다. 그러나 그것은 틀린 생각이었다.

"아저씨, 이 길로 쭈욱 가면 어디가 나오나요?"

여자가 물어온 것이다. 자기 방으로 돌아가는 여자가 길을 제대로 모를 리 없다. 나는 그렇게 묻고 있는 여자를 찬찬히, 그러나 조심스럽게 살펴본다. 아직 어린 여자였다. 새벽 어스름 속에서 지나치게 앳돼 보이기까지 한다. 그러나 화장기가 전혀 없지는 않다.

"어디를 찾는데요?"

나는 멍청히 묻는 수밖에 없었다. 나는 그 여자를 방랑자라고 생각해본다. 어디가 되는지도 모르고 걸어가고 있었지 않은가. 나는 방랑자를 좋아한다. 그 여자는 내 되물음에 당황한 표정을 짓는다. 어쩌면 짜증이 났는지도 모른다. 나는 항상 여자가 짜증을 낼까봐 조마조마한 인생을 살아왔다. 그런 의미에서 여자가 무섭다.

"그냥 어디가 되는가 해서요."

그 여자는 방랑자가 틀림없었다. 새벽 산책을 나온 차림이 아닌 것으로 봐서 그 여자는 지금 어디론가 헤매고 있는 것이 틀림없었다.

"저수지가 나오지요."

나는 말해주었다. 동네를 지나고, 갈대밭을 지나면 저수지가 나왔다. 나는 그 저수지까지 가서 새벽 물안개가 피어오르는 것을 보고 돌아올 참이었다.

"그럼 거긴 낚시꾼도 많겠네요?"

"요샌 별로 없지요."

이렇게 이야기를 나누는 사이에 우리는 발걸음을 나란히 걷고 있었다. 그 여자는 왜 낚시꾼 이야기를 꺼냈을까? 그러나 별다른 의미는 없다고 생각하기로 했다.

우리는 동네 외곽을 돌아가는 좁다란 시멘트 길을 걸어갔다. 집들은 아직도 어스름 빛에 잠겨 있다. 길가의 풀들은 벌써 누렇게 말라가고, 들을 가로질러 오는 바람은 싸하다. 이 여자는 어떻게 이곳까지 와서 낯모르는 남자와 낯선 길을 가고 있는 것일까? 하기야 나부터도 그렇다. 어떻게 되어 아무 연고도 없는 이곳까지 와서 살아가고 있는 것일까?

저수지가 가까워지면서 물 냄새가 풍겨 왔다. 바다가 가까워서인지 이상하게도 그 저수지에는 늘 갈매기가 날고 있었다. 길 양쪽 습지의 갈대밭에서 갈대들이 바람에 날리며 스적거리고 있다. 그러자 그 여자가 갑자기 동요한다.

"저기 저 사람 우리 아빠 같아요. 큰일이에요."

그 여자가 내게 매달렸다.

"큰일이라뇨? 아빠가 큰일이라뇨?"

나는 혼란에 빠진다. 저 앞에서 낚시 가방을 메고 오는 남자에게 무슨 변이 생긴 것일까?

"우리 아빠 낚시 가방을 메고 전국을 떠돌아다니면서 날 찾고 있대요. 난 집에서 나왔거든요. 어서요. 절 좀 숨겨주세요."

나는 언뜻 판단이 서지 않았다. 나는 엉거주춤 서 있을 수밖에 없었다. 그러나 그 여자는 달랐다.

"날 못 봤다 그래주세요. 제발요."

그 여자는 다급하게 말하고 나서 다짜고짜 길옆으로 내려가 갈대밭으로 뛰어들었다. 그러나 그 남자는 그 여자의 뒷모습을 보았지만 한눈으로 힐끗 쳐다보았을 뿐 그냥 스쳐 지나가 버렸다.

갈대밭 속에 깃들어 있는 새 몇 마리가 푸드덕 하늘로 날아올랐다.

다시 눈보라 치는 겨울이 내 곁에 와 있다. 나는 중국산의 철관음차(鐵觀音茶)를 끓인다. 그리고 묻는다. 질풍노도와 자멸의 시절은 지났는가?

곧 올 딸아이를 기다린다. 지난가을 어느 날 전화가 왔었다.

"아빠, 토요일이 운동회날인데, 아빠 올래?"

그래서 갔던 시골 국민학교 운동회. 아이들은 뛰고 춤추고, 어른들은 술을 마셨다. 나는 낯선 시골 사람들 틈에 끼어 하루 종일 마시고 또 마셨다. 딸아이의 사진 몇 장을 찍어주고, 장난감 반지와 목걸이에 솜사탕을 사주고…… 그리고 몽롱한 가운데 넌더리나게 외롭고 찌든 삶을 홀로 저녁 협궤열차에 실었던 것이다.

오늘도 눈이 내린다. 다시금 협궤열차에게 묻는다. 내 삶이여, 질풍노도와 자멸의 시절은 지났는가?

갈매기 날아가는 곳

나라는 인간은 본래 호기심이 많은 인간으로서 어느 이름 모를 곳, 특이한 곳에 가보는 것을 남달리 좋아한다. 나는 지금 협궤열차에 대해 주욱 쓰고 있지만, 처음 그것을 접한 것은 안산이 자리 잡기 여러 해 전이었다. 먹고살 곳이 신통치 않았던, 어떤 일로 피해 다니던 무렵 나는 무턱대고 그곳으로 갔던 것이다. 그러니까 이 경우에는 호기심이니 뭐니 하는 것과는 거리가 멀다.

그때 맥아더 원수의 인천상륙작전을 다룬 영화 〈오! 인천〉의 현지 로케로 수인선은 갑자기 활기를 띠었었다. 수인선이라면 우리나라에서 유일하게 운행되고 있는 협궤열차로서, 그때 벌써 경제성이 없다는 까닭으로 없애느냐 어쩌느냐 위협을 받고 있는 터였다. 그러므로 테런스 영 감독이 오래전에 공작창에 처박아둔 증기기관차까지 동원하자 수인선 주변은 가벼운 흥분 상태에 빠져들어 있었다. 그러나 그 흥분 상태는 무턱대고 활기에 찬 것이라기보다 마치 죽기 전에 예전 고왔던 시절의 옷차림으로 갈아입고 마지막 바깥나들이를 한 할머니처럼 느껴지는 것은 모두에게 공통된 점이었다.

여름철이라, 저녁 밀물과 함께 열렸던 어시장도 파장이 되고 소래강에는 바닷물이 차 들어와 파랗게 뻘흙이 가라앉은 시간이었지만 아직 어두워지지는 않고 있었다. 어두워지더라도 오늘은 음력 초여드레의 조금 때, 초승달이 뜨리라. 나는 몸을 앞으로 기울여 술집 유리문 밖으로 하늘을 쳐다보며 그렇게 생각했다.

"비는 안 온다고 했지요?"

나는 아까 들어두었던 일기예보를 재확인하듯이 술집 주인 김씨에게 물었지만 김씨는 주방에서 회 한 접시를 들고 나와 아까부터 혼자 소주를 들이켜고 있는 남자 손님 앞에 내려놓으며 아무 말이 없었다. 못 들었는지도 몰랐다. 하기야 하루에도 몇 차례씩 일기예보를 들으며 살아온 습성을 서로 너무나 잘 알고 있었으므로 그 물음이 건성으로 던지는 것이라는 사실을 알았던 때문인지도 몰랐다. 하늘에는 높게 새털구름이 떠서 놀빛에 숨어 아가미 빛으로 서서히 물들어가고 있었다.

"대포 한 잔만 더 줘요."

나는 일기예보에 대해서는 언제 물어보기나 했느냐는 표정으로 김씨를 쳐다보며 사발을 내밀었다. 김씨는 뱃사람은 아니었지만 오랫동안 갯가에서 살아온 사람답게 상어 껍질같이 거친 살갗을 자랑하며 느릿느릿 술 주전자를 들고 왔다.

"영화 찍는 데 구경은 했나?"

김씨가 술을 따르면서 물었다.

"아뇨, 일이나 빨리 끝내야지요."

"쉬엄쉬엄하지 뭘 그려. 작작 벌어, 제길."

"벌긴 뭐. 늦장마가 질 것 같아 그러는 거죠."

소래강의 물빛은 차츰 저녁의 어스름에 잠겨가고 있었다. 끼룩끼룩 날던 갈매기들도 어디론가 사라지고 없었다. 바닷가 벼랑으로 깃들러 갔으리라. 오후부터는 바람이 드세졌으므로 밀물을 따라 거슬러 오르던 갈매기들이 유난히도 희끗희끗 배 때기들을 드러냈던 생각이 났다. 나는 김씨가 내온 숭어 이리(精巢)를 젓가락으로 뒤적이면서 언젠가 김씨가 "총각이 그런 거 많이 먹으면 못써" 하던 것을 기억했다. 뱃사람들은 마누라를 두엇씩 예사로 두기 때문에 비싼 해구신(海狗腎)은 못 먹더라도 숭어 이리나마 부지런히 먹어야 한다면서 손님상에 올리지 않고 빼두었다가 내오곤 하던 것이었다. 빛깔이 지렁이 빛으로 선연한 데다 맛이 써서 즐기는 편은 아니었지만 달리 안주를 시키지 않아도 좋았기에 나는 군말 없이 입안에 집어넣었다.

이리는 일부러 말하는 손님이 아니면 으레껏 내놓지 않는 것으로 되어 있었고 또 실인즉 토박이들이 아니면 일부러 달라는 손님도 없었다. 인천이나 서울 등지에서 자가용을 몰고 찾아온 손님이 숭어회라도 시킬라치면 김씨는 장사를 하는 것보다 이리를 빼놓을 수 있다는 것이 더 기쁘다는 투였다.

내가 그곳으로 찾아든 것은 디젤기관차 대신 아직 증기기관차가 칙칙폭폭거리며 다닐 무렵이었다. 인천에 숨어서 자취를 하며 이것저것 일을 보다가 도시재개발 사업으로 그 집마저 밀려나게 되자 그만 배 짓는 일에 마음이 동해 거처를 옮겨왔던 것이다. 배라고 해야 사 톤짜리 작은 통통배였다. 그 무렵만 해도 협궤열차는 연도 주민들의 '작은철'이라는 애칭을 들으며 제법 붐볐다. 그러나 천일염전이 사양의 길을 걷고 자동차 왕래가 잦게 됨에 협궤열차는 구시대의 유물로 전락해갔다. 최근 들어서는 하루에 아침저녁 세 차례씩 상행과 하행으로 명맥을 유지할 뿐이었다. 그러니 외국 배우들이 수없이 몰려들고 새삼스럽게 증기기관차까지 끌어내어 옛날 일을 재현해 보인다고 해서 무슨 새로운 번영의 기미가 나타날 것도 아니었다. 게다가 얼마 전서부터는 서해안에 세운다는 조력(潮力)발전소 때문에 간만(干滿)의 차이가 어떻고 하면서 들먹여졌고, 엎친 데 덮친 격으로 바깥쪽의 하구를 막아 농경지를 만든다는 계획을 세우고 있다는 설도 있어서 어민들은 스산한 기분에 들떠 있는 참이었다.

본래 기다리는 데 익숙해 있는 사람들이기 때문에 항상 들떠 있다는 점에 있어서는 친근한 그들이었다. 바다에 나가지 못하는 긴 겨울에는 그물을 기우며 하염없이 봄을 기다렸고 봄이 되어 꽃샘바람이 불기 시작하면 날마다 밀물에 배를 띄우기를 기다렸다. 배들이 바다에 쳐놓았던 그물을 걷어 어획물을 싣고 들어올 때면 멀리서부터 밀물이 앞서 밀려들어 오고 갈매기 떼가 하늘에 떠오른 것을 먼저 볼 수 있다. 소래강이라고 했지만 말이 강이지 위로부터 흐르는 물도 그저 질척질척한 정도인 데다가 염분에 절고 절어서, 깊게 팬 골짜기는 썰물 때는 회갈색으로 가랑이를 벌린 채 헤벌어져 누워 있는 꼴이었다. 거기서 밀물을 기다리기란 여간 막막한 일이 아니었다. 늘 겪으면서도 정말 물이 넘쳐들 것인가 의아심을 품게 하는 것이 소래의 골짜기였다.

새롭게 자리 잡은 곳이었지만 나는 물 빠진 그 골짜기를 볼 때면 옛날 언젠가 바다 밑에 잠겼던 것이 육지로 변해 있는 땅일 뿐 결코 바닷물이 들지는 않는 곳이라는 착각에 사로잡히곤 했다. 바다는 눈에 보이지도 않는 먼 곳에 있었다. 그런데도 밀물 때만 되면 어김없이 그 골짜기를 채우는 데 실수가 없었다. 멀리서 바닷물의 자락이 긴 잠옷처럼 갯벌에 끌리고 갈매기가 솟는다 싶으면 벌써 순식간에 황해가 자랑하는 뻘물이 밀려 올라왔다. 바닷가에 가서 밀려들어 오는 밀물과 경주를 해본 사람이라면 황해의 조수 간만의 차이가 어느 정도로 엄청난지 실감할 수 있을 것이다. 달리는 사람보다도 빨리 달려오고, 산굽이를 돌아오는 협궤열차보다도 빨리 달려오는 황해의 밀물.

그 빠른 바닷물이 소래강의 하구를 흉하게 저며놓았던 것이다. 큰 항구가 아님은 물론 바닷물과 맞닿아 있는 곳도 아니고 보니 소래의 골짜기로 들어오는 수산물인들 별것이 있을 리는 없었지만 아무리 사 톤짜리 배라고는 하더라도 웬만한 집 한 채 값은 되는 마당에 그만한 소득은 있을 터였다. 덕적도 근해에서 철 따라 잡히는 수산물의 가짓수는 꽤 다양했다. 민어·숭어·우럭·조기·도미·광어·홍어·상어·서대·양태·밴댕이에 낙지·주꾸미·꼴뚜기, 게다가 새우·조개·굴·꽃게 등.

나는 땅거미가 꽤 짙게 내려서야 자리에서 일어났다. 이미 오래전에 수원으로 가는 하행 작은철은 막차가 지나갔으리라. 너무도 당연한 일을 늘 염두에 두고 있는 자신이 우스꽝스러웠다. 나는 소래강 위에 걸려 있는 철교를 바라보며 '이제 마지막 작은철이 지나갔겠지' 하고 생각해보는 것이 버릇처럼 되어 있었다. 철교를 지나 군자(君子)든 원곡이든 어디든 갈 일이라곤 전혀 없으면서도 나는 막차가 지나간 것을 확인하고는 허전해지는 마음을 달래기 어려웠다. 송도에서 떠난 막차가 소래역에 닿는 시각은 저녁 여섯 시 사십칠 분으로 변함이 없었다. 그 시각이면 봄에는 어둠이 깔렸지만 해가 길어진 여름이면 대낮이 겨운 때에 불과한 것이다. 그럼에도 불구하고 땅거미가 짙어진 여름철에 막차가 지나갔을까 생각해보는 자신의 마음이 서글프기조차 했다. 그러나 그런 버릇은 그곳에 자리를 잡자마자 생긴 것으로 나로서도 어쩔 수가 없었다. 마지막 협궤열차가 지나가버리고 말았다고 느껴지면 나는 막연한 절망과 비애를 함께 맛보곤 했다.

낮에 그토록 소란스럽던 시장 바닥을 지나 철길을 넘어가는 어귀에 서자 출어 금지를 알리는 진홍빛 깃발이 어둠에 묻히면서 검게 펄럭이는 게 눈에 들어왔다. 비는 오지 않더라도 바람은 꽤 불 모양이었다. 옅은 어둠 속에서 생선 비린내가 풍겨오고 있었다. 그 비린내는 마치 내가 맛보고 있는 막연한 절망과 비애라는 생선의 지느러미나 비늘에서 풍겨 오는 것 같기도 했다. 나는 어서 이곳을 떠야지, 어서 이곳을 떠야지 하고 수없이 되뇌면서도 막상 눌러 있게 되는 까닭을 알 수가 없었다. 바람이 머리카락을 이쪽저쪽으로 마구 헝클며 불고 있었다. 나는 어둠에 묻혀가는 소래역 쪽을 한참 동안 바라보았다. 처음 발을 들여놓을 때 협궤열차를 타고 왔던 기억이 떠올랐다. 열차가 닿는 모습은 언제나 생소하기 짝이 없었다. 역에 들어서기 바로 전이 바다 쪽을 향해 돌출해 있어서 열차는 바로 역구내로 들어오기 전까지는 모습이 보이지 않았다. 바다 쪽으로 돌출해 있는 부분이 큰 키 나무들로 가려 있어서 더했다. 따라서 도착 시간이 다 되었다고 생각하고 바라보아도 열차가 오고 있는 기미는 전혀 알아챌 수 없었다. 밀물이 소래의 골짜기를 돌아오는 것을 기다리는 때와 같은 기다림의 순간을 겪지 않으면 안 되었다. 그들은 이제나저제나 하면서 초조감에 휩싸이게 된다. 덜컥 결행(缺行)이라도 하는 날이면 아무 대책도 세울 수 없기 때문이었다. 우선 소래의 골짜기에 놓은 드높은 철교가 길을 가로막고 있다는 말은 틀린 것이었다. 아니, 분명히 말해서 철교가 길을 가로막고 있다는 말은 틀린 것이었다. 소래에서 남쪽으로의 유일한 통로인 이 협궤철도의 철교는 그토록 위험함에도 불구하고 통로가 될 수 있다는 데는 틀림이 없다. 그래서 한 해에 어김없이 한둘은 이승의 집보다도 저승의 집을 택할 수 있었다. 드높이 걸려 있는 철교는 물론 단선인 데다가 폭이 좁아서 웬만큼 담찬 사람이라도 오줌을 질금거리며 건너가야 한다. 협궤철도의 철교만큼 가냘픈 다리는 시골 시냇가에 걸쳐놓은 나무 징검다리를 제외하고는 없다. 그러나 시골의 나무 징검다리에서 미끄러지면 발을 깨끗하게 하는 이점이 있을지도 모르지만 협궤철도의 철교에서 미끄러지면 전혀 다른 결과를 빚는다.

마지막 열차를 놓치고 부득이 철교를 건너야 할 즈음에는 골짜기에 바닷물이 넘쳐서 뻘물도 앙금처럼 가라앉고 물은 고요하게 맑아져 있다. 달빛이 수면을 비추면 요염하게 반사된다. 뻘물이 아니라는 사실을 그 요염한 빛이 강조하였다. 사리

때 한껏 높아진 물일수록 달빛은 더욱 요염하게 반사된다. 달이 맑아질수록 물이 높아지고 또 그 물에 비친 달이 무르익은 여인의 자태를 하는 것은 황홀한 섭리였다. 일단 골짜기에 가득 찬 물은 독(dock)에 가두어진 물처럼 잔잔했다. 그래서 뻘은 가라앉고야 마는 것이다. 앞에서 말한 바와 같이 빠르게 밀려들어 오는 밀물의 격랑이 뻘을 뒤집어놓는 것인데, 한창 물이 들 때는 뻘 속에 잠자던 온갖 미생물들을 곤두박질시켜 작은 물고기들의 먹이로 떠오르게 했다.

미생물들이 작은 물고기를 부르면 그보다 좀 더 큰 물고기들이 작은 물고기들을 잡아먹기 위해 뒤를 따르고, 이윽고 갈매기들도 몸짓이 바빠지게 마련이었다. 모두가 황해의 빠른 밀물과 같이 움직였다. 밀물이 몰려올 때 높은 곳에 올라가 바라보면 고깃배들이 갈매기들을 이끌고 오는지 아니면 갈매기들이 고깃배들을 이끌고 오는지 쉽게 분간하기 어려웠다. 어느 쪽이라고 해도 굳이 시비할 사람은 없으리라.

어쩌면 고깃배와 갈매기는 악어와 악어새처럼 공존하고 있는지도 모를 일이었다. 갈매기들은 이리저리 제멋대로 날아오르고 있는 것같이 보였지만, 자세히 보면 어느 정도 이상은 벗어나지 않아서 마치 배에 고래 심줄 따위 투명한 실로 매여 있는 것 같기도 했다. 아니면 배에서 원격조종이라도 하고 있는 것 같기도 했다. 갈매기들은 우단으로 만든 봉제완구처럼 깃털을 매끈하게 가다듬고 두 눈은 빨간 테두리가 있는 단추를 달아놓은 듯이 보였다. 고깃배들은 밀물을 타고 노략질을 해오는 해적선처럼 의기양양하게 들어온다. 철교 아래까지 오면 갈매기들은 갑자기 하늘로 솟구치고 배들은 역(逆)스크루를 돌려 속도를 죽인다. 고물 뒤쪽의 물이 뭉클거리며 한 바퀴 요동을 침과 함께 배는 주춤거린다. 기다란 장대를 든 사내가 접안을 도왔다. 갈매기들이 철교를 앞두고 솟구치는 것은 철교에 부딪히지 않으려는 것으로 보인다. 솟구친 갈매기는 배와의 연결이 끊어졌다는 듯이 비로소 길게 선회한다. 이러기까지 모든 것이 순식간에 벌어지는 일들이었다. 그 얼마간은 지나친 생동감으로 얼이 빠지는 상태가 되었다. 밀물 때 물살에 뒤집히면서 갯지렁이 따위를 하나라도 더 삼키려고 우왕좌왕하는 망둥이를 잡아보면 그 얼빠진 생동감이 과연 어떤 것인지 눈으로 직접 볼 수 있을 것이다. 그러므로 망둥이 따위를 집어삼키려고 부지런히 서두르는 갈매기들이 철교 앞에서 율동이 깨어지는 일은 애석한 일이라고 하지 않을 수 없었다. 그렇게 철교는 걸려 있었다. 갈매기들이 더 이상 뭍에서 날지 못하게 막을 양으로.

물이 썼을 때 보면 철교를 받치는 기둥은 골짜기의 뻘 속에 지나치다는 느낌을 줄 정도로 든든하게 박혀 있었다. 가냘프고 보잘것없는 철교를 받치는 것이 목적이라기보다 그 위에 있는 무한 천공의 궁륭을 받치는 것이 목적이라는 듯이 굵은 시멘트 기둥이었다. 그 어처구니없는 불균형은 철교를 위해서 기둥이 있는 것이 아니라 기둥을 위해서 철교가 있는 것처럼 보였다. 그러나 그 불균형이야말로 밀물과 썰물의 위력을 잘 말해주고 있음에 다름 아니었다.

기둥을 타고 눈길을 아래로 떨구면 바닥에서 삼분의 일쯤 되는 높이에 배의 흘수선(吃水線)이라도 되는 양 빙 둘러 아래위로 구별되는 부분이 나타났다. 위와 아래의 경계 되는 부분은 고리처럼 옴폭 패어 있어서 거기가 바닷물의 높이라는 사실을 설명해주었다. 이 고리처럼 옴폭 팬 부분 때문에 기둥이 뻘 속에 든든하게 박혀 있다는 느낌이 사라질지 모르지만 전혀 그렇지 않았다. 그것은 위로부터 내려 뻗친 기세로 보아 얼마든지 콱 박혀 있다는 느낌을 주었다. 다만 고리 밑에 해당하는 부분에는 이름도 모를 갖가지 붙박이 패각류가 들러붙어서 콘딜로마 뭐 그런 종류의 험한 병을 앓고 있는 것처럼 보이는 것이 유감일 뿐이었다.

언제나 열차가 닿기 일 이 분 전은 지루하기 짝이 없었다. 더구나 저녁놀이 보랏빛으로 스러질 무렵은 누구나 삶의 여로를 되새겨보게 마련인 때였다. 그때 누군들 기쁨과 희열 뒤에 고개 숙이고 있는 적막한 얼굴을 보지 않을 수 있으랴. 바로 그때쯤 장난감 같은 협궤열차가 모습을 드러낸다. 모퉁이를 돌아오면서도 기적 한 번 울리지 않는 것이 예사였다. 그러므로 봄철이나 가을철 어둑어둑한 공간 속에서 느릿느릿 달려오는 협궤열차는 마치 지구상에서 멸종한 거수(巨獸), 가령 공룡의 등장과 같았다. 세 량(輛)일 때는 덜했지만 두 량일 때는 영락없이 그랬다. 뒤뚱거리며 나타나는 그놈은 그래서 역설적으로 불쑥 나타난다는 느낌이었다. 송도에서 수원까지, 수원에서 송도까지 철길 어디서나 그렇게 불쑥 모습을 나타냈다. 언제나 그랬다. 예전 맥아더 원수가 쭈그러뜨린 군모를 쓰고 바짓가랑이 젖는 것도 아랑곳지 않고 황해의 뻘물에 내려섰던 당시의 얼마간을 제외하고는 하루도 빠짐없이 그렇게 운행되었다. 공룡이라고 했지만 어떻게 보면 대가리가 뭉툭한 말향고래 같은 느낌을 주기도 했다. 황해는 고래 떼가 지나다니는 길목은 아니어도 가끔 길 잃은 고래가 실제로 나타난다. 물론 길을 잃었는지 어쨌는지는 아무도 알 수 없지만 말이다. 어쨌든 두 량의 협궤열차는 공룡이나 고래처럼 나타나 사람들을 토해 내고 또 집어삼켰다. 인천에서 소래까지 시내 요금을 받는 먼 노선의 버스가 왕래하기 전에는 더 많은 사람들을 토해내고 또 삼켰다. 언젠가 기독교에 빠진 고잔(古棧) 쪽 마을의 청년 하나가 "요나의 기적을 보시오! 고래 배 속에서 살아나 하나님 의 말씀을 전한 요나를!" 하며 어시장을 누빈 적이 있었는데, 그가 막차를 타려고 역구내를 서성거릴 때면 금방이라도 그런 기적이 이루어질 것처럼 여겨질 정도였다. 나는 지금 이렇게 말하고 있기는 하지만 그때까지만 해도 협궤열차가 나와 특별 히 무슨 사연이 없음은 새삼 밝히지 않아도 될 것이다.

나는 철길 아래로 내려서며 이번 배만 다 짓는 것을 보게 되 면 새 일터를 찾아 떠나리라 마음먹었다. 아무것도 나를 붙드 는 것은 없었다. 도목수인 장씨마저도 "젊은 사람이 이런 일 에……" 했다. 임시 사원이나마 나는 서울에서 그래도 출판사 일을 보며 세월을 죽였었다. 갯가 둔덕에 새로 짓는 배가 하얗 게 선복(船腹)이 엎어진 채 받침목 위에 자리 잡고 있었다. 선 복 가운데로 알맞게 휘어진 용골(龍骨)이 달빛을 받아 인(燐)을 뿜는 뼈다귀같이 빛나고 있었다. 아무리 새우잡이 작은 배일지라도 용골만큼은 힘차고 당당해 보였다. 나는 장씨가 지시하는 대로 까뀌와 끌로 용골을 깎을 때마다 야릇한 흥분을 느꼈다. 나는 될 수만 있다면 용골을 우람하게 만들고 싶은 욕망을 버릴 수가 없었다. 용맹스런 바이킹들이 타고 다녔다는 배들은 하나같이 용골들이 하늘로 치솟아 있는 데다가 요란한 장식마저 달고 있지 않던가. 그러나 지금 배들은 겨우 닻줄이나 붙잡아 매어둘 수 있을 정도로 튀어나와 있을 뿐이었다. 그래서 사람들의 꼬리가 달렸던 척추 끝이 우울한 감각을 간직하고 있는 것처럼 사 톤짜리 배들도 짧아진 용골 끝이 그러리라는 생각이 들었다. 나는 미완성의 배 위에 방수천을 뒤집어씌웠다. 비는 오지 않으리라 했지만 만약의 사태에 대비해서 늘 그렇게 하고 있었다. 천막을 뒤집어쓰고 엎어져 있는 텅 빈 선복 아래가 나의 잠자리였다. 그곳은 협궤열차보다도, 아니 진짜 고래 배 속보다도 한결 더 고래 배 속처럼 느껴졌다. 받침목 사이로 허리를 굽혀 들어가 판자 위에 누우면 고래의 배 속이 훤히 눈에 들어왔다. 그런데도 나는 참으로 편안하고 아늑한 기분에 젖을 수 있었다. 그때야말로 초조하고 괴로운 무엇이라곤 아무것도 없이 사라져버리고 심신이 녹아드는 안도감에 감싸였던 것이다. 나는 판자에 걸터앉아 담배 한 대를 피위 물었다. 벌판을 지나온 바람이 여름의 열기를 씻어주고 있었다. 어디선가 밤새가 잠꼬대하는 듯한 소리가 바람결에 들려왔다.

"여보시유."

누군가가 부르고 있었다. 새가 잠꼬대하는 소리로 들은 것은 사람의 말소리였던가. 장씨의 목소리는 아니었다. 장씨는 집에 볼일이 있다면서 일찌감치 인천으로 나간 터였다.

아마 술타령을 하고 있으리라.

"여보시유."

목소리는 다시 한 번 들렸다. 내가 들어 있는 선복에다 대고 부르는 소리가 아니라 그 근방 어딘가를 향해 어림짐작으로 부르는 소리 같았다. 다급하다거나 쫓기는 듯한 느낌은 들지 않았다.

"누굴 찾으십니까?"

나는 허리를 굽혀 바깥으로 나서며 물었다. 달빛 아래서 보아서가 아니라 워낙 모르는 사람이었다.

"아, 여기 계셨군요. 멀리서 보고 왔습니다만 갑자기 어디 가셨는지 알 수 없었습니다."

"무슨 일인데요?"

"죄송하게 되었습니다. 무슨 일이야 있겠습니까만 말씀이나 몇 마디 나눌까 해서요."

나는 그제야 그가 아까 술집에 홀로 앉아 소주를 들이켜고 있던 사내라는 사실을 알았다. 사내에게서는 술 냄새가 심하게 풍기고 있었다. 사내가 지나치게 공손한 태도를 보이는 것도 어쩌면 술기운 탓이라고 나는 짐작했다. 사내는 내가 상대를 안 해줄까봐 두려워하고 있는 것 같았다.

"무슨 말씀이신데요?"

나는 다소 긴장을 풀고 사내의 얼굴을 찬찬히 들여다보며 마음을 놓아도 좋다는 뜻이 충분히 전달되도록 부드럽게 물었다. 사내는 약간 쑥스러운 듯한 표정을 지어 보였다.

"괜찮으시다면…… 실은 저는 엑스트라 노릇이라도 해볼까 해서 왔던 사람이올시다……"

"엑스트라라뇨?"

"영화에 나오는…… 배우 말씀입니다. ……거, 왜……"

너무나 뜻밖에 나온 말이어서 의아해하는 나의 반문에 사내는 엑스트라가 무엇을 하는 사람인지를 설명하려고 애쓰고 있었다. 순간적으로 〈오! 인천〉을 떠올렸다. 그렇다면 사내는 그곳을 지나 더 남쪽으로 갔어야 옳았다. 나는 사내를 선복 아래로 끌고 들어와 앉기를 권하며 그런 사실을 설명해주었다.

"여긴 아주 안성맞춤이군요."

사내는 어둠에 익힌 눈으로 이리저리 살피며 나의 설명은 아무래도 좋다는 듯이 말했다. 엑스트라를 하기 위해서 찾아왔다는 말 자체가 터무니없는 거짓말인지도 몰랐다.

"더운 한철은 지낼 만하지요."

"불은 켤 수 없겠군요."

"불요?"

"어두운 밤에 말입니다."

"별로 아쉽지를 않아요. 그저 잠만 자면 되니까요."

"잠을 잘 주무시나보죠?"

사내는 잠을 잘 잘 수 있다는 게 무엇보다도 부럽다는 말투였다. 나는 잠을 못 이루고 밤새 뒤척이던 여러 밤들을 회상했다. 나는 사내의 물음에 대답하는 대신 언젠가 구석에 처박아두었던 촛동강을 찾아내 성냥을 그어 불을 붙였다. 어둠 속에 묻혀 있는다면 사내와의 대화가, 한쪽을 누르면 그 반대쪽이 불거져 나오는 식으로 밑도 끝도 없이 쳇바퀴 돌듯 계속될 것만 같았다. 촛불은 바람에 가물가물했으나 꺼지지는 않았다. 나는 사내가 무엇을 하는 사람이며 왜 나를 찾아왔는지 알 수가 없었다. 불빛을 빌어 살펴보니 사내는 생각보다 술을 많이 마신 듯 눈이 거의 풀어진 데다가 피로에 지쳐 있었다. 나는 들고 있던 촛불을 나무토막 위에 기울여 촛농을 떨어뜨린 다음 넘어지지 않도록 조심스럽게 눌러 붙였다.

"혹, 담배 가지신 거 있습니까?"

사내는 나의 행동이 끝나기를 기다리고 있었다는 듯이 말했다. 나는 주머니에서 담뱃갑을 꺼냈다. 담배는 한 개비밖에 남아 있지 않았다.

"하나밖에 없군요."

사내는 손을 저으며 사양을 해 보였다.

"괜찮아요. 태우세요."

"첩한테도 안 준다는 건데……"

사내는 그렇게 말하면서 고개를 끄덕하고는 어느새 담배를 빼어 물고 있었다. 사내는 비틀거리며 일어나 촛불 쪽으로 가서 허리를 굽히고 불꽃에 담뱃불을 붙였다. 불빛을 등지고 선 사내의 모습은 죽은 물고기 같아 보였다.

"엑스트라 일은 오래하셨습니까?"

나는 그의 주의를 환기시킬 겸 처음의 이야기로 돌아가야겠다고 생각했다. 사내는 불을 붙인 담배를 몇 번 뻑뻑 빨아보면서 제자리로 돌아와 앉았다.

"그 일은…… 처음이지요. 늘 떠돌아다니며 살아 버릇해서
생전 처음 하는 일이구먼요."

사내는 담배 연기를 내뿜으며, 입을 벌린 채 죽은 물고기처
럼 히쭉 웃음을 지었다. 그러고 나서 그는 자기의 손을 내려다
보며 한숨을 지었다.

"안 해본 일이 없다시피 한데 무어 한 가지 손에 익힐 수가
없었지요. 세상에 한 가지 재주는 타고난다는데……"

사내는 이제 배우기를 시도하는 것조차 체념한 지 오래인
듯하였다. 그에게는 인생을 살아가는 데 아무런 계획도 세울
수 없는 사람 특유의, 남을 안타깝게 하는 달관이 몸에 배어
있었다. 그는 석바위가 고향이라고 하였다. 석바위는 주안에서
소래로 오는 중간에 위치하고 있었다. 나는 석바위에서 소래
사이에 펼쳐진 논들의 고즈넉한 정적을 생각하며 사내에게 갑
자기 오래 사귀어온 것처럼 친근감을 느꼈다. 사내는 하룻밤
아무 데서나 지내고 내일 아침 영화를 촬영하는 곳으로 찾아
가 볼까 하는 길이라고 말하며 담배를 땅바닥에 버리고 발로
문질렀다. 바람이 벌판을 달려가는 소리가 들렸다. 비비비 비
비비. 초승달을 비껴가는 새소리도 들렸다. 사내는 취기가 몰

176

려오는지 고개를 죽은 새처럼 떨어뜨리고 있었다. 나는 어디선가 들은 대로 엑스트라도 조합 같은 것에 가입하고 있어야지 무턱대고 찾아가 봐야 헛일에 불과하다고 말하려다가 그만두었다. 그렇게 말한다고 해서 그를 납득시킬 수는 없으리라는 생각이 있었기 때문이었다.

"실은 사람을 찾고 있어요."

그때 갑자기 사내가 고개를 쳐들고 미망에서 깨어난 사람처럼 목청을 돋우어 말했다. 마치 죽어가는 새의 최후의 비명 소리 같았다. 고개를 축 늘어뜨리고 있던 그가 그와 같은 소리를 낼 의지를 품고 있었으리라곤 전혀 상상조차 할 수 없었던 일이었다. 나는 놀라서 사내를 쳐다보았다.

"뭐라고 말씀하셨나요?"

그가 사람을 찾고 있다고 분명히 말했음을 나는 알고 있었다. 하지만 너무나 갑작스럽다는 느낌뿐 사내가 한 말의 내용이 무엇인지 얼떨떨하기만 했던 것이다.

"난 사람을 찾고 있는 중이라오."

이번에는 사내는 사뭇 배우처럼 낭독조로 읊조렸다.

"사람을 찾다뇨?"

나는 사내가 취해서 깜빡 잠이라도 들었다가 허깨비라도 본 것이 아닐까 의심이 들었다. 그러나 사내의 얼굴에는 진지함이 감돌았다.

"부끄러운 얘기지요. 전 아내를 찾고 있어요. 아내 말입니다."

사내는 그렇게 말하기에 진땀이 나는지 이마를 손으로 문질렀다. 어른거리는 불빛에 그 얼굴은 생선을 튀기는 번철처럼 번들거렸다. 사내는 그가 찾는 사람이 바로 아내라는 것을 몇 번이고 되풀이해 중얼거렸다.

"분명히 아내지요. 식은 못 올렸을망정 사진관에 가서 기념사진도 찍었으니까요. 사진관에선 면사포도 빌려주니까요. 암요."

"그렇군요."

"물론이지요. 사진관에는 신부용 꽃다발도 있습니다요. 플라스틱으로 예쁘게 만들었죠. 그걸 품에 안은 아내는 정말 선녀 같았죠."

사내는 그때를 회상하며 황홀한 듯 얼굴을 치켜들었다. 그 모습은 숭고해 보이기까지 했다.

"신부 화장도 했나요?"

나는 나도 모르게 그렇게 말하고 나서 사내의 비위를 상하게 하지는 않았을까 걱정이 되었다. 사내의 행복을 깨뜨려서 는 안 된다고 느꼈기 때문이었다. 다행히 사내는 아무 동요도 나타내지 않았다.

"신부 화장이라…… 물론 했고말고요. 사진관 주인이 색깔 을 칠해서요, 아내의 볼이 더 빨갛게 되었지요."

사내는 자랑스럽게 어깨를 으쓱거리면서 말했다.

"그런데 왜 헤어지셨습니까? 아낼 찾고 있다고 하셨지요?"

"그래요. 아내를 찾아야 해요. 그쪽도 워낙 외론 처지지요."

사내는 금세 어깨가 아래로 처졌다. 한참 동안 땅에 눈을 주 고 있던 그는 내가 버린 담배꽁초를 발견하고는 구원이라도 받은 듯이 주워들었다. 먼저처럼 촛불 쪽으로 다가간 사내는 입술이 데지나 않을까 염려될 정도로 가까이 들이대고 불을 붙였다. 좀 전의 사내의 모습은 온데간데없이 사라져버렸다.

"사진을 찍은 담에 우리는 작은철을 타구 수원까지 갔죠. 신혼 여행이 뭐 별건가요. 이담에 돈 벌믄 여기 어디 와서 살자구 했 지요. ……그런데 일 년을 못 넘겨 대판 싸웠어요. 늘 양식이 떨 어졌으니까요. 그래서 전 돈벌이를 하려구 집을 뛰쳐나갔지요."

"그래, 돈은 좀 벌었나요?"

"웬걸요. 돈커녕 빈털터리로 반년 만에 돌아와 보니 모든 게 끝장나 있었지요. 셋방에는 딴 사람들이 살구 있었구요."

말을 마친 사내는 길게 한숨을 쉬었다. 사내는 필터 끝까지 피운 담배꽁초를 신경질적으로 내던졌다. 나는 사내에게 도움이 될 만한 말이 무엇일까 잠시 생각해보았지만 떠오르지 않았다. 촛불도 거의 꺼져가고 있었다. 그때 나는 머릿속으로 내 옛 여자의 모습이 섬광같이 스쳐간다고 느꼈다. 류, 그것은 그녀의 성씨였으나 나는 이름처럼 그렇게 불렀었다. 류.

"아내의 사진을 한번 보시렵니까?"

사내는 바지 주머니를 주섬주섬 뒤지면서 말했다.

"사진이 있습니까?"

"있구말구요."

사내는 걸맞지 않게 매끄러운 비닐로 만들어진 새 수첩을 꺼내더니 나의 코앞에 들이대고 펼쳐 보였다. 한쪽에 주민등록증이 들어 있는 수첩이었는데, 아내의 사진이 있어야 할 곳에는 외국 잡지에서 오린 듯한 갈매기 그림이 끼워져 있었다. 당황하지 않을 수 없었다. 나는 혹시 내가 잘못 본 것은 아닐까 눈을 떼지 않고 다시 자세히 보았다. 여전히 당황하지 않을 수 없었다. 그것은 분명히 갈매기 그림이었다. 창공에 날개를 편 갈매기는 소래의 골짜기를 날아오르는 갈매기와 조금도 다름이 없었다.

"아니, 이건 갈매기가 아닙니까?"

내가 영문을 모르겠다는 표정으로 소리치자 그제야 사내도 아차 하는 눈치였다. 사내의 긴장했던 얼굴에 장난기 어린 미소가 떠올랐다.

"그렇군요. 아내의 사진은 그 밑에 있지요. 갈매기 그림은 수첩을 살 때부터 있었던 겁니다."

사내는 대수롭지 않게 말하고 수첩을 들여다보며 갈매기가 그려져 있는 잡지 쪼가리를 구겨버렸다. 갈매기 그림 밑에서 나온 것이 바로 결혼사진이었다. 꺼져가는 촛불에 비쳐보자 흑백사진의 위로 빨강과 노랑과 파랑으로 개칠한 부분이 비교적 선명하게 드러났다. 과연 사내의 아내는 두 볼을 사과처럼 빨갛게 붉히고 있었다. 나는 얼굴을 요모조모로 들여다보았다. 순간 나는 눈을 의심했다. 두 볼이 사과처럼 붉은 것을 제외한다면 그녀는 얼마 전까지 김씨의 술집 옆 서울옥에서 일하다가 철교 위에서 떨어져 죽은 여자임에 틀림이 없었다.

"혹 보신 적이 있습니까?"

사내는 나의 미묘한 표정의 변화를 읽었는지 다그쳐 물었다.

"글쎄요……"

그녀는 석바위에서 왔다는 말은 비치지도 않았을뿐더러 낮에는 뒷방에만 틀어박혀 있었다. 그러나 그 생활도 불과 며칠뿐, 노래 한마디 못 부르는 주제에 공짜 숭어 이리일망정 몇 점씩이나 먹은 뱃사람들이 젖통도 못 만지게 야멸차다 하여 쫓겨난 끝에 다음 날 새벽 물이 썬 소래의 골짜기에서 시체로 발견되었던 것이다. 경찰에서도 끝내 무연고자로 처리할 수밖에 없었던 그녀였다. 내가 말꼬리를 흐리며 머리를 흔드는 것을 본 사내는 별다른 실망의 빛도 없이 수첩을 주머니에 집어넣고 단정히 앉았다. 사내는 눈을 감고 무슨 생각엔가 잠겨 있었다.

밑바닥에 녹아 있는 촛농에 겨우 의지하고 있던 촛불의 심지가 드디어 넘어지면서 바람 소리가 제법 크게 들려왔다. 썰물 때가 되었는지 물소리도 들려왔다.

다음 날 아침 눈을 떴을 때 사내는 이미 어디론가 사라지고 없었다. 나는 악몽에서 깨어난 것처럼 어수선한 머리를 흔들며 선복 밖으로 나왔다. 해가 떠오르기엔 아직 이른 아침이었다. 포구의 골짜기는 어느 틈에 물이 가득히 괴어 파랗게 찰랑거리고 있었다. 그 위로 철교는 아무 일 없이 드높이 걸려 있었다. 갈매기가 날더니 바다 쪽으로 기울어지고 있었다. 나는 그때 그 갈매기의 뒤 허공 가운데에서 한 여자의 얼굴을 보았다고 생각되었다. 나는 그 얼굴을 좀 더 가까이서 보려는 듯이 발걸음을 옮겨놓았다. 잠시 뒤에 사내는 엑스트라 자리를 구하기 위해, 아니 아내를 찾기 위해 협궤열차를 타고 남쪽 마을을 향해 가리라.

바로 그날 나는 괭이갈매기의 눈을 피하듯 그곳을 떠났다.

모래강을 향하여

물론 지금 나는 사막에 대해서 말하려 하고 있다. 어리석게도 류와 함께 협궤열차를 타고 가고 싶은 사막이라고 해도 좋다. 예컨대, 사막이라면 우리에게는 우선 고비 사막이 떠오른다. 한반도는 고비 사막과는 상당히 거리가 떨어져 있는 것처럼 느껴지지만, 그것은 어디까지나 상대적인 느낌에 지나지 않는다. 사막의 한쪽으로 비단길이 이어져 있어서 예로부터 동서양의 통로였다는 사실을 나는 늘 잊지 않고 마음에 넣어두고 있었다. 그러나 그 사실은 잠깐 접어두기로 한다.

봄철의 황사 바람은 어디서부터 비롯되는가. 봄철이면 거의 어김없이 한반도를 찾아오는 이 누런 모래의 먼지바람은 몽골이나 중국 북부의 황토 지대에서 모래가 바람에 불려 하늘 높이 떠돌다가 우리나라까지 날아오는 것으로 알려져 있다. 고비 사막은 몽골에서 중국 서부에 걸쳐 있는 사막이다. 그러니까 봄철에 한반도를 찾아오는 황사 현상은 고비 사막에서부터 비롯된다고 해도 지나친 말이 아니겠다. 다시 말해서 한반도는 고비 사막의 모래가 봄마다 날아와 쌓이는 거리에 있다. 몽골 말로 고비는 황무지라는 뜻이라고 한다.

누런 모래가 하늘을 덮고 있던 어느 봄날 나는 모래강으로 향한다. 나는 사막을 생각하고 있었다. 그러나 막상 내가 모래 강이라고 말하는 곳은 사강(沙江)이라고 표기되는 경기도 화성군 송산면의 한 곳이다. 그곳에서는 열흘 단위로 이 일과 칠 일마다 오일장이 서기 때문에 그 사강장에 가서 누군가를 찾아야 했다. 사강이라는 모래 사(沙) 자, 강 강(江) 자 이름의 그 곳이 경기도 화성군 송산면에 있다고는 해도, 어디에 있다는 사실 자체가 중요한 것은 아니다. 또 모래강이라는 것이 실제로 거기 있는지 어떤지 그것도 알 수 없다.

모래강이라니? 사막에 마른 채로 있다는 와디라는 그것 말인가? 혹시 비가 오면 그때 넘치곤 한다는?

스쳐가는 사람은 물을지도 모른다. 그러나 여기에 대답할 말을 나는 찾지 못한다. 늘 그렇듯이 나는 아무것도 알지 못하기 때문에 그곳으로 향하는 것이다.

그곳으로 향하는 버스길은 수원과 구(舊)반월에서 뚫려 있다. 나는 수인선 열차를 타고 어천역에서 내려 수원에서 오는 버스를 탈 것이었다. 봄철이라지만 아직도 바람이 차기 때문에 조금은 야무진 사파리 점퍼를 걸치고, 혹시 비라도 뿌리면 머리에 뒤집어쓸까 하고 아망위를 주머니에 쑤셔 넣고서.

아침에 일어나자마자 화분 위에 맑은 점액이 말라붙어 있는 것을 보고 어딘가에 달팽이가 숨어 살고 있다는 사실을 알았었다. 그래서 이 궁리 저 궁리 한 끝에 화분째 물속에 집어넣어버렸다. 그랬더니 굵다란 민달팽이가 무려 다섯 마리가 기어나왔다. 젓가락으로 집어 들자 그놈들은 옴쭉 오므라들며 맑은 콧물 같은 점액을 줄줄 흘려댔다. 그놈들을 잡아 없애고 나서야 나는 모래바람 아래로 나설 수가 있었다. 나이가 들수록 일상이란 무덤 속의 일이었다. 그 민달팽이 따위가 다시 떠오르는지 알 수 없다고 나는 생각했다. 민달팽이는 여린 잎이나 뿌리를 갉아 먹으므로 포살해버려야 한다고 화원 주인은 말했었다. 뿌연 하늘에 햇빛이 마치 민달팽이의 다갈색 얼룩처럼 어룽거렸다. 그러자 문득 달팽이들은 암수 한 몸이라는 사실이 떠올랐다. 암수 한 몸인 동물이 이 세상에 존재하고 있다는 사실은 생명 자체를 다시 암시하는 것처럼 엄청나게 다가왔다. 생명은 늘 새롭게 암시되어 과거의 화석(化石)으로부터 자유로워져야만 한다고 달팽이들은 말하고 있다고도 여겨졌다. 달팽이는 징그러운 알몸이었다.

아망위를 주머니에 쑤셔 넣고 나서 나는 학교 때의 신발주머니 같은 작은 륙색을 어깨에 걸머졌다. 언제부터인가 바깥으로 나갈 때 그렇게 하려고 걸어두었으나 이 봄에 들어서서는 처음 그렇게 한 것이었다. 겨울을 지나서 아지랑이가 파충류의 손가락처럼 꼼지락거리며 대지를 어루만질 때까지 나는 그대로 십오 층 꼭대기의 아파트에 갇혀 있었다. 어디로든지 내 마음대로 나돌아다닐 수 있었는데도 나는 꼼짝없이 갇혀 있었다. 여자들과 만들어놓은 추억 때문이었다. 그 여자들과의 키스와 성교의 구체적인 감각이 사라진 다음에 추억이 괴물처럼 남아 있다는 것은 모독에 가까운 일이었다. 나는 그 추억들과 싸웠다. 내가 그런 끔찍한 일들을 저지른 적이 없다고 느끼기 위해서는 그놈들을 포살해야 하는 것이었다. 달팽이들은 사실 겨울에도 따뜻하게 살고 있었다. 중앙난방이 들어오는 곳으로 이사를 한 덕택에 그놈들이 겨울에도 점액을 묻히며 기어다닌 흔적을 볼 수 있었다. 잡아야지 하면서 겨울은 지나갔다. 봄이 되자 얇은 셀로판 띠 같은 그 마른 점액 자국이 추억을 불러일으킨다는 사실을 알았다. 그래서 부랴부랴 그놈들을 잡아 죽이고 모래강으로 향하기로 했던 것이다.

　나는 거리를 걸으면서도 늘 내가 갇혀 있다는 생각에 사로잡혀 있었다. 왜 그런지는 알 수 없었다. 그러고 보니 나는 항상 나 자신을 뭐라고 단정 짓지 못해 쩔쩔매며 오늘에 이른 것이다. 규율이니 도덕이니 하는 어처구니없는 것들에 머리를 조아리며 살고 있다는 현실은 생각만 해도 숨 막히고 부아가 났다. 우리는 왜 달팽이처럼 살 수 없는 것일까? 저우커우뎬(周口店) 직립원인의 해골바가지 속에 지구는 돌기 시작하고 있었다. 생각할수록 부아가 끓어올랐다. 그러나 이 또한 이런 것들에 의해서 내가 지배당하고 있다는 증거가 틀림없었다. 그러므로 나는 늘 탈출을 꿈꾸어야 했다. 어느덧 죽음이 눈앞에 다가와 어이없이 끌려가기 전에 모든 것으로부터 탈출하지 않으면 안 된다. 우선 추억이 역사성을 얻어 거들먹거리기 전에 그것으로부터 탈출해야 한다. 추억의 바다에 너울거리는 해파리들처럼 거기에 생명의 근원을 마련하지 못하는 한 우리는 떠나야만 하는 것이다. 흔한 말로 태어난 것도 서러운데 왜 눈치만 보면서 얽매여 있단 말인가. 죽음을 담보로 한 이 마당에.

새로 조성되어 엉성한 나무들이 서 있는 공원을 가로질러 역으로 향한다. 어깨에 걸머진 륙색에는 가죽 장갑 한 켤레가 들어 있었다. 날짜는 17일, 사강장으로 향하는 나는 마치 장갑 한 켤레를 내다 팔고 그 돈으로 쌀 한 됫박이라도 사 오려는 사람 같기도 하다. 그런 모습으로 보이기를 마다하지 않는다. 시골 장에서 몇 양재기나 나물 몇 무더기를 놓고 웅크리고 앉아 있는 아낙네를 볼 때 나는 삶의 진정성을 엿보며 내 실제에 갑자기 추위를 느끼곤 했던 것이다. 어떻게 살아야 진짜 산다고 할 수 있을까? 길이 없는 곳에 길을 만들며, 길이 있는 곳에 길을 없애며 살 수만 있다면 얼마나 좋을까. 삶이란 무엇일까? 나는 그 륙색 속에 장갑 한 켤레가 들어가게 된 그날부터 삶이라는 것, 존재라는 것, 정확하게 말하면 죽음의 공포라는 것과 오싹오싹한 싸움을 벌이며 나날을 보내왔다. 그 장갑을 언젠가 장례 지내주어야 한다고 강박관념에 사로잡혀서.

결코 피상적이거나 관념적인 이야기가 아니다. 장갑을 장례 지내다니? 집에서 키우던 애완동물이 죽으면 장례를 치러주는 사람도 있다. 나는 내 아이가 더 어렸을 때 잠자리를 장례 지내주던 일을 아직도 또렷이 기억하고 있다. 그러나 장갑에 대해서는…… 얼마쯤 설명이 필요할지 모른다. 그것은 지난가을 훌쩍 죽어버린 어떤 사내의 것이었다. 그가 훌쩍 죽어버렸으므로, 그의 장갑을 장례 지내주겠다는 것은 부장품으로서의 역할을 말한다고 여겨질지도 모른다. 그런데 그는 가고 없다. 그래서 어찌할까 망설이면서, 그것을 의식하는 한 죽음의 손이 그 속에 살아 움직이는 느낌에 사로잡히면서 봄날에 이른 것이었다. 죽음이 살아 있다는 것은 지구가 이 우주, 아니 저 광대한 우주에 속해 있다는 사실을 깨닫는 것만큼 무시무시한 일이다. 그런데 이것은 내가 장갑이라는 것을 아무리 추운 겨울에도 끼지 않는 습성을 가졌다는 것과 무관하지는 않을 것이다.

지난 어느 겨울날, 방 한구석에 웬 검은 가죽 장갑이 꿍쳐져 있는 것을 본 나는 도무지 있을 수 없는 현상 앞에 다다라 있는 듯 어리둥절할 수밖에 없었다. 이 겨울에 누가 장갑을 벗어 던지고 갔단 말인가. 그리고 그것을 집어 들어 내 손에 껴보았다. 약간 헐거운 느낌이었으나 의외로 마음이 안도되었다. 내 손은 추위에는 아랑곳없는지 모르지만 생득적인 어떤 두려움으로부터는 도피하고 싶은 모양이라고 나는 생각했다. 그것은 분명히 탈출이 아니라 도피였다. 나는 무엇인가 곰곰이 생각에 빠져 그 장갑을 벗었고, 곧 누군가 임자가 찾아오리라 여겼다. 하루 이틀이 지나고 그 임자가 누구라는 것도 거의 짐작이 되었을 때도 그는 나타나지 않았다. 그 며칠 사이 꽤 여러 사람이 나를 찾아왔고, 다들 동네 사람들이었다. 그에 대해서 지나가는 말로 물어보면 "글쎄, 그 친구 요새 통 안 보여" 하고 대수롭지 않게 받아서 나도 그저 그러려니 하고 말았었다. 그러던 시간에 그는 이미 이 세상 사람이 아니었다. 시간과 공간의 미로 찾기 같은 놀이가 삶이었다.

우리가 공간을 달리하여 있다는 것, 이를테면 우리의 감각으로 직접 확인할 수 없는 것의 존재를 믿을 수 있을까? 저 어디엔가 살고 있는 예전의 애인을 그리워하고 있을 때 문득 누군가 말한다. "아니, 뭐? 그 여잘 그리워해? 인마, 재작년에 죽어서 화장을 했다고. 벽제에서." 어차피 우리의 그리움이란, 사랑이란 이와 같은 것이다.

우리는 마주 보고 앉아 있어도 결국 마침내는 시간과 공간을 달리하고 있는 것이다. 내가 사랑한다는 말을 하면 그 말이 상대방에게 전달될 때까지의 시간과 공간에는 사실은 천문학적인 수치로만 나타낼 수밖에 없는 간격이 있는 것이다. 진부하게 표현하자면 별과 별 사이의 교신 같다고나 할까. 절망의 허공이 내게로 다가와 아가리를 벌린다. 그는 죽었으나 내게 살아 있었다. 장갑 한 켤레를 찾아가기 위해 기억되고 살아 있었다.

우리들. 어루만질 수 있는 몸뚱이를 가진 한계 안에서만 '사랑'이라고 말할 수 있는 인간이라는 어릿광대들. 오로지 이기주의라는 열쇠로만 해독될 뿐인 자기만의 암호로 맹목의 그 '사랑'을 무장하려는 인간이라는 어릿광대들. 실제로는 먹기 위해 살아가고 있는 아귀(餓鬼)들. 내가 그를 기다리고 있는 동안 그는 이 세상에 걸어 다니고 있지 않았다. 듣고 보니, 그는 이미 결혼한 옛 애인을 찾아가서 만나고 그날 밤 나무에 목을 매고 말았던 것이다. 나중에 그가 아내와 헤어지고 집을 나와 세 들어 살았던 집은 공교롭게도 류가 세 들어 살고 있는 집이 있는 동네였다. 워낙 좁은 바닥이라 이상할 것도 없었다. 그 집 주인 소흔(素昕) 여사 말에 의하면 그가 세를 들어오기 전에 점쟁이가 자기네 집에서 한 해 안으로 죽어 나갈 사람이 있다고 했다는 것이었다. 그 말에 따라 바로 그가 죽어 나간 것일까.

그는 잘생긴 삼십 대 남자였다. 부드러운 몸짓에 수줍음까지 잘 탔는데 웬일인지 아내와는 툭하면 부부 싸움이었다. 그러던 어느 날 다시 한 번 잘 살아보겠다고 영등포에서 기타를 사 들고 집으로 왔다. 집 안에 사랑의 콩나물 대가리들을 가득

채워놓으려 했던 것이다. 그런데 그만 처남들이 먼저 와서 기다리고 있다가 불문곡직하고 그를 무력으로 굴복시키고 말았다. 비탄에 빠진 오르페우스는 이빨 두 개와 함께 가정을 잃고 소흔 여사의 집으로 임시 거처를 마련하는 수밖에 없었다.

그는 저녁이면 늘 네거리 한 모퉁이의 포장마차에 앉아 있었다. 나도 한두 번 류와 같이 어울렸던 곳이었다. 그는 쉬지 않고 술잔에 소주를 따라 부었다. 적셔진 심장이 박쥐를 키우는 동굴처럼 아가리를 벌리고 있었다. 그는 자기의 심장으로 들어가 진실을 노래하고자 했다. 그러나 그것은 늘 보이지 않는 손에 의해 거부당했다. 그는 그의 형이 소장으로 있는 보험회사에서 총무 일을 보고 있었으므로 회사 일에 적당히 요령을 피워도 괜찮았다. 그래서 아침 출근은 어찌됐든 매일 밤늦게까지 앉아서 무엇인지 골똘하게 생각할 수가 있었다. 하지만 그 무엇인지가 무엇인지 알 길은 없었다. 그것이 삶이라는 것이기 때문이다.

자기 자신이 어떻게 하여 그 네거리 포장마차에 와서 앉아 있게 되었는지도 도무지 알 길이 없었다. 세상의 모든 사람과 마찬가지로 자기 자신도 영원한 타인이었다. 진정한 자기 모습은 추억 속에서만 있을 듯했지만 그것은 이름도 모를 사람의 희미한 사진 같은 것이었다. 그는 달려가서 그 사진 속으로 들어가 앉고 싶었으나 손발은 꿈속에서처럼 허우적거리기만 할 뿐이었다.

그는 옆에 앉아 시시덕거리며 술잔을 기울이고 있는, 아무런 고민도 없는 녀석들이 모두 구역질나는 괴뢰처럼 보였다. 그는 땅바닥으로 얼굴을 숙이고 침을 찍 뱉었다. "버러지 같은 놈들!" 이렇게 입속으로 중얼거리자 갑자기 눈물이 났다. 이 며칠 동안 그는 모멸스럽기 짝이 없는 인간의 육체에서 벗어나 차라리 버러지라도 되었으면 하고 얼마나 바랐던가. 낮은 낮대로 그의 겉모습을 까밝히는 밝음으로 그를 괴롭혔고, 밤은 밤대로 속 모습을 파고드는 어둠으로 그를 괴롭혔다.

"아저씨, 요새 연애하나봐." 포장마차의 젊은 여주인이 더욱 심사를 사납게 했다. 그녀의 남편이 마흔이나 먹은 주제에 열아홉 먹은 여고 졸업생과 놀아나다 들통이 난 것은 지난여름이었다. 그는 연애라는 말에 그만 오장육부가 뒤틀렸다. 그런 낱말이 아직도 지구상에 횡행하고 있다는 건 참을 수 없는 모독이었다. 바로 그것 때문에 인류는 진보하지 못하고 있는 것이었다. 심오한 정신이 때 묻고, 고통받는 영혼이 더욱 좌절되었다. 연애란 환상이며 아울러 환멸이었다. 연애가 마치 사과처럼 열려 익는다는 것을 믿는 자들이 퍼뜨린 유언비어에 인류가 병들고 있는 것이었다. 남자와 여자가 서로 요철로서의 상대를 붙잡으려 하는 끔찍한 현상을 연애로 표현하려는 엉터리 형이상학자들 때문에 문명은 오도되어온 것이었다. 그는 창백해진 얼굴로 술잔만을 들이켰다. 어떻게 위기에서 벗어날 것인가? 모든 타인들은 고통의 원천이었다. 그러고는 자기 자신도 결국은 타인으로서의 고통의 원천이었다. 도망갈 길은 어디에도 없었다. 포장마차 밖으로만 나가면 어디든 현실적인 어둠은 물렁뼈처럼 그의 고통을 완화시켜주겠다는 듯 도처에 엉겨 붙어 있었다. 그러나 그것은 물렁뼈가 아니라 쥐잡이 끈끈이 같은 것이었다. 고통을 완화시키기는커녕 사지를 옭아매고 말려 죽일 것이었다. 그는 모든 것이 두려워서 몸이 한껏 오그라들었다. 보이지 않는 나락 속으로 내던져졌는가 했는데 그 자신이 그 나락이라는 사실을 깨닫는 데도 그리 오래 걸리지 않았다. 당장 지구가 빙하로 뒤덮여 온갖 두려움을 잊고 냉동체로 변했으면 하고 간절히 바랐다. 빌어먹을 연애라니? 하지만 추억마저도 부정할 수 있을까? 추억, 그것이야말로 얼음 속에 묻혀 죽었지만 생생하게 그대로 있는 시체 같다는 생각이 들었다. 거기에 관념이 머무르는 한 인간은 비참해지고 초

라해지기 마련인 것이다. 그럼에도 불구하고 그는 추억의 얼음장 밑을 뒤지고 다니는 스스로를 발견할 수밖에 없었다. 그러고는 장갑을 어디선가 잃어버렸다는 사실을 깨달았고, 곧이어 손이 몹시 시리다는 사실을 깨달았다.

　나로 말하면 하나의 장갑이 지금까지도 또렷이 기억된다. 말했다시피 나는 장갑을 끼지 않는다. 그러니까 그것도 내 장갑이 아니라 다른 사람의 장갑이다. 아니 정확하게 말하면 다른 사람의 장갑 낀 손이다. 그 여자가 거의 이십 년 만에 찾아왔을 때 나는 술을 마시고 울었고, 헤어지기 위해 터미널로 향하는 택시 안에서 검은 장갑 속에서 빠져나온 손이 내게로 향하는 것을 나는 보았던 것이다. 고등학생 소년 시절에 일주일에 한 번씩 만나면 무덤가를 지나는 동안 기슭에서 낮이 겹도록 키스를 나누곤 했던 여자가 추억 속에서 내미는 손이었다. 모든 필기는 꼭 펜촉으로 꼭꼭 눌러쓰는 버릇이 있던 그 여자의 가운뎃손가락의 첫째 마디에 박여 있던 굳은살은 추억 속에서 머나먼 길을 가고 있는 죄수라는 느낌으로 다가왔다. 예전에 그 욕망과 숨결이 한데 뒤섞인 순간에도 육체와 정신을 이론적으로 구분하려고 몸부림쳤던 기억이 어렴풋이 되살아났다. 육체를 정신의 하수인으로 보게 했던 자들에게 화 있을진저.

그리고 우리는 이십 년 뒤에 택시 안에서 손을 꼬옥 잡고 이별 의식을 행하고 있었다. 이별이 공공연히 이루어진다는 것은 우리 삶이 얼마나 근거 없는 것인가 하는 점을 단적으로 말해준다. 다만 우리가 그것을 확대해서 적용할 줄 모르는 까닭에 우리는 이른바 '새대가리' 같은 머리로서 '사랑'이라고 외칠 뿐인 것이다. 또 하나의 이별의 순간에 내가 왜 손보다는 장갑을 특별히 기억하게 되었는지는 잘 알 수 없다. 그러나 나는 알 수 있다. "잘 살아요." 나는 말했고 그와 함께 그 여자가 장갑을 벗듯이 옷을 벗는다는 상상에 사로잡혔다. 우리는 이제 예전의 그 남녀가 아니었다. 그것은 현실적인 만남이 아니라 추억 속의 만남에 지나지 않았다. 우리는 오랜 예전에 이미 그토록 입술과 혀가 닳고 닳도록 키스를 했었음에도 불구하고 그렇게 그냥 헤어졌다. 그 여자가 왔다가 간 다음 내게 남은 것은 무엇이었는가? 검은 장갑 속에서 빠져나오던 가늘고 긴 손가락. 이십 년 전 여고생 시절에 늘 처리가 곤란했던 손. 세월을 뛰어넘어 그 손은 시간의 괴로움을 한꺼번에 움켜쥐고 잃어버린 무엇을 확인하려는 데 실패했을 것이다. 그것을 확인하자면 과거 속에서 유령처럼 살아 나오지 않으면 안 될 것이었다. 우리는 그렇게 그냥 헤어졌다. 추억에 대해서라면 또 하나의 우스개 삼아 이야기할 것이 있다.

'인생은 사십부터'라는 어딘가 냄새나는 듯한 말을 기억할 것이다. 산다는 것을 십 년 단위로 끊어 말할 때, 다른 단위의 연대는 흔히 입에 올리지 않는 것만 봐도 그렇다. 인생은 십부터? 이십부터? 삼십부터? …… 오십부터? 육십부터? 칠십부터?……

터무니없는 발상이다. 인생은 시작도 끝도 없는 것이다. 그것을 믿기 때문에 우리가 살고 있는 것이다.

"뭐? 시작도 끝도 없다고? 시작이야 당연히 다리 밑에서 주워 왔을 텐데…… 끝은……"

"남자들이야 정년퇴직이 없다잖아. 늙어서 티끌 하나 들어 올릴 힘만 있어도 그저 밝힌다면서……"

여류 시인들은 말한다.

그럼에도 불구하고 인생은 장엄하다. 나는 아직 사십 대의 중반까지밖에는 못 살았으므로 인생 전반에 대해 이러쿵저러쿵할 자격이 없는지도 모른다. 그러나 사실 끔찍하게도 많이 살아온 것이다. 사십 대 중반까지'밖'에?

많은 어여쁜 여자가 자기가 살아온 세월을 보고 한숨짓는다. "내가 이 나이까지 살 줄은 꿈에도…… 스물다섯 이상의 나이는 없다고 여겼어요! 스물아홉에 이제 내 인생은 끝났다고 하염없이 울었지요. 그런데 이게 웬일!" 그러므로 인생이란 유구하고 장엄하다.

그런데 나는 왜 인생이니 뭐니 하고 돼먹지 않은 소리를 지껄이고 있는 것일까. 새벽에 일어나 협궤열차의 경적 소리에 귀를 기울이고 있었던 시간의 흐리멍텅한 생각 탓이라고나 해 두자.

열차니 배니 하는 탈것들은 공연히 사람의 마음을 들쑤시는 데 뭐가 있다. 시간과 공간을 옮겨주기 때문이다. 시간을 당겨주고 공간을 넓혀준다. 새벽 협궤열차는 시간과 공간을 열며 앞으로 향하여 나아갔는데, 나는 그 작은 열차에 의탁해 과거로 나아가고 있는 나를 본다.

모든 탈것들은 그것을 직접 이용할 때는 미래로 향하여 더 마음을 설레게 하지만 그것을 보고만 있을 때는 과거로 향하여 더 마음을 설레게 한다. 이것이 시작도 끝도 없는 인생의 모습이다. 시작도 끝도 없다. 그러므로 나는 존재한다.

그러므로 여기에 우선 추억이라는 게 있다. 모든 추억은 추악하다. 그것은 적당히 망각으로 위장되어 있고 적당한 변명으로 미화되어 있다. 아전인수와 견강부회로 일그러져 있다.

너희들. 추억의 발바닥을 핥고 있는 인간들이여.

어느 날 전화가 왔다.

"여보세요."

공교롭게도 옆에 있던 한 여자가 받았다. 그러나 전화를 걸어온 쪽에서는 아무 소리도 없다는 것이었다. 그러다가 곧 딸까닥 끊어버렸다는 것이었다.

"누굴까?"

내가 말하는 순간 다시 벨이 울렸다. 다시 여자가 받았다.

"여보세요."

이번에는 저쪽에서 뭐라고 말하고 있는 듯했다.

"아닌데요."

그러나 이 말과 함께 전화는 끊어졌다. 잘못 걸려온 전화려니 싶었다. 말을 들어본즉, 전화를 걸어온 사람은 여자로서 거기가 아무개네 집이냐고 묻더라는 것이었다.

"아무개?"

나는 그 이름을 되물었다. 여기서 '아무개'라고 쓰고 있지만 실상은 정확한 이름이 있다. 있는 정도가 아니라 그 이름은 내 추억 속에 또렷이 새겨져 있다. 물론 그 이름은 그리 유별나지 않기 때문에 여자 이름으로서는 흔하다고도 할 수 있다. 따라서 그런 전화가 왔다고 해서 그 이름을 두고 추억을 들먹거릴 것까지는 없을지도 모른다.

그런데 다시 또 전화가 걸려온 것이다. 이번에도 전화를 받은 것은 내가 아니었다. 내가 연거푸 내 집 전화를 직접 못 받은 것은 그때 내 손목에 링거주사가 꽂혀 있었기 때문임을 뒤늦게 밝히기로 한다. 왜? 그것은 여기서 굳이 이야기할 것이 못 된다.

"그 목소린데요."

전화의 그 여자 목소리는 거기가 해방촌에 살던 아무개의 집이 아니냐고 물었다고 했다.

해방촌에 살던 아무개.

그 이름이 추억 속으로 생손앓이처럼 느껴지기 시작했다. 해방촌에 살던 그 이름이 또렷하게 되살아났다. 틀림없다고 나는 느꼈다. 만약에 내가 그 전화를 받았더라면 그녀와 나는 대번에 서로를 확인하여 깊은 감회에 사로잡혔을 것이 틀림없었다. 하지만 공교롭게도 주사를 놔주러 온 간호사가 내 머리맡을 지키고 있었고, 여자가 전화를 받자 자기 자신의 존재만을 알린 채 끊어버렸던 것이다. 이러한 추측이 단순한 추측으로 끝나지 않았음은 불과 며칠 뒤에 밝혀지게 된다.

해방촌의 아무개는 누구일까? 추억의 열차는 무려 이십오 년 전으로 나를 싣고 간다. 스물다섯의 나이조차도 마지막 상한선의 나이로 정해놓은 사람이 있는 마당에 이십오 년 전의 추억이라니, 끔찍한 인생!

우선 나는 그녀와 함께 걷던 한강 둔덕을 생각한다. 그 둔덕에 앉아 이야기를 나누던 우리는 강가의 포플러나무 숲을 거닐었다. 아마도 손을 잡았던가? 둘이서 나란히 걸어가자면 언뜻언뜻 스치게 되는 어깨와 더불어 우리의 손길은 또 그렇게 스쳤다고 기억된다. 그러나 마음먹고 그녀에게로 손을 뻗쳐갈 수는 도저히 없었다.

때는 땅거미가 서려오던 어스름 무렵, 내 마음은 한없이 달뜨고 그러한 순간이 영원으로 이어졌으면 싶었다. 우리가 무슨 이야기를 나누었는지는 전혀 기억할 수 없다. 다만 내게 아련히 남아 있는 것은 이성에 대한 막연한 그리움이 너무도 간절했다는 사실과 그 그리움을 쏟을 수 있는 구체적인 대상을 만났다는 희열을 주체하기 힘들었다는 사실이다. 그러고 보면 우리 인생의 만남에 있어서 내용이란 그다 중요한 것이 아닐지도 모른다. 다만 만남 자체만이 중요한 것이라고 말해져도 좋으리라.

그녀와의 만남을 주선해준 것은 동급생으로 시를 끼적이는 친구였었다. 그가 해방촌에 와서 자취를 하고 있어서 나는 가끔 그곳까지 가고는 했었다.

"너, 여자애 하나 사귈래?"

어느 날 그는 내게 은밀히 속삭였다.

"여자애라니?"

나는 그렇게 반문하면서 벌써 가슴이 뛰기 시작했다. 태연함을 가장하려 했지만 얼굴이 달아올랐다. 나는 내가 생각해도 숫보기였다. 숫보기란 그런 만큼 엉큼한 법이다. 단 한마디에 그만 내 속내를 들켜버려 쩔쩔매는 꼴이 되고 만 것은 이상한 노릇이기는 했다.

곧이어 안 사실인데, 그는 워낙 조숙했던지 그때 벌써 그 또래 나이의 여자 친구와 함께 생활하고 있었다. 그것을 동거라고 표현하지는 않겠다. 그때의 나로서는 도저히 상상할 수 없는 일이었다. 둘 다 서울에 유학 온 고등학생이었던 그들은 편의상 그렇게 함께 살 뿐이었다. 낮이면 학교에 갔다가 밤이면 오손도손 머리를 맞대고 예습, 복습을 하면서 함께 있을 뿐이었다! 이, 내 친구의 여자 친구가 내게 '여자애'를 소개시켜주게 되는 것이었다. 그때 내 나이로도 그녀를 '여자애'라고 해도 되는 것은 그녀가 아직 중학교 학생이었으므로 타당하다 하겠다. 그리하여 나는 그녀를 만났다. 내 나이 열일곱 살이었다. 우리 나이로 말이다.

그로부터 우리는 꽤 자주 만났다. 하지만 만나면 만날수록 그녀에 대한 내 갈증은 심해갔다. 속으로 그다지도 엉큼하면서도 겉으로는 도저히 어쩌지를 못하는 숫보기인 나는 구제불능이었다. 나는 그녀 둘레를 빙빙 돌 뿐이었다.

아버지가 새엄마를 맞이했는지 어머니가 새아빠를 맞이했는지 알 수 없어도 하여튼 그런 집안의 딸에게 내가 해줄 수 있는 것은 아무것도 없었다. 어느 날 밤 그녀 집으로 들어가는 골목길 어귀에 무릎을 곧추세우고 웅크리고 앉아 흐느끼고 있는 그녀에게 해줄 수 있는 것은 아무것도 없었다. 서빙고역 헬리포트의 공터를 돌아 해방촌으로 돌아오면서 말없이 신발코 끝만 내려다보고 걷는 그녀에게 내가 해줄 수 있는 것은 아무것도 없었다. 아무것도 없었다. 나는 어서 커서 돈을 많이 벌어야겠다고만 다짐하고 다짐했을 뿐이었다.

그런 어느 날이었다. 내 친구의 여자 친구가 내 '여자애'가 없는 틈을 타 말하는 것이었다.

"걔 좀 재밌게 해주세요."

그리고 내게 한 눈을 찡긋해 보이는 것이었다. 나는 어리둥
절하지 않을 수 없었다.

재미있다는 것은 무엇을 뜻하는 걸까?

그러나 이렇게 스스로 묻는 순간 나는 심한 부끄러움을 느
꼈다.

"어떻게요?"

나는 당황하며 묻고 있었으나 물으나 마나 한 물음이었다.

"그 왜 있잖아요. 호호호."

그 웃음이 더더욱 내 자존심을 건드렸다. 나도 엉겁결에 따
라 웃기는 했다. 하지만 나는 그 수모를 견딜 재간이 없었다.
여자를 즐겁게 해주지 못하는 남자라는 것처럼 남자에게 수모
를 주는 말은 없다. 성병에 걸린 남자의 절망은 이런 데서 오
는 것이다. 그리하여 나는 다시는 해방촌에 가지 않았다.

내가 너무 조급했던가. 아니다. 나는 다만 얼마 동안만 떠나
기로 했던 것이다. 그런데 그사이 그녀의 신상에 변동이 생겨
그녀마저도 해방촌을 떠났기에 나는 그 동네에 발길을 끊어
버리게 되었던 것이다. 이십오 년 전의 일이다. 우리는 그렇게
헤어졌다. 그리고 나서의 두 번의 전화를 직접 받지 못한 뒤로
다시 그런 전화는 오지 않고 있다. 그러다가 어느 날 문득 그

녀 혹은 내가 상대방이 죽었다는 소식을 접하고 한 번쯤 하늘 어디엔가 눈을 던졌다가 곧 분주한 일상 속으로 걸어가게 될 것이다. 인지해줄 상대방이 없는 추억이란 어떤 의미를 가지고 있을까? 자기 자신의 과거를 저승 사람이 이승 사람 쳐다보듯 한다는 것은 가능한 일일까?

나는 모래바람 아래 순례자처럼 걸어가면서 모래강의 존재에 대해 물어보려고 했다. 차편은 수시로 있었고 돌아가는 길은 염려가 없었다. 여차하면 하룻밤쯤 시골 여관에서 묵어가도 될 것이다. 모래강을 왜 찾는 거냐고 누군가가 묻는다면, 그야 가죽 장갑을 장례 지내기 위해서라고 대답할 만반의 준비가 되어 있었다. 애초에 누군가를 찾아서 온 만큼 그 누군가를 만나야 했다. 가죽 장갑의 주인이 내게 언젠가 말했던 유일한 단서는 서해안에 놀러 갔다가 시골 장에서 자동차 타이어가 펑크가 났다고 한 것뿐이었다. 지난 가을날, 그 헤어진 아내와 함께였다. 그러자 나는 그 누군가 찾아야 할 사람이 바로 죽은 사내였음을 알았다. 그리고 그것이 불가능함을 미리 알고 있었음도 알았다. 그러나 내 뜻은 쉽사리 그것을 포기하지 않았다. 머리에는 아직도 타이어가 펑크 난 자동차가 서 있어야 했고, 그가 아내와 함께 걷든가 앉아 있어야 했다. 나는 끊임없이 두리번거리며 두 개의 장면을 더듬고 있었다. 하나는 어디엔가 있을 살아 있는 그의 모습이었으며, 또 하나는 이미 죽어버린 그의 모습이었다. 이 두 장면이 하나로 합쳐지면 나는 흔쾌히 돌아가도 좋을 것이었다. 아무런 의미도 없는 불가능에의 탐색과 도전. 사실 애초에 그의 죽음 자체가 내게 그다지 큰 무게로 다가온 것도 아니었다. 그러니 하물며 장갑 따위가 무슨 의미가 있겠는가. 그럼에도 불구하고 내게는 그것은 큰 명분이었다. 그가, 한낮에 술을 마시다 말고 택시를 몰아 옛 애인이 결혼해서 살고 있는 도시로 달려갔다는 말을 했던가? 그렇다. 그리하여 그는 옛 애인을 불러내어 또 술을 마셨다. 그리고 웃음을 지으며 모든 것이 끝났으니 죽어버리겠다고 말하고야 말았다. 겨울이 시작될 무렵부터 형의 사무실에 공금을 야금야금 내다 쓴 것도 들통이 났던 것이다. 그가 죽음을 결심하고 옛 애인에게 달려간 것인지, 아니면 옛 애인을 만나서 죽어버리겠다고 말하고 난 뒤 죽음을 결심한 것인지는 알 수가 없다. 그야말로 죽은 자는 말이 없는 것이다. 나중에 전해진 이야기로는, 그때 앞에 앉아 그 말을 들은 옛 애인은 장난으로 말하는 것이려니 했고, 남편이 기다리므로 들어가야 한다고 집으로 갔다는 것이었다.

그는 마침내 추억의 얼음장 밑에서 그녀와 똑같은 또 하나의 시체를 발견했던 것이다. 그 뒤 며칠이나 지나서야 그는 발견되었다. 옛 애인이 사는 집 뒷산에 나뭇가지에 자기의 혁대로 목을 매달고서.

모래강이 어디 있는지 알지 못하면서도 나는 그곳을 향해 나아갔다. 나는 임의의 어떤 여자와 함께 가고 있다고 해도 상관없다고 생각하고 있었다. 가령 우연히 류라는 성씨의 여자라고 해도 좋았다. 시골 장이라야 볼 것도 없었다. 과거와 미래 사이의 엉거주춤한 시점에서 모두들 넋을 팔고 있는 듯한 사람들이 그곳을 기웃거리고 있었다. 그 모두들 스스로를 자기 자신이 아니라고 말하고 있는 것처럼 무표정했다. 모래가 내려 쌓여 굳은 누런 퇴적암 사이에서 꺼내놓은 돌덩이의 표정이었다. 죽음을 예측하고 있기 때문인지도 몰랐다. 입을 크게 벌리고 웃고 있는 얼굴에도 퇴적암이 덮여 있었다. 이미 모두들 화석이었다. 왜 그렇게 되었느냐고 묻는 건 금물이었다. 지나친 애정은 지나친 공포의 다른 표현이었다. 모두들 자기 자신으로부터 벗어나 새로운 공간으로 바위 속을 오가고 있는 모습이었다. 현실은 굳어버렸고 비현실만이 눈앞에 전개되었다. 나 자신 추억이 되살아나기를 한순간 학수고대하고 있었음을 깨닫고 화들짝 놀랄 수밖에 없었다. 추억이란 집요했다.

첫날밤에 신랑의 옷고름을 붙잡고 놓아주지 않는 것은 문고리가 아니라 실제로 유령이었다. 하늘의 빛도 검푸르게 사위어가고 있었다. 그러나 어쨌든 한시바삐 모래강에 도달하기만 하면 만사는 원만하게 타결될 것만 같았다. 왜 그런지, 과연 그렇게 될 것인지에 대해서는 물음조차 필요 없었다.

아무도 알 수 없는 것에 삶의 목적이 있듯이, 드디어는 목적만이 목적이 된 것이다. 목적을 알 수만 있다면 이미 포기했으리라는 사실을 나는 명백히 깨닫고 있었다. 무엇 때문에 나는 그 여자들을 만났고, 그래서 나 자신 속에 깃들어 있는 악마들과 싸워야 했던가? 우주에서 생성되고 소멸되는 성운(星雲)들 모두가 마성(魔性)을 띠고 있는 모습이었다. 밤에 홀로 추억이라는 것에 대해서 아득한 눈길을 돌리면 거기에는 달콤하다 못해 쓰디쓴 터무니없는 만남이 있었다. 우연이었기 때문에 필연의 탈을 더욱 연극적으로 뒤집어쓰고 속에서는 헤헤 웃고 있는 해골의 모습이었다. 장난감 인형 같은 어둠을 몸속에 간직한 사랑을 찾아, 사랑이라는 이름을 찾아 나는 헤매기만 했을 뿐이었다. 온갖 거짓말과 거짓 맹세가 과수원의 꽃처럼 피어났다. 그 아름답고 추한 만남이 이룩해놓은 것이라곤 폐허

뿐이었다. 모든 목매달아 죽은 사람들, 목매달아 죽어야 할 사람들이 어슬렁거리며 그 폐허를 지키고 있었다. 무표정하게 행복한 그 사람들이 오일장에 나와서 꿈과 현실을 한없이 사고팔고 하고 있었다. 그 사이에서 빈 조개껍데기 같은 삶과 죽음이 오가고 또 오갔다.

사랑이라니? 이렇게 반문하자 힘을 얻은 나는 비틀거리며 나아갔다. 어쩌면 모래강은 생각보다 훨씬 가까운 곳에 있을지도 몰랐다. 장갑 사세요. 죽음에서 되삶을 얻을 사람의 것입니다. 장갑을 사세요. 나는 싸늘한 조소와 함께 흥분된 얼굴이 되었다. 진정한 되삶을 얻자면 추악한 추억으로부터 먼저 해방되어야 했다. 감미로우면서도 오싹오싹한 그 얼굴을 짓밟아 지옥으로 보내야 한다. 그것이 참사랑이다. 나는 그만 울고 싶어져서 먼 풍경을 찾았다. 영원히 말을 잊은 사람들이 거기 있었다. 그들은 겉으로 보기에는 무슨 말인가 열심히 지껄이고들 있었다. 낮은 하늘을 날아가는 까마귀들도 그 말에 화답하는 것 같았다. 그런데 무언극이 진행되고 있는 것이었다. 말은 쓸모가 없음이 판명되었다. 누구나 제각기 다른 체계를 가진 말을 사용하기 때문이었다. 나는 오래 묵은 추억들에서 공통된 것이라고는 오직 하나, 서로가 전혀 딴생각을 하면서 상대방의 육체를 탐하고 있었다는 사실을 떠올렸다. 그렇게 해서 추억은 만들어진다. 이성(理性)이 배제된 세계, 어림없는 거북이들이 진화를 거부하는 세계, 술집마다 넘쳐나는 헛바다 요리 같은 것이 버무려지고 있었다. 세기말적인 현상이라서가 아니었다. 그러자 나는 내가 왜 엉뚱한 곳에 와서 허위거리고 있는지 어렴풋이 알 것 같았다. 속까지 털어놓건대 나야말로 옛 애인들을 찾아가 고백하고 고백해서 추억을 백지화하고 싶었던 것이다. 그다음에야 내가 죽든 말든 상관없는 일이었다. 열일곱 살 때 만난 소녀거나 바로 그 뒤에 만나 키스를 나눈 소녀거나 따질 것은 없었다. 그 뒤로 성장에 의해서 도무지 이해할 수 없는 만남들이 속속 이어졌다. 무의미하고 무시무시한 성교가 수반되었다. 의도적으로 다리를 오므리고 스커트를 내리는 숙녀들이 교묘한 도덕 아래서 빛을 뿜고 있었다. 그녀들의 괄약근은 어떠한 변명에도 통하지가 않았다. 말하자면 나는 끊임없이 강간당하고 있었던 것이다. 개띠임을 자백하려는 듯, 길게 혀를 빼물고 헉헉거리면서.

진땀을 흘리며 겨우 장터를 벗어나서도 나는 계속 나아갔다. 서해안의 개펄 펼쳐진 바닷가가 멀지 않다고 직감되었다. 나는 코를 쿵쿵거리며 서해안의 갯내를 맡으려고 애썼다. 그 바다는 고비 사막으로부터 날아와 뿌려진 모래 먼지로 하여 누런 물빛을 했다는 황해(黃海)였다. 이어서 장갑의 주인 사내와 나의 어느 날 일이 떠올랐다. 처음 서해안의 작은 도시로 왔을 때 그와 나는 어느 면에서나 그럴 만한 꼬투리가 없는데도 자주 어울렸다. 좁은 동네에서 도무지 만날 수 없는 사람이 있는 반면 유난히 자주 마주치는 사람이 있는 것이다.

어느 날 오후, 뭔가 적당한 놀이를 찾고 있는 점에서 일치를 본 우리는 즉흥적으로 포구로 향했다. 마침 류와도 동행이었다. 우리는 주차장을 지나 횟집 골목에 들어서서 수조 안에 어떤 물고기들이 있나 구경하며 들어갔다. 대부분 그 작은 포구가 아닌 다른 곳에서 들어오는 물고기들이라고 알려져 있지만, 자주 포구에 갔던 우리는 그곳에서도 제법 갖가지 물고기들이 잡혀 올라온다는 사실을 알고 있었다.

"어때? 좀 이르긴 해도 한잔해야지?"

횟집 골목을 지나고 어판장에 이르렀을 때 내가 넌지시 말했다.

"글쎄, 아직은 해가 있는데……?"

류는 망설였으나 우리의 다음 행동은 이미 정해져 있었다. 어판장 옆의 산낙지와 멍게를 파는 좌판 앞으로 우리는 다가

갔다. 그리고 어느덧 파장이 되어가는 어판장과 그 뒤의 을씨년스러운 개펄과 그 위를 날아다니는 갈매기들을 바라보며 '한잔'을 기울이기 시작했다.

그리고 얼마 지나지 않아서였다. 갑자기 류가 내게 눈길을 주었다.

"저기 봐."

"뭘?"

눈이 상당히 나쁜 나는 그녀가 보라는 것을 얼른 확인할 수 없었다.

"저 여자 말야. 빨간 스웨터 입은⋯⋯"

나는 무료하던 차에 잘됐다 싶었다. 나는 류가 가리키며 보고 있는 쪽을 열심히 살폈다. 과연 빨간 스웨터를 입은 여자가 있었다. 그 여자를 확인하는 순간 나는 나도 모르게 눈이 크게 떠졌다.

"아니, 저 여잔 요전에⋯⋯"

나는 그 여자를 알 수 있었다.

"그러게 말야. 저 여자 틀림없어. 그런데 또 여길 와서 헤매네?"

"상습범일까?"

우리는 서로 마주 바라보았다. 우리는 그 여자를 똑같이 알고 있었다. 언젠가 저쪽 좌판에서 만난 그 여자였다.

　얼마 전이었다. 그날도 우리는 우연히 만나 또한 즉흥적으로 포구를 향했었다. 그날따라 음력 조금 때인 데다 물도 썰물이어서 포구는 시커먼 물고랑을 다 드러낸 채였다.

　"황량하군, 황량해."

　이런 소리를 지껄이며 우리는 산낙지에 소주병을 깠었다. 우리는 그때 아마도 박수동의 만화에 대해 이야기한 것 같다. 그리고 김영동의 음악에 대해서도. 박범훈의 불교음악은 어떠냐고 류는 물었던 것도 같다. 그럴 즈음 우리는 언제부터인가 우리 뒤쪽에 한 여자가 버려져 있다는 사실을 깨달았다. 왜 처음부터 그런 사실을 몰랐느냐 하면, 그 여자는 홀로 앉아 있기는 했어도 소주잔을 앞에 놓고 있었기 때문이라고나 해야 할 것이다. 누군가 남자하고 와서 앉아 있는 것이리라. 그런데 뒤늦게 우리는 그 여자가 혼자라는 사실을 안 것이었다. 그 여자는 산낙지가 아직도 남아 있는 접시며 소주잔을 그대로 둔 채 좌판 위에 엎드려 있었다. 그것도 우리 몫의 안주가 바닥이 나서 입맛을 다시던 내가 그 여자의 접시를 훔끔거린 결과 발견한 것이었다.

"웬 여잡니까?"

내가 주인 여자에게 물었다.

"누가 아나요. 아까부터 가야 하지 않느냐니까 가기 싫다는
거예요. 나 참, 요샌 여자들이 한술 더 뜬다니까."

주인 여자는 못마땅한 듯 혀를 끌끌 찼다.

"장사에 방해가 되니까 아저씨들이 갈 때 좀 데리고 가주세
요."

주인 여자는 부탁까지 했다.

그 말에 우리는 빙긋이 웃었을 뿐이었다. 술 취한 여자를 데
리고 우리가 어디로 간단 말인가 하고. 그러나 일은 여의치 못
했다. 우리는 일어설 때 결국 그 여자를 부축해서 일으키고야
말았다. 술이 취해서 그렇지 옷차림도 그만하면 세련되어 보
이는 젊은 여자였다.

"아마 실연이라도 했나봐. 술 대신 약을 안 먹은 게 다행이
지."

"실연했다고 약 먹는 여자가 요즘도 있나? 그다음 날 다른
남자 만나서 풀지."

그는 내 말을 받으며 여자의 겨드랑이에 팔을 끼고 부축했
다. 낙짓집 주인 여자의 간청에 못 이겨 그 여자를 끌어내기는

했어도, 얼마 못 가서 우리는 낭패한 느낌이었다.

"어디로 간다?"

여자는 흐느적거렸고 사람들은 당연히 우리를 구경거리로 삼았다. 그것도 그것이지만 결국 어쩔 것이냐가 문제였다. 아무런 대안이 없었다.

"어쩔 셈이냐?"

우리는 서로 물었고, 하는 수 없이 그 여자를 어디엔가 놔두고 갈 수밖에 없다는 결론에 이르렀다. 그렇다고 해서 우리가 거리낌을 느낄 무엇도 실상 없는 것이었다. 서울의 뒷골목에 가보면 술 취해 비틀거리는 여자가 한둘이 아닌 것이다. 길옆으로 조금 후미진 곳에 헛간 비슷한 곳이 있었다. 그 앞에 제법 반듯하게 앉혀놓을 만한 자리를 발견한 우리는 그 여자를 고이 앉혀놓았다. 그 여자는 괴로운 듯 몸을 움직였으나 곧 고개를 꺾고 얌전히 앉아 있는 자세가 되었다.

"자, 그만 가자고."

그리고 우리는 그곳을 떠났었다.

바로 그 여자였다. 우리는 반갑기도 하고 또 기이하기도 해서 그 여자를 불렀으면 하는 마음이었다. 그러나 그 여자가 우리를 알아보지 못할 것이 분명했다.

"저 여자분 오늘도 술 먹으러 왔나보죠? 술 한잔 권할까?"

내가 주인 여자에게 말했다. 그러자 주인 여자가 그 여자를 쳐다보았다.

"저 여자 말이에요? 술 주면 안 돼요. 술 먹으면 남자한테 혼나요."

주인 여자가 고개를 저었다.

"남자요?"

우리는 동시에 물었다.

"예, 장터에서 허드렛일 하는 벙어리가 하나 있어요. 사십이 되도록 저쪽 헛간에서 혼자 살았는데, 어느 날 갑자기 저 여자가 들어왔대요. 저렇게 젊고 예쁜 새댁이 글쎄 어느 날 저녁에 헛간 앞에 앉아서 도무지 가지를 않고…… 세상에 알다가도 모를 일이……"

주인 여자는 말을 잇지 못했다.

그와 함께 우리는 뭔가 아득한 느낌이 온몸을 감쌌고, 우리가 한 일이 과연 옳은 일이었는지 그른 일이었는지 갈피를 잡지 못해서 멍하니 개펄 쪽으로 눈길을 돌렸던 것이다. 옳은 일이었는지 그른 일이었는지 갈피를 잡지 못해서가 아니다. 언젠가 아주 오래전부터 나 역시 어떤 여자와 그렇게 만나 그냥 하염없이 살고 싶다는 생각을 했었다. 필연을 가장한 사랑이라는 것의 지겨움과 속임수의 곡예 끝에 제가 판 함정에 빠지고야 마는 진부성, 멀어져 가는 길을 멍하니 바라보면서도 어쩔 수 없이 선택하고 있는 어둠에의 자맥질, 물에 올려진 멍청한 물고기들의 뻐끔거림 등등에서 벗어나고자 한다면 애초에 우연 편에 서야 하는 것이었다. 그랬다. 그날 장갑의 사내와 헤어진 우리 두 남녀는 소설《상록수》의 여주인공인 여성 계몽운동가의 이름을 딴 영신장 여관에 들었는데, 우리는 우리의 성(性)조차 우연으로 치장하고 있음이 분명했다. 과연 류와의 관계가 그런 것일까.

이런 까닭으로서만이 아니다. 그 황홀한 우연이야말로 우주 가에 살아가다가 사위어가는 한 목숨을 위해서는 극히 아름다운 소멸에 값할 것이다. 세상에서 아무도 모르게 갯지렁이처럼 살다가 가는 삶이란 완전한 사랑의 구현이다. 어느 날 세상을 등지고 이름 모를 먼 곳 문패도 번지수도 없는 주막에 가서 낯선 사람들과 아무런 의미 없는 이야기로 밤을 지새우고 나서 다음 날 말없이 작별을 한다. 정처 없이 떠나가는 것이다……

모래강은 아직도 멀다. 누군가 옛 애인들의 이름을 불러본다. 늘 같은 이름 패(佩), 경(瓊), 옥(玉)…… 그리고 임(任), 경(卿), 난(蘭), 류(柳)…… 시간과 공간을 지나 그녀들은 자기 자신들의 이야기 속에 죽음을 거부한 채 매미 허물처럼 바스락거리며 남아 있었다. 누군가 모든 것을 용서하지만 결코 얌전하지만은 않은 몸짓으로 그것들을 밟아 바순다. 바지직거리며 가루로 부스러지는 허물을 그녀들은 깔깔대며 바라본다. 이 세상에 존재하는 모든 것은 자기 자신의 모습임을 알기에는 다소 시간이 걸릴지도 모른다. 못마땅한 세기말의 바람이 머리카락을 날리기를 기다려 그녀들은 비로소 마녀의 정체를 드러낸다. 몇 세기 동안 사랑에 굶주려 온 여자들이 달려온다. 이미 내가 만나서 몇 번씩 즐겼던 여자들이다. 몇 년 전의 추억들이 증폭되어 빛과 어둠처럼 서로를 잉태하며 내게 눈을 부라리고 있다. 결국 나는 어디로 도망치든 추억이라는 괴물의 아가리로부터 벗어날 수 없단 말인가. 또한 그동안 나는 몇 번이나 무의미하게 류와 잤던 것일까? 아니, 무의미하게?

날이 어둡기 시작했다. 염전에서 소금을 굽던 사람들도 모두 숙소로 돌아가버리고 바닷가로 향한 들은 우주의 한 모습으로 비어 있다. 비어 있음으로 가득 차 있는 우주에서 내가 갈 곳은 아무 데도 없다.

나는 누구 하나 보이지 않는 곳에 내 몸을 눕게 하고 싶다. 갈매기 한 마리, 갯지렁이 한 마리, 민달팽이 한 마리 없는 곳, 추억조차도 무의미한 풍경이 되어 평화로운 소금처럼 녹아 있는 곳. 그것은 이날 이때까지 내가 만들어온 추억이란 것이, 내가 뜻하지 않음에도 불구하고 나를 목 조르려 하기 때문이다.

밤에 꿈에서 깨어 일어나 보면 거기에는 예전의 많은 사람의 모습이 나를 내려다보고 있다가 한꺼번에 사라진다. 나는 결코 홀로 있지 못한다. 빈방도 없고 심장 속의 빈 동굴 속에서는 박쥐들이 퍼덕거린다. 생명을 우연 속에 놓을 때만 행복을 얻으련만 끔찍한 수학이 형이상학을 등에 업고 기세당당하게 머리를 찍어 누르는 것이다.

그러므로 나는 지금 은자(隱者)를 찾아가고 있다. 그 이름은 모래강일 수도 있을 것이다. 하지만 그를 만날 가능성은 아예 없다. 우주 지평선 저쪽에 빛보다 먼저, 어둠보다 멀리 달려가 버렸기 때문이다. 그리하여 어제도, 오늘도, 또 내일도 나는 어디론가 가고 있다. 과거형과 현재형과 미래형은 하나로 뭉뚱그려진다. 형벌인지도 모른다. 믿음이 없는 세계에 대한 믿음으로 나는 단단히 무장되어 있다고 스스로를 믿는 수밖에 없다. 소멸을 믿듯이 죽음의 궤도를 믿는 것이다.

모래강은 아직 멀었는가. 영원히 멀다. 그러니까 나는 타인
이 되는 길을 택해야 할 것이다. 머나먼 모래강을 향하여 영원
히 가기 위해서, 범아(汎我)를 얻기 위해서, 신발에 새끼줄이라
도 동여매고서.

가시나무 밑의 밀회

엄나무라는 가시나무에 대해서는 이미 앞에서도 몇 마디 언급했었다. 그러나 이제 다시 어느 정도 본격적으로 말해야 할 의무를 느낀다. 왜냐하면 그 나무 밑은 어느새 류와 나와의 밀회장소로 이용되고 있었기 때문이다. 우리가 비록 정상적인 애인 관계는 아니었음은 새삼 말할 것 없겠으나, 여관방에서만 정사를 벌인 것은 아니다. 물론 여관방을 찾는 사람들이 다 비정상적인 관계라는 뜻은 아니지만 말이다.

엄나무 밑의 밀회 장소는 한마디로 단순한 침대가 아니라 내가 그녀를 통해 다른 어떤 심원한 세계로 나아가고자 한 장소라고 나는 말하고 싶은 것이다. 사랑에 대해서 내가 나름대로 정리하고 있는 바는, 그것은 상대방을 통해서 세계로 나아가며 다시 우주로 나아가야 한다는 것이다. 그런 생각 아래 그 나무 밑은 내게는 안성맞춤의 장소였다. 그곳에서 우리는 마치 밀교 의식과 같이 아무런 부끄러움 없이 알몸이 되어 사랑의 행위를 했던 것이다. 이것은 또한 내게는 철학의 행위이기도 했으리라.

자, 이야기를 좀 우회하여 진행하기로 한다. 여기에 먼저 망루(望樓)라는 말이 등장한다.

그 망루를 향하여 가는 길은 험하고도 멀었다. 그 길로 가면서 나는 이 세상에 무엇 때문에 망루라는 게 있어야 되는지 도무지 알 수 없을 것 같았다. 그러나 물론 나는 그것이 왜 있는지 너무나도 잘 알고 있었다. 그것은 무엇인가를 감시하기 위해 있는 것이었다. 누가 오는가 가는가를 감시하기 위한 것도 되었다. 그러자면 그 감시하는 사람은 남보다 높은 곳에서 내려다볼 필요가 있는 것이었다.

무엇을 감시하는 것일까.

나는 어디서든 망루를 보면 심한 갈증과 같이 의문이 솟았다. 그리하여 철조망이나 높은 벽돌 담장으로 둘러쳐진 그 안쪽으로 목을 빼곤 했다. 하지만 그 안쪽은 대부분 보이지 않을 뿐더러 보인다고 하더라도 별다른 징후를 발견하기는 어려웠다. 그래도 사방이 유리로 훤히 트이고 커다란 서치라이트가 달려 있는 망루는 아래쪽으로 사다리를 매단 채 우뚝 서 있는 것이었다. 그와 같은 망루라고 해서 외국영화에서 보는 어떤 수용소 망루처럼 위에 기관총을 건 광경은 쉽게 목격할 수 없었다. 이제는 그런 무시무시한 망루는 이 세상에 흔히는 없는 것인지도 몰랐다.

"저것이 안양교도소지요. 그 유명한."

안산에서 서울로 가는 길은 대충 두 갈래가 있다. 대충이라고 말하는 뜻은 다른 한 갈래 길이 또 있기는 하나, 안양 중심부를 거치는 이 길은 서울까지의 직행버스가 다니는 길이 아니기 때문에 여기서는 제쳐두는 것이 마땅하겠기 때문이다. 그리고 두 갈래 길인데, 하나는 광명시를 거쳐 영등포에 닿게 되고 하나는 군포와 과천시를 거쳐 사당동에 닿게 되는 길에 안양교도소를 지나게 되는 것이었다. 무엇이 유명한지는 모르지만 '그 유명한'이라는 말을 덧붙여 가면서 내게 설명해준 것은 화가인 후배였다. 그때도 나는 거의 반사적으로 그 벽돌담장에 눈길을 던지며 문득 찾고 있었던 것이다. 망루, 내 눈은 나도 모르게 빛났다.

"어떤 때 지나가다 보면 저쪽에 나와서 일하는 죄수들도 보입니다. 참, 별일은 없으셨어요?"

그는 말하다 말고 지나가는 듯한 말투로 물었다.

"덕분에."

나는 아무렇지도 않은 표정을 지었다.

저 사람들은 왜 잡혀 들어갔으며 도대체 사람이 사람을 잡아넣어야 하는 일들은 왜 일어나는지 나는 초등학생처럼 새삼스럽게 궁금증을 품었다. 신문을 장식하는 온갖 사건들이 뭉뚱그려 머릿속을 스쳐갔으나 웬일인지 그 안에 있을 사람들과 구체적인 연관을 못 맺고 뱅뱅 맴돌 뿐이었다. 그 안과 이 밖이 벽으로 인해 격리되어 있기 때문이리라. 아니면 그 격리감에 오히려 내가 두려워하고 있기 때문이리라.

처음 만났을 때부터 그는 내게 상상치 못했던 어떤 감정을 불러일으켜주었다. 정확하게 말하면 화가 지망생이 맞을 테지만, 그는 교도소의 위치를 알려주는 것 말고도 전혀 다른 이야기를 늘 가지고 있었다. 그러나 내게는 그 이야기가 신기하게 들릴 뿐 이해할 수 없는 것들이 많았다. 가령, 그는 말했다.

"왕잠자리…… 장수잠자린가요…… 그 빛깔 보셨지요? 하늘빛으로 파르스름하고 또 노란빛이 싸악 깔리지요. 어릴 때 그걸 잡으러 얼마나 쏘다녔는지. 그런데 그 몸통을 찢으면 꼭 쇠고기 장조림같이 결이 진 발그레한 살코기가 나오지요."

그는 과거를 회상하고 있었다. 나는 그가 회상하는 그 잠자리가 아직도 저 늪가를 날아다닌다고 말해주었다. 그러니 아직은 이 세상은 절망적이 아니라는 뜻을 내 말은 담고 있었다. 그러나 그 순간, 사람들은 공중을 날아다니는 동물들에 유달리 관심이 깊다는 사실을 깨달았다. 잠자리에서부터 나비, 새, 박쥐 등등. 그리고 동물이 아니라도 비행기까지. 하지만 그가 회상하는 잠자리 살코기의 빛깔이란 내게는 퍽 난해하기만 한 것이었다.

"그늘지고 습기 찬 곳에 가서 이끼를 만졌지요. 보드라운 감촉에 연록색의 살아 있는 비로드…… 그 빛깔을 내려고 나름대로 물감을 만들었지요. 지금도 나는 물감을 사지 않고 만들어 씁니다. 돈도 없지만요. 아이보리 블랙을 비교해 얘기하면 좀 지나칠지 모르겠구만요."

그는 상아(象牙)를 태우면 나오게 되는 까만 재의 빛깔이 이른바 아이보리 블랙이라고 설명하고 그런 재료야 못 만들어도 하여튼 그와 같은 부드러운 촉감의 깊은 검은색에 매료되어 있다고 말했다. 검은색에는 모든 색이 포함되어 있다는 것, 따

라서 어둠에는 형용할 수 없는 오묘한 아름다움이 있다는 것,
그 어둠을 연작형태로 그려보고 싶다는 것을 그는 말했다. 언
젠가 꼭 한 번 본 그의 그림이 그의 말대로 만들어 쓰는 물감
으로 그린 수채(水彩)인데도 유화 같은 질감이 나던 것을 나는
기억했다. 푸른 색조의 그 그림은 집들이 양쪽으로 서 있는 어
떤 뒷골목을 그린 것이었다. 그 그림의 인상이 아직 지워지지
않은 내게는 '아이보리 블랙'의 어둠은 좀 뜻밖이었다. '아이보
리 블랙'은 그가 입고 있는 검정물 들인 군용 파카의 빛깔 같은
것일까 하고 생각하다가 나는 '상아를 태워서 안료(顔料)를 만
드나?' 하는 놀라움을 표시했을 뿐이었다. 묻고 보니 꽤나 어
리석은 질문 같았다. 세상에는 각양각색의 호사가들이 있는 것
이었다. 그래서 〈몬도가네〉라는 영화를 찍기도 하는 것이었다.

"예, 그렇게 까만 꽃을 그리겠어요. 검은 꽃은 실제로 있나
요? 흑장미. 아주 까만 장민가요? 수유리 장미원에 그런 게 있
을까요?"

그의 주장에 따르면 검은 꽃을 본격적으로 그린 화가는 없
다는 것이었다. 나는 검은 꽃이 실제로 없다고 알고 있었다. 언
젠가 본 흑장미라는 것도 검붉은빛의 장미였었다. 그런데 그
는 최근에 누군가가 진짜 새까만 장미꽃을 만들어냈다는 말을

들었다고 시사했다.

"까만 꽃은…… 글쎄…… 아직 없는 걸로 알고 있는데."

나는 별로 자신 없이 대답했다. 내가 모르는 사이에 누군가 만들어냈을지도 모르는 일이었다. 한때 나도 검은 꽃에 대해 잠깐 동안이나마 생각해본 적이 있었다. 왜 세상에는 검은 꽃이 없을까. 현실로 어디엔가 밀림 속 같은 곳에 숨어서 피고 있는데 미처 찾지 못한 것일까 하고. 어쨌든, 그때까지는 검은 꽃이 없다고 나는 알고 있었다. 그리하여 그 까닭을 나름대로 생각해보았다. 즉, 꽃의 빛깔은 일종의 혼인색으로서 번식을 위한 꽃가루받이에 곤충들을 불러들이려면 될 수 있는 대로 아름다워야 한다. 이런 이치에 검은색은 합당하지 못하다. 더군다나 검은색은 어둠을 뜻한다. 어둠을 향해 달려드는 곤충은 없다. 밤에 행동하는 나방이들로 빛을 향해 날아든다. 그러므로 검은 꽃은 없는 것이다 하는 게 내 결론이었다. 생물학자들이 어떻게 비웃을지 나는 모른다. 하지만 꽃이 곤충을 불러모으지 못할 빛깔을 애써 가질 리는 만무하다는 게 소박하고도 확고한 견해인 것이다.

"꽃이라면 다 아름답지. 핑크빛은 어떨까? 이를테면 부겐빌레아꽃의 핑크빛…… 부겐빌레아꽃을 봤어?"

나는 물었다. 그는 전혀 모르겠다는 표정을 지어 보였다. 나는 그 꽃을 머릿속에 되살렸다.

부겐빌레아는 이른바 덩굴성의 줄기에 작은 가시가 돋아 있고 잎은 난형(卵形)이다. 꽃은 자줏빛에 가까운 핑크빛으로 퍽 선명하여 눈길을 끈다. 그러나 이 붉은 꽃이 실상은 진짜 꽃이 아니라 진짜 꽃을 감싸고 있는 화포(花苞)라는 것이라고 했다. 그것이 꽃잎이든 화포든 그것을 굳이 따지고 싶지는 않다. 식물학자가 아닌 다음에야 그것을 꽃이 아니라고 할 사람이 있을 것 같지도 않다.

처음에 부겐빌레아꽃을 종로 5가의 꽃가게에서 보았을 때 나는 그 빛깔에 고혹되어 발걸음을 멈추었다. 꽃가게라곤 했지만 엄연히 말해서 그곳은 가게는 아니다. 한겨울 말고는 언제는 열리는 상설 꽃시장으로 아낙네들이 벌여놓은 난전인 것이다. 무슨 일로 바삐 그 길을 지나던 나는 퍼뜩 걸음을 멈추었다.

"그게 무슨 꽃입니까?"

나는 물었다. 물론 사려고 물은 것은 아니었다. 때는 한낮이었고 나는 볼일이 있었다. 하지만 아낙네는 바싹 달라붙었다.

"붉은 베리야요."

아낙네의 손끝이 꽃잎을 스쳤다.

"예? 뭐라고요?"

나는 내 귀를 의심했다.

"붉은 베리야."

"……붉은…… 베리야……"

나는 눈을 껌뻑거렸다. 도대체 있을 수 없는 이름이었다. 베리야라면 소련의 비밀경찰 일을 하던 사람의 이름이라고 알고 있었다. 거기에 '붉은'까지 곁들여 있으니 그 이름 자체로야 완벽한 것이다. 그러나 그 꽃 이름에 그것은 걸맞지 않다고 판단되었다. 그런 이름이 나올 까닭조차 없을 것이다. 나는 의아해하기에 앞서 실소부터 나왔다. 붉은…… 베리야…… 그때 나는 그것이 부겐빌레아가 아닐까 하는 짐작을 해보고 있었다. 남미 여러 나라의 들에 태양처럼 온통 이글거리며 핀다는 꽃. 멕시코 혁명에 헌화처럼 피었던 꽃.

나는 결국 그 화분을 사기로 했다. 그러나 볼일을 보러 가면서 그 화분을 들고 갈 계제는 아니었다.

"이 만둣집에 맡겨둘게요. 언제라도 와서 가져가면 되지요."

아낙네는 내 마음이 변할까봐 서둘러 말했다.

"글쎄 집이 멀어서 들고 가기도 뭣한데……"

내가 망설이자 아낙네는 재빨리 화분을 들고 위의 만둣집 문을 열었다. 나는 하는 수 없이 그대로 따랐다. 그것이 '붉은 베리야'가 아니라 부겐빌레아임을 믿으면서.

그날 저녁 늦게 나는 술에 취한 가운데서도 그 화분을 들고 택시를 탔고, 다음 날 백과사전을 뒤져 그것이 '붉은 베리야'가 아닌 부겐빌레아임을 확인할 수 있었다. 집에 가져다놓자 아름다운 핑크빛은 더욱 돋보였다. 모든 꽃들은 여자를 상징하는데, 그 핑크빛 '화포'는 분명히 여자가 은밀히 숨겨 간직하고 있는 어떤 부위를 상징하고 있는 듯했다. 물론 실제로는 여자의 몸 어디에도 그토록 선정적인 빛깔은 간직되어 있지는 않지만, 환상이란 그렇게까지 요구할 정도로 잔인한 것이다. 그리고 아울러 그 꽃은 멕시코의 태양과 대지를 떠올리게 했다. 내게 멕시코라면 가장 먼저 연상되는 것이 나폴레옹 3세의 원정, 압제자에 대항하여 일어난 농민들의 혁명, 그 소용돌이 속에서 무자비하게 죽어간 민중들을 그린 어느 화가의 그림 같은 것이다. 그러니까 부겐빌레아꽃은 내게 두 가지 빛깔의 연상작용을 일으키는 것이다. 여자, 그리고 멕시코 혁명.

이 두 가지의, 이질적이라면 매우 이질적일 수밖에 없는 연상작용이 어떻게 하나의 꽃에서 비롯되는 것인지는 자세히 몰라도, 결코 나는 과장하고 있는 것은 아니다. 굳이 견강부회하자면 그 표피적인 느낌이 여자에게로 연결되고 심층적인 느낌이 멕시코 혁명에로 연결된다고 말해도 좋을 것이다.

어쨌든 나는 이 여자와 멕시코 혁명의 꽃에 열심히 물 주기를 게을리 하지 않았다. 정성에 비례하여 꽃은 내게 여자의 의미와 멕시코 혁명의 의미를 될 수 있는 대로 훌륭하게 전달하려고 하는 것 같았다. 그것은 봄이 되자 움이 텄고 여름이 되자 잎이 무성해졌다.

그런 어느 날 나는 류와 함께 경주 여행을 가게까지 되었다. 그것은 어김없는 실수였다. 왜냐하면 도무지 계획에도 없던 일이기 때문이었다. 그 실수는 경주시 용강동의 '개무덤' 혹은 '고려장'이라고 알려졌던 한 옛 무덤에서 채색을 한 흙인형이 출토된 데서 시작되고야 말았다.

신문 보도를 보자 나는 불현듯 경주에 가보고 싶다는 강렬한 욕구가 솟았다. 충동이었다.

"경주로 가야겠어. 지금 당장."

나는 앞뒤 잴 것도 없이 말했다. 그리고 다짜고짜 서두르기 시작했다 이것저것 따지다가는 그만 주저앉고 말 것만 같아서 스스로 나를 다그친 것이었다. 그녀는 사태가 그리된 것이 믿기지 않는다는 투였으나, 곧 따라서 서두르기 시작했다. 간단한 여행가방에 옷가지 몇 개 넣어 가지고 나는 집을 나왔다. 인생 자체에도 이렇다 할 계획이 없는 판국에 하루 이틀의 여행길에 무슨 계획이 필요하고 치밀한 준비가 필요하랴. 왜 그 충동이 일어났으며 또한 그 충동이 사그러질까봐 다시 생각할 여유를 갖지 않도록 서둘렀는지는 알 수 없는 일이었다. 용강동의 옛 무덤 때문만은 아니었다. 그러나 나는 봄부터 가을까지 부겐빌레아꽃을 옆에 두고 이상스럽게도 옛날 신라시대의 화랑(花郎)은 본디 꽃다운 여자인 원화(源花)에 기원을 두고 있다는 것을 문득문득 떠올리고 있었음을 기억했다. 멕시코가 그렇듯이 신라 또한 찬란한, 불가사의한 옛 문명을 가진 나라였다.

시간과 거리를 따져본 결과 수원으로 직접 나가기로 했다. 경주까지 직행하는 차편이 없다는 데서 수원으로의 길은 잘못 잡은 것이었다. 대구까지 무궁화호 열차를 타야 한다는 것이었다. 그리하여 무궁화호에 올라 자리를 잡고 앉았을 때에야 비로소 나는 집을 나섰구나 하는 실감이 났다.

"차를 가져오셨습니까?"

경주에 닿아 관광 코스를 묻는 내게 여관 종업원이 되물었다.

"아뇨."

나는 고개를 저었다. 차가 아예 없다는 고갯짓인지 있는데도 안 가져왔다는 고갯짓인지 내가 생각해도 모호한 고갯짓이었다. 그는 먼저 천마총으로 가서 그 이웃의 첨성대·계림·반월성·석빙고·안압지 등을 둘러보고 불국사 쪽으로 가는 것이 보편적인 길이라고 설명해주었다. 나는 국민소득이 선진국 수준에 가깝다는 사회에서 아직 제 차를 가지지 못한 알량한 처지에 새삼 부끄러움과 야릇한 반감을 동시에 느끼면서 여관 층계를 밟아 내려왔다. 텔레비전, 냉장고, 전화 등 이른바 문명의 이기를 갖출 때마다 지위의 격상을 느껴온 우리네 삶에 이제는 자동차가 다가와 있었다. 지위의 격상이라는 허깨비 환상에 들떠서 상대적 빈곤에 허덕여온 세월이었다. 도대체가 '라면이 있으므로 굶어죽을 자신은 없다'고 가난한 삶을 자위하던 시절의 비장함은 어디를 가고 뱁새가 황새 쫓아가는 짓을 계속해야 하는지 알다가도 모를 일이었다. 자동차 다음에는 또 어떤 괴물이 기다리고 있는 것일까?

도착 이튿날 아침부터 하루 종일 적당히 돈 다음 저녁에는 다시 돌아올 의도였으므로 시간이 빠듯했다.

옛날 한 원화가 다른 원화를 질투하여 물에 빠뜨려 죽였다.

그 뒤로 원화는 화랑으로 바뀌었다. 그들이 노닐던 북천과 남천의 시냇물을 돌아 불국사까지 왔을 때는 한낮도 겨워 있었다. 그곳에서 석굴암까지는 정기적으로 올라가는 차편이 없고 인원이 차야만 떠나는 마이크로버스가 있었다. 다행히 막 떠나려고 하는 차가 한 대 있어서 우리는 포기하려고 했던 석굴암 관광까지 여정에 포함시킬 수 있었다.

여전히 꽤 많은 관광객들이 몰려오는 석굴암의 불상을 보고, 그 앞쪽의 동해로 눈을 돌려 저쪽 어디엔가 감은사터가 있고 문무왕이 묻힌 수중릉이 있다지 하는 사이에 내려갈 시각이 임박해 있었다. 자, 이제는 다시 돌아가는 길이다. 하루쯤 더 묵어 남산 기슭이라도 어슬렁거릴 일이었으나 웬일인지 그 하루가 엄두가 나지 않았다. 또 한편 어찌 생각하면 경주는 하루 이틀 구경을 다니는 곳이 아니라 하다못해 몇 달이라도 살아봐야 할 곳이라고도 여겨졌다.

"다음에 언제 봐서 다시 오자구."

그녀는 하루쯤 더 묵어갔으면 하는 눈치가 역력했다. 당장 떠나기를 서두를 때 남산 이야기를 했던 것이 뇌리에 남아 있는 모양이었다. 경주 남산은 그 산 자체가 절이며 바위마다 불상이라고 나는 어디선가 들은 소리를 중얼거렸던 것이다. 하지만 그곳은 신라시대 이래로 버려진 채 모든 것이 허물어지고 부서지고 있을 뿐 사람의 발길조차 뜸하다는 것이었다.

언제 경주에 가거들랑 남산에 한번 가보시오. 누군가가 내게 말해준 적도 있었다. 나는 사실 경주를 바라고 집을 떠나며 그 남산을 무엇보다 중요한 목적지로 삼았었다. 그러나 막상 그 돌산을 기웃거릴 용기가 없었다. 대학생으로 보이는 청년들이 배낭을 지고 남산을 향하고 있는 것을 보고 나는 내가 그만큼 나이를 먹어버렸음을 절감했다.

불국사 아래의 주차장에서 택시를 잡아타고 고속버스 터미널까지 가자고 했을 때만 해도 이제 경주에서는 떠나는 생각뿐이었다. 그런데 그녀가 한마디를 했다.

"포석정은 어디지?"

그러자 택시운전사가 귀가 번쩍 띄는 모양이었다.

"포석정 말입니까? 터미널까지 삼천 원이니까 이천 원만 더 내십시오. 퍼뜩 갔다가 가지요. 볼 건 없다고 하더라도 신라의 마지막 비운이 간직돼 있는 곳 아닙니까."

그 말에 그녀가 나를 돌아보았다. 이천 원만 더 내고 또 막상 시간도 그리 오래 걸리지 않는다고 한다. 그러니 들렀다 가자는 뜻이었다. 그것도 일리는 있어 보였다.

"그럽시다."

나는 마지못한 듯 대답했다. 이왕 그녀의 환심을 사기로 한 이상 그쯤이야 어려운 일이 아니었다. 그런데 이야기는 그다음부터 묘해졌다. 뒷거울로 그녀를 뚫어지게 쳐다보던 운전사가 불쑥 입을 열었던 것이다.

"아주머니 처음 탈 때 꼭 일본 여잔 줄 알았습니다."

나는 그의 말뜻을 선뜻 알아듣지 못했다. 느닷없이 일본 여자라니?

"네? 왜요?"

나는 사람 보는 눈이 그렇게 어두워서야 하는 투로 물었다.

"여기서 운전하면 외국사람 많이 봅니다. 아주머니, 일본 여자 같아요."

"그래서요?"

"일본 여자, 매력 안 있습니까."

"그래요?"

"저 남산의 돌들 있지요, 저기 모두 옥이 박혀 있습니다. 경주 돌이라고 다 옥이냐는 말도 있습니다. 남산의 옥은 유명하지요."

운전사는 어느 틈에 화제를 남산의 옥으로 옮겼다. 옛 무덤에서 나오는 유물 가운데 금붙이도 화학 처리를 해야 반짝이는데 옥이 나오는 그대로 영롱한 빛을 발한다는 것에서부터 경도가 무척 높아서 깨지지 않는다는 것, 서울의 '귀부인'들은 이제 금붙이보다도 옥을 더 찾는다는 것 등으로 그의 이야기는 막힘없이 이어졌다.

"신라의 화랑들은 혼인하게 되면 백옥 가락지를 여자에게 주었답니다. 백옥 가락지는 순결을 뜻한다지요. 한평생 남편을 위해 순결하라는 뜻이겠지요. 그리고 또 청옥은 가정의 화목을 뜻해서……"

그의 말은 포석정 앞에서 "믿을 만한 옥을 파는 상점이 있습니다" 하고 끝났다. 그의 말은 어느 사이에 나를 사로잡고 있었다. "한번 보기나 할까" 하는 그녀의 말로 미루어 그녀도 마찬가지인 모양이었다.

돌아오는 열차 안에서도 그녀는 백옥의 쌍가락지를 들여다보고 또 들여다보고 했다. 그러나 나는 운전사의 난데없던 '일본 여자' 이야기가 마음에 걸려서 개운치가 않았다. 백옥 쌍가락지도 애초에 교묘한 '일본 여자' 이야기에 말려들어서 사게된 것이 아닐까 하는 생각이 들었다. 생각할수록 틀림없다는 결론이었다.

집으로 부랴부랴 돌아온 나는 아뿔사, 그 일박 이 일 사이에 부겐빌레아가 말라비틀어진 것을 목격했다. 떠나기 전에는 가랑비가 오락가락하여 괜찮았으나, 우리가 떠남과 함께 뒤늦은 더위에 여린 잎사귀를 말려버린 것이었다.

부겐빌레아꽃은 그렇게 사라졌어도 나는 그 선연했던 꽃빛을 머릿속에 되살리고 있었다. 검은 꽃을 말하는 데 대한 반발이라고 해도 좋았다. 그러나 젊은 화가는 물론 누구에게도 그 꽃의 진정한 모습을 전달해줄 길은 없었다. 이상하게도 동식물에 대해서는 직접 보여주는 수밖에 달리 알리는 방법이 없는 것이었다. 그래서 '그 꽃을 한번 찾아봐. 그 빛깔이 많은 걸 얘기해줄 테니' 하고 피상적인 말을 할 수밖에 없었다. 젊은 화가는 그러겠다고 대답은 했으나 그 표정은 핑크빛이라면 흥미가 없는데요 하고 역력히 말하고 있었다.

얼마 동안 나는 화가 후배를 만나지 못했다. 그는 화실에 칩거하여 어둠을, 검은 꽃을 그리고 있는가보았다. 내가 만약 화가라면 핑크빛과 꽃과, 또한 여름의 폭양 아래 서라벌 벌판에 선 어떤 남녀를 그리련만. 그 꽃빛 심장을 가진 남녀와 경주의 파르스름한 옥빛을 그리련만.

그런 어느 날 오후 아파트 단지의 상가에서 그를 다시 만났다. 같은 단지에 사는 한 어차피 만날 수밖에 없는 처지였다. 그렇게 보아서인지 그는 매우 초췌해 보였다. 검은 꽃을 그리는 화가가 얼굴이 환할 까닭이 없다고 나는 지레 넘겨짚고 있었던 것 같기도 했다. 어느 편이냐 하면, 나는 그가 검은 꽃을 그리는 데 마침내 좌절하고 말리라고 믿었다고 하는 게 옳겠다. 남의 좌절과 실패를 내다보고 있다는 것은 그것을 기대하고 있다는 사실과 같다. 검은 꽃을 그리겠다는 그의 시도는 좌절되어 마땅하다…… 그것은 내 생각이 비뚤어져서는 결코 아니다……

"어때? 잘돼가는가?"

나는 굳이 어둠이니 검은 꽃이니를 들먹이지 않았다. 말은 그렇게 했어도 그가 이리저리 노력한 끝에 부겐빌레아꽃의 빛깔에 매료되어, 그것을 그리고 있을 수도 있었다.

"잘 안 됩니다. 어디 가서 차 한잔 어떻습니까?"

"좋지."

우리는 엘리베이터를 타고 상가 사층으로 올라갔다. 거기에 아이스크림 종류와 차를 파는 가게가 있었다. 나는 언제 먹어도 무슨 맛인지 알 수 없는 엉터리 칡차를 시켰고 그는 커피를 시켰다. 주문한 것들이 날라져 올 때까지 우리는 별말 없이 담배를 피워물고 있었다. 이윽고 종업원이 두 잔의 차를 가져다 놓았다. 그가 설탕그릇을 잡아당겨 설탕을 넣었다.

"부겐빌레아꽃이라고 했지요? 그건 이 계절에는 찾기 힘든 꽃이더군요. 그래서 도감을 찾아봤어요. 꽃빛이 화사하더군요. 그런데 그 꽃빛도 내게는 검은색으로 그리면 더 아름답게 보이겠다고 느껴지더군요."

그는 다시 어김없이 검은색이었다. 그 지경이라면 검은색에 병들어 있다고까지 말해도 좋을 것이었다. 나는 조금은 불편한 감정이었다. 그가 검은색에 집착하여 내가 천거한 선홍색까지 검게 도색하려 드는 이상 '차 한잔'조차 아무 의미가 없는 것이었다. 하늘을 자꾸만 빨갛게 그리는 이상아(異常兒)가 있다고 하더니 하고 나는 생각했다. 그처럼 화가들이란 어찌 보면 빛깔에 대해 이상심리를 가진 사람들인지도 모른다는 생각도 들었다.

화가들이 아름다운 여자를 그릴 때 한 사람의 아름다운 여자를 그리는가, 아니면 어떤 아름다운 눈과, 어떤 아름다운 코와, 어떤 아름다운 입과, 어떤 아름다운 귀와…… 이런 것들을 종합하여 한 사람을 만들어 그리는가. 엉뚱하게 플라톤의 어디엔가 나왔던 물음도 되살아났다.

"검은 꽃은 아직 못 그렸어요."

그가 여간 어렵지 않다는 듯 무겁게 토로했다.

"거, 뭐……"

나는 뭐라고 대답해야 좋을지 몰라 이것도 저것도 아닌 어정쩡한 태도를 취했다. 검은 꽃을 그리겠다고 고심참담하고 있는 그의 모습에 연민 비슷한 감정이 솟지 않는 바는 아니었으나, 그러나 그 문제에는 문외한으로서 갖는 느낌 이외에 일말의 저항감이 끈덕지게 자리 잡고 있는 것이었다.

"그 대신 어둠을 조금씩 그리기 시작했지요. 잘되진 않지만."

그는 검정물 들인 군용 파카의 주머니를 뒤져 작은 스케치북을 꺼내놓았다. 그는 언제나 그 스케치북과 작업일지라는 수첩을 주머니에 넣어 다니고 있다. 한번은 '얘는 수줍어해서 포즈가 단순해요' 하고 말하며 몇 장의 누드를 보여주기도 했었다. 물론 그 스케치북의 그림은 구도만 나타내는 것으로서 그것으로 완성된 그림을 상상하기에는 어려움이 많았다. '이쪽이 온통 군청색으로 짙게 칠해집니다' 하는 등속의 설명을 들을 수는 있어도 역시 완성된 그림과는 거리가 멀 것이었다. 한 줄의 시에 대해 열심히 설명하던 시인이 직접 써놓은 시가 그 말과 판이한 것만큼.

"이게 뭐 같습니까?"

그가 불쑥 물었다. 나는 그가 내 쪽으로 펼쳐놓은 스케치북을 내려다보았다. 정말 어둠을 그려서인지 온통 검게 빗금이 쳐진 그 그림을 선뜻 알아보기 힘들었다.

"글쎄……"

나는 머뭇거렸다.

"망루 아시죠? 어둠 속에 서 있는 그 망루를 그린 거지요."

그가 손가락으로 가리켰다. 그러고 보니 그랬다. 그것은 어둠 속에 우뚝 서서 무엇인가를 감시하려는 망루임에 틀림없었다.

"망루……"

나는 좀 의아해서 중얼거렸다.

"예, 망루지요. 망루야말로 어둠 속에서도 살아 있는 것이지요. 어떤 짐승보다도 흉측하게 살아 있지요."

그는 눈을 빛냈다. 그러나 나는 그의 의도를 정확하게 파악할 수 없었다. 망루가 뭔가 이질적인 분위기를 준다는 것은 틀림없는 사실이었다. 그런데 어둠을 그리기 위해 하필이면 망루를 그렸다는 사실이 이해되지 않았다.

"망루라는 건……"

나는 별로 뾰족하게 할 말이 없어서 우중충한 그, 그림 아닌 그림을 들여다보고 웅얼거렸다.

"예, 감시하는 곳이지요. 이런 곳에서 며칠간 있은 적이 있습니다."

그가 고백하듯 말했다. 그 말도 내게는 뜻밖이었다.

"누가?"

"제가요. 그땐 있을 곳이 없었습니다."

그는 회상에 젖은 눈초리를 하고 컵의 보리차를 한 모금 마셨다. 나는 그의 이야기가 계속되기를 기다렸다. 있을 곳이 없었던 그때 그는 미루나무 위의 까치둥지조차 부럽기 짝이 없었다고 했다. 저녁이 되어도 돌아갈 곳이 없는 사람이 얼마나 처절한지 아느냐고 그는 물었다. 그의 말을 종합하면 그는 그때 수배되어 쫓겨다니는 신세였다. 하는 수 없이 찾아간 곳이 먼 친척뻘 되는 아저씨였는데 그 아저씨가 마침 망루지기였다는 것이었다. 변두리의 인적도 없는 지역에 있는 그 망루는 망루라고 할 것도 없는 허술한 것으로서 이미 기울어진 회사의 형식적인 시설에 지나지 않았다. 높이라야 기껏 두 길쯤이나 될까 말까 한 볼품없는 초소였다. 그래도 전기까지 들어와 있어서 그는 그곳에서 라면을 끓여 먹으며 며칠을 보낼 수 있었다.

"그 며칠 동안 전 완전히 새로운 인생을 사는 것 같았지요. 이상한 건 그 별로 높지 않은 곳이 천길만길 높다랗게 느껴지는 거였어요. 속세를 떠나서⋯⋯라고까지는 말할 수 없겠지요. 그치만 전 저 먼 곳에 복작대며 살고 있는 삶을 생각했지요. 아무도 올 수 없는 곳에 홀로 있다는 걸 자각하는 것입니다. 눈에 빤히 보이는 구멍가게의 불빛이 마치 저세상의 불빛 같았지요. 저세상에서 보내는 외로운 신호 같았지요. 그 신호에 의해 또한 삶을 확인할 수 있었지요."

그는 알 듯 모를 듯한 이야기를 늘어놓았다. 나는 그 이야기가 어찌되었든 그래서 망루를 그린다는 거였구나 하고 비로소 실마리를 잡은 느낌이었다. 예전 헤매 다니던 때의 어둠의 기억을 못 잊어 그림으로 그리려 하는 것이었다. 나는 내 지난날이 떠올라 아무 말도 하지 않았다.

"실상 전 거기에 갇혀 있는 꼴이었지요. 그런데 하루 이틀 참고 지내다보니 어느새 바깥 세계의 모든 사람들이 오히려 갇혀 있다는 생각이 들더란 것입니다. 사람은 누구나 갇혀서 살고 있다⋯⋯ 그래서 교도소 같은 델 지나다보면 망루가 눈에 띄든 안 띄든 그 문제가 퍼뜩 되살아나곤 합니다."

그는 마치 대사를 외는 연극배우 같아 보였다. 아니면 고해

실에 들어간 천주교 신자라고 할까. 나는 그가 그리고 싶어 하는 대상이 어둠이라기보다 그 스스로가 어둠 그 자체처럼 여겨지는 것을 어쩔 수 없었다.

"그래서 이걸 또 그려봤지요."

그가 스케치북의 다음 장을 펼쳤다. 그 그림도 아무렇게나 시커멓게 빗금이 쳐져 있는 것은 마찬가지였다. 나는 이제는 노골적으로 지루함을 참지 못해 손가락으로 물컵을 톡톡 건드렸다.

"여기 이게 나뭅니다. 나무 망루의 한 변형이라고 본 거지요. 꼭대기 중간쯤에 까치집이 있습니다. 그러니까 이 나무는 망루이기는 하되 자유로운 망룹니다. 나뭇가지는 하늘 속에, 뿌리는 땅속에 묻혀 하늘과 땅을 이어주고, 그리고 그 앞에 서 있는 우리를 감싸줍니다. 감시하지 않고 보살핍니다. 저기 산기슭에 마을나무로 지정돼 있는 커다란 나무 혹시 보셨습니까? 엄나무지요. 옛날 시골에서 애들이 병치레를 하면 무당이 칼 들고 와서 '엄나무 봐래이' 하면서 춤을 췄지 않았습니까. 그러니까 수령이 백이십 년이나 된다는 그 보기 드물게 큰 엄나무는 우리를 역귀로부터 보살피는 망루인 셈이지요. 살아 있는 망루라고나 할까요."

바로 그 엄나무였다. 어느 날 산에 가서 처음 본 이래 나는 그 엄나무의 존재에 대해 여러모로 생각을 거듭해왔던 것이다. 나는 나만이 알고 있는 비밀을 그가 훔쳐 간 듯한 배신감에 잠시 몸을 도사렸다. 비록 새로운 도시 개발로 그 나무가 뒷전으로 밀려난 것은 분명해도 여전히 '마을나무'의 팻말을 붙인 보호수로서 나뿐만 아니라 여러 사람 앞에 우뚝 서 있는 것이었다.

"하늘과 땅의 조화를 꿈꾸는 나무……"

나는 그의 말이 그럴듯해서 고개를 끄덕거리며 엄나무를 상기했다. 여름내 무성했던 잎사귀를 떨구고도 그 엄나무는 더욱 뻗어나는 기세로 서 있었다. 계절에 의해 변하는 나무가 아니라 계절을 그 속에 품고 있는 나무였다. 그러나 그런 가운데서도 엄나무에 관하여 왠지 적수(敵手) 한 사람이 나타났다는 야릇한 망상이 가시처럼 뾰족하게 돋는 것을 어쩔 수 없었다. 일종의 텃세라고도 해석되었다. 그 엄나무는 내가 가장 경이롭게 여기는 나무였다. 그래서 이제는 거의 사람이 오가지 않는 그 밑을 찾아 나는 신비주의자라도 된 양 신비한 교감을 누려 보려고 노력하곤 했었다.

옛날 신라의 화랑 기파랑(耆婆郎)의 높은 기상은 늘 푸른 잣

나무에 비견되었었다. 그렇다면 엄나무는 역귀를 쫓는 나무로서 처용의 모습에 다름 아니리라. 서라벌 밝은 달 아래 밤새 노닐다 집으로 돌아온 처용은 잠자리에 얽혀 있는 가랑이 넷을 보았다. 그러나 그는 '둘은 내 것인데 다른 둘은 뉘 것인가' 하는 노래로써 아내를 범한 사내를 물러가게 한다. 그 뒤로 처용은 우리 민속에서 역귀를 쫓는 역할을 맡게 된 것이었다.

어느 날 엄나무에 가까이 간 이래 나는 가슴이 답답하거나 하는 일이 여의치 않을 때면 그 밑으로 가곤 했었다. 마음만 먹으면 언제나 갈 수 있을 만큼 가까이 있으면서도 그것은 항상 멀리 있는 느낌이었다. 고층 아파트 단지가 들어서고, 그 나무 밑의 예전 길이 쓸모가 없어져버렸다는 데서도 그런 느낌이 묻어났는지도 몰랐다. 가까이 있으면서도 멀리 있다는 느낌을, 그러나 나는 엄나무의 영검과 어떤 관계가 있다고 은연중에 받아들이고 있었다. 그러는 사이에 어느덧 여름도 가고 가을로 접어들고 있었다.

엄나무 길에는 소나무, 오리나무, 떡갈나무, 화살나무를 비롯하여 억새, 산딸기, 쑥부쟁이 들이 제멋대로 우거졌고 하루 종일 매미가 울었다. 가을에 접어들자 매미는 제재소의 전기 톱이 나무를 켜며 돌아가는 소리로 째애애앵 울었다.

가을이면 어김없이 잎이 지는 넓은 잎, 큰 키 나무인 엄나무가 잎이 지는 것은 순식간의 일이다. 아무도 잎이 지기 바로 전까지 그 진녹색의 싱싱한 모습이 겨울을 그대로 날 성싶게만 보여서일 것이다. 특히 가사미산의 '마을나무'인 커다란 엄나무는 봄부터 초가을까지 수많은 잎사귀를 거느리고 위세를 자랑했었다. 그러던 잎사귀가 어느 날 모두 뚝, 뚝, 뚝 소리를 내며 떨어져버리는 것이다. 오동나무의 잎사귀가 지는 것을 본 사람은 쉽게 추측할 수 있는 일이다. 떨어져내리는 잎사귀는 빛깔이 죽기는 했으나, 아직도 고유의 진녹색을 그대로 보이고 있다. 흔히 말하는 국방색인 것이다. 그러니까 채 마르지도 않은 채 떨어져버리고 만다. 다른 많은 나무들의 가을잎이 마른 채로 버석거리면서도 나뭇가지에 붙어 있는 것과는 사뭇 다르다.

뚝, 뚝, 뚝, 뚝, 뚝.

일찍이 가을에 빗속에서 산나무열매가 떨어진다는 우중산과락(雨中山科落) 소리를 유심히 들은 중국 시인이 누구였더라? 그러나 이것은 나무열매가 아니라 잎사귀인 것이다. 그것들은 미세한 바람에도 견디지 못하고 아직은 굳건해 보이는 잎자루 끝을 뚝 부러뜨려버린다. 넓은 손바닥 모양으로 생긴 이른바 장상맥(掌狀脈)의 잎사귀가 바람개비처럼 돌아 떨어지는 것은 어찌보면 엽총에 맞은 새 같기도 하다. 이 엄나무의 길옆으로 많은 새들이 깃들고 있으므로 더욱 그렇다.

뚝, 뚝, 뚝, 뚝, 뚝.

그렇게 엄나무 잎사귀들은 떨어지기 시작하여 땅을 뒤덮고, 엄나무는 헐벗은 나무로 변하고 만다. 잎사귀가 우거졌을 때는 하늘로 올라가는 용의 몸뚱아리 형상이었던 나무줄기들은 어이없이 흙 속에 처박힌 모습을 한다. 줄기가 굵은 것에 견주면 우듬지는 유별나게 가늘어서 바늘로 퍼져 있는 실핏줄을 연상시킨다. 그런데 잎사귀가 지고 난 뒤의 나무는 그래도 주위의 다른 나무들과는 달리 여전히 생생한 모습으로 내 앞에 다가선다. 다른 나무들은 가을잎의 조락과 함께 줄기마저 메말라 보이지만 이 엄나무는 그렇지가 않은 것이다. 녹색의 기운이 감도는 짙은 먹색의, 주름진 껍질 때문에 그 빛깔과는 달라도 보아구렁이를 닮았다고도 보여진다. 몸은 팬티스타킹을 바싹 당겨 입은 풍염한 여체의 모습이 비쳐졌다. 그 여체의 주인공은 마치 요가를 하듯 다리를 거꾸로 쳐들고 있다. 난데없이, 하필이면 여체를…… 하면서도 그 모습은 더욱 또렷해졌다. 여체거나 남체거나 그것만으로는 기휘할 아무것도 없는 것이었다. 차라리 찬미해야 마땅했다. 그럼에도 불구하고 나는 분명히 불경스럽다는 감정을 지워버릴 수는 없었다. 내 상상은 드디어 그 나무의 탄력 있는 여체가 어느 날 허물을 벗는 보아구렁이처럼 팬티스타킹을 벗는다는 데까지 이르렀다. 그런 다음에는? 그 얼마 전 예전 번화가로 갔다가 본 플래카드가 떠올랐다. 거기에는 '뱀과 미녀의 환상적인 라이브쇼!'라는 글씨가 큼지막하게 씌어 있었다. '뱀'과 '미녀'는 시뻘건 글씨였고 나머지는 퍼런 글씨였다. 뱀과 여자가 도대체 무엇을 어떻게 환상적으로 한다는 것인지 알쏭달쏭한 일이었다. 내가 엄나무의 어떤 위엄에 남모를 두려움을 느끼면서도 그렇게까지 상상력을 발동시킨 것 자체가 불쾌하기 짝이 없는 일이었다. 나는 그제야 내 형편없는 상상력에 치를 떨었다. 가사미산의 수호신인 이 큰 '마을나무'를 두고 '보아구렁이와 팬티스타킹의 환상적인 라이브쇼'를 결부시킨다는 것은 세상 끝까지 간다 한들 용서받지 못할 일이었다. 그렇다면 내가 스스로의 인간성에 고개를 갸우뚱해볼 때가 있는 것이 어찌 당연하지 않으랴. 더군다나 나는 발목을 삐어서 꽤 여러 날 동안 엄나무 밑의 산책을 중단하고 있다가 간 참이었다. 그리고 그것도 간밤에 여전히 쫓기는 꿈을 꾸고 난 뒤 좀 무리를 해서라도 기분

전환을 해야겠다고 마음먹은 결과였다. '보아구렁이와 팬티스
타킹의 환상적인 라이브쇼'가 어쩌고저쩌고 하는 지경에 이르
러서야 쫓기는 꿈으로부터의 기분 전환은커녕 더한 악몽을 불
러올 전조일 것이었다.

　'마을나무'로 지정되어 보호하고 있다는 팻말이 있는 엄나
무는 '수고(樹高) 18미터, 나무둘레 1.8미터'이며 '수령 120년'
으로서 오래전부터 당나무 구실을 해서 마을사람들이 제사를
올리던 나무라고도 했다. 아닌 게 아니라 나무에는 가까운 언
젠가 당제를 지냈던 듯 빨강·파랑·노랑의 갑사천이 치렁치
렁 묶여 있었다. 그러나 크기로만 따질 때 이 나무는 그리 대
단한 편은 아니다. 근처만 해도 더 큰 소나무와 더 큰 느티나
무가 있다. 하지만 엄나무는 그 검게 주름진 껍질에서부터 어
딘가 기괴한 느낌을 주었고, 그 느낌이 영검 있는 나무라는 데
까지 이어졌다. 엄나무는 작은 것들도 매우 완강한 가시들을
가지고 있다. 그래서 예전 시골에서 역질(疫疾)이 돌면 이 가시
나무를 문 안팎이며 담자 위에 둘러쳤던 기억이 떠올랐다. 이
가시나무가, 가시나무의 가시가 못된 잡귀를 막아주리라고 여
긴 것이었다. 그러므로 내가 이 엄나무에서 영검을 느꼈다고
해서 전혀 터무니없는 짓거리는 아닌 것이다. 이 엄나무는 주

위에 또한 그처럼 나이 든 소나무들을 몇 그루 거느리고 그 가운데 네 갈래의 큰 줄기를 형성하며 다부진 수세(樹勢)를 보여주고 있다. 엄나무의 모양을 모르고, 자세히 살피지 않고서는, 거대한 구렁이나 거북의 각질무늬 같은 껍질의 소나무줄기를 엄나무의 그것으로 보기가 쉽다. 그러나 엄나무는 소나무들의 한가운데 당당하게 위엄을 갖추고 있었다. 분명히 영검 있는 나무의 모습이었다. 그리고 그 옆으로 예전의 마을길이 어디론가 뻗어 있다. 달구지가 지나갈 만한 너비의 길이다. 하지만 이 길은 새로운 택지조성으로 본디의 마을 자체가 사라진 뒤 그대로 버려져 있었다. 마을사람들은 산업기지 개발공사의 보상금을 받고 어디론가 뿔뿔이 흩어져버렸다. 아래쪽으로 새로운 포장도로가 뚫리고 이 엄나무 옆의 길은 한쪽이 끊겼다. 길의 중간쯤에 한 뙈기의 채소밭이 있어서 그 주인이 어쩌다 지나다닐 뿐, 사람 그림자를 찾기가 어려운 길이 되어버린 것이다. 아카시아나무가 덤불을 이루어 양쪽에 늘어서 있고 산새들의 소리만 가끔 들리는 속에 이 폐도(廢道)는 갈 수 없는 세계로 가는 길처럼 놓여 있었다. 과거로 갈 수 있는 길…… 영원으로 갈 수 있는 길…… 이를테면 엄나무는 그 길을 지키고 있는 수호신이었다.

처음 그 나무를 만났던 일을 돌이켜보며 나는 지난 한 해 동안 부지런히 엄나무 밑으로 갔었다. 그동안 나는 내가 영검 있는 나무라고 스스로 믿기로 한 나무에게 '보아구렁이와 팬티 스타킹의 환상적인 라이브쇼'니 뭐니 한 어처구니없는 짓을 용서해주십사고 비는 마음을 진정으로 머금게 되었다. 나무는 이제 겨울 동안 홀로 우뚝 서서 모진 추위와 거센 바람을 맞으리라. 잎사귀를 떨군 나무는 그래서인지 더욱 당당해 보인다.

그러면서 지난겨울은 물러가고 있었다. 역시 시인들은 알고 있었다. 겨울이 오면 봄도 멀지 않았던 것이다. 가사미산의 작은 골짜기에도 버들개지가 은빛으로 부풀고 곧 봄꽃들이 고개를 까딱거리며 피어나 형형색색의 아름다움으로 빛났다. 그와 함께 나는 밖으로 뛰쳐나갔다. 그리하여 발견한 것이, 여전히 인적없이 버려져 있는 길과, 그 길에 수호신처럼 버티고 서 있는 엄나무와 함께 그리고 엄나무에 제사 지내기 위해 지어놓은, 이제는 한쪽 기둥이 다 썩어버린 당집이었던 것이다. 소나무 숲속에 짚 이엉을 얹은 당집은 뒤쪽 흙벽마저 물러앉아 기우뚱한 채 금방이라도 무너지려 하고 있었고, 문설주에는 판독할 수 없는 빛바랜 먹글자가 지나간 세월의 숨결을 잊어버리기가 못내 힘들다는 듯 흐릿하게 남아 있었다. 지난 몇 년 사이에 도시 계획으로 토박이 마을 사람들이 떠나갔다고는 하나 그것은 더 먼 세월 저쪽에서 이미 허물어진 당집이었다. 누가 써놓은 무슨 글자일까 하고 눈을 가까이 갖다대고 한참 동안 금석문 학자나 되는 것처럼 들여다보는 동안 작은 들쥐들이 무너진 흙벽을 넘나들었다. 가사미산의 다른 쪽에서는 전혀 느낄 수 없는 분위기가 그 주변에 서려 있었다.

신령스런 산이여.

순간 나는 그 분위기를 그렇게 받아들여야만 한다고 믿었었다. 물론 전체 규모로 보아서는 가사미산은 노년기의 작은 산에 지나지 않는다. 바닷바람을 맞고 있어서, 이 도시의 한쪽 끝에 있는 한 지방 대학교 학생들의 행글라이더 연습장으로 쓰이기도 하지만, 산으로서는 볼품이 없는 산이었다. 그러나 엄나무 한 그루가 거기 있었다. 자세히 살펴보면 작은 엄나무들이 당집 근처에 어린애 키만 하게들 돋아 있기도 했다. 하지만 그렇게 큰 나무는 온 산을 통틀어 오직 한 그루밖에 없었다. 처음 나무를 보자마자 나는 왠지 가슴이 꽈악 눌리는 느낌을 받으면서 그 밑으로 걸어갔었다. 그러자 그리 오래지 않은 언젠가 켜던 것이라고 짐작되는 촛동강을 보았고, 그 앞에 서 있는 팻말을 보았던 것이다. 누가 밤중에 와서 치성을 드렸구나 하면서 나는 팻말에 쓰인 글을 읽었다.

보호수, 품격: 마을나무, 지정번호: 5-9-2-1-2, 수령:
120년, 수고: 18미터, 나무둘레: 1.8미터, 관리자: 신정
식, 소재지: 수암면 성포리.
옛날부터 부락민들이 당집을 짓고 성황대에 가서 돌을
쌓고 산신제를 지내며 소원을 비는 유래가 있었고 근자
에는 매년 정초에 동민이 재앙을 쫓는 제를 지내는 유래
가 있으며 이 나무를 해하면 큰 화를 입는다는 전설이
있음.

면이나 리라는 표기가 나오는 것으로 보아 시로 승격되기
전에 세워놓은 것이었다. 그러니까 그 나무에 와서 빌던 사람
들은 이제는 인근에는 아무도 없는 것이었다. 그런데 바로 얼
마 전에 켰던 촛동강은 웬 것이란 말인가. 더군다나 그것은 돌
멩이에 기대어 거의 반듯이 서 있었다. 그 마을 사람들은 떠났
어도 여전히 엄나무의 영검을 믿고 찾아와 비는 사람이 있다.
그 사람은 옛이야기에 흔히 나오는 대로 필경 여인일 것이다.
나는 엄나무의, 옹이 하나 없이, 마치 하늘로 승천하려는 검은

용(龍)처럼 뻗어 있는 검은 줄기를 더듬어 우듬지 쪽으로 눈길을 들었다. 한 뿌리에서 난 네 줄기는 구불거리며 하늘로 올라가다, 뜻밖에도 땅속 몸뚱이가 하나로 붙어 있기 때문에 그만 어쩌지를 못하고 멈추어버린 형국이었다. 그러나 거무칙칙한 네 개의 몸뚱이들은 아주 굳어버린 것이 아니라 지금 당장이라도 여차하면 다시 구불거리며 하늘로 올라가려는 이무기의 기세였다. 어느 어두운 밤, 하얀 옷을 입은 여인이 촛불을 밝혀 놓고 일렁이는 그림자를 뒤로하여 치성을 드렸던 것이리라. 바로 아래, 새로 닦은 길로는 레미콘차와 덤프트럭 들이 줄지어 달리고, 산꼭대기에는 청바지를 입은 남녀 대학생들이 행글라이더를 타고, 오가는 이 없는 뒷길을 지키게 된 세태에도 엄나무는 아랑곳하지 않고, 그의 도움을 필요로 하는 사람에게는 영검을 보여주는 것이리라.

그리고 어느 날 엄나무 밑에서 나는 어떤 여자의 모습이 떠올랐다.

류, 여기 와서 치성을 드리시오. 나는 속으로 그렇게 부르짖고 있었다. 그리하면 평안을 얻으리다. 이 과학 만능의 시대에 내가 어찌하여 그런 미신을 믿고 있는지는 아리송한 일이었다. 하지만 나는 분명히 엄나무의 영검을 생각하고 있었다. 모든 나무에 정령이 있다는 말이 떠올랐다. 그와 함께, 어떤 사람이 나무를 보고 '이놈을 베어야지' 하고 말하자 그 나무가 시들더라는 거짓말 같은 이야기도 떠올랐다. 그러나 그런 종류의 이야기를 유추해서 내가 영검 운운하게 된 것은 아니었다. 가사미산의 엄나무는 그것을 보는 순간 나를 사로잡는 무엇이 있었다. 다른 사람에게도 똑같이 그런 느낌이 전달되었는지는 나로서는 말할 필요가 없다. 그것은 아무려나 나하고는 상관이 없는 일이었다. 류, 여기 와서 치성을 드리시오. 그리하면 평안을 얻으리다.

그러자 지난 초가을 불현듯 경주행을 감행한 것도 엄나무와 무슨 연관이 있을 듯싶었다. 처용과도 무슨 연관이 있을 듯싶었다. 그랬기 때문에 나는 그녀에게 순결을 뜻한다는 백옥의 쌍가락지를 사준 것일 터였다. 봄이면 요염한 꽃빛을 자랑하는 부겐빌레아꽃을 말려 죽이면서까지 기어코 순결을 강요하고 있었던 것일 터였다. 확실히, 처용은 제 아내를 범한 사내를 용서해줌으로써 숭앙을 받게 된 인물이었다. 그런데 나는 미리 그녀의 실절(失節)을 염려하여 백옥 쌍가락지를 사준 것일 터였다. 순결을 믿고 있다는 것과 순결을 믿고 싶어 한다는 것, 나아가서는 순결을 강요한다는 것 사이에는 엄청난 차이가 있었다. 아니 어쩌면 이 시대에 그따위 가치 체계를 붙들고 있으려고 아등바등한다는 사실부터가 케케묵은 사고방식의 결과인 것이다…… 나는 상상력을 비약시켜 이 생각 저 생각을 머릿속에 굴렸다. 형편없는 과대망상이라고 스스로 위안하면서도 한심한 노릇이었다. 그러나 이렇게 된 이상 추악한 상상력을 이끌어가지 않을 수가 없었다. 그 결과는 참담한 것이었다. 도무지 결론을 이끌어낼 길이 없었다. 상상력을 단근질이라도 하려는 듯 나를 시련으로 이끌어갔으나 퍼뜩퍼뜩 거기서 깨어난 나는 백옥의 쌍가락지에 마치 족쇄라도 채인 느낌이었다.

그녀가 만약에?

나는 언젠가의 꿈을 회상했다. 거기서 그녀는 이른바 '실오라기 하나 걸치지 않은' 알몸뚱이 모습으로 웬 사내와 격렬한 정사를 벌이고 있었다. 그녀의 유방과 사타구니와 엉덩이가 번갈아 나타났다가 사라졌다. 그리고 그녀를 꼭 끌어안고 충혈된 눈동자를 하고 헐떡이는 사내. 그런데도 나는 분노하기는커녕 덩달아 열띤 욕구로 얼굴이 벌겋게 달아오르고 있었다. 그렇다면 나는 언제부터인가 그녀의 순결에 대해 본질적인 갈등을 품고 있었음이 드러난 셈이었다. 남의 아내의 순결에 대하여 본질적인 갈등이라니, 참으로 어처구니없는 노릇인 것이다.

어쨌든 백옥의 쌍가락지는 순결을 뜻했고, 엄나무는 순결을 잃은 뒤의 용서를 뜻했다. 이 둘이 서로 같은 가치를 지향하는지 어떤지는 알 수 없었다. 모호하기 짝이 없었다. 나는 이렇게까지 상상해온 내가 차라리 저주스러웠다. 이것만 보아도 내가 쫌팽이면 쫌팽이었지 처용처럼 관대해지기는 틀린 노릇임이 뻔했다.

그런 어느 날 밤이었다. 나는 홀로 엄나무로 향했다. 하늘과 땅의 조화를 꿈꾸는 자연의 망루……그러나 내 낡은 골덴토퍼 주머니에는 백옥의 쌍가락지가 들어 있었다. 그녀가 내 집 싸구려 장식장 모서리에 놓아두었던 것이었다. 달도 구름에 가렸는지 하늘은 어둠 속에서처럼 희끄무레했다.

아무리 야행성이라지만 밤에 그곳으로 가게 된 것은 처음 있는 일이었다. 내가 그런 행동을 하고 있는 까닭은 나 스스로도 알 수 없었다. 찬바람을 쐬러 바깥으로 나가고 싶었고, 바로 그 순간 쌍가락지가 눈에 띈 결과였다.

나는 남들에게 들켜서는 안 되는 의식을 행하려는 사람처럼 살그머니 아파트 단지의 후문을 빠져나갔다. 길 건너 아직 공사가 진행되고 있는 주공아파트 뒤로는 어둠이 짙게 깔려 있었다. 나는 몽유병자의 모습으로 그 뒤를 걸어갔다. 잘그락 잘그락 백옥 쌍가락지가 서로 부딪치는 소리가 들려왔다. 나는 주머니에 손을 넣어 쌍가락지를 손안에 거머쥐었다.

얼마 가지 않아 축대가 나타나고 그 위로 가파르게 깎인 흙면이 앞을 막아섰다. 그리고 곧장 올라가면 엄나무가 우뚝 선 옛 성황당길이 나타날 것이었다. 나는 손안에 쌍가락지를 쥔 채 축대 위에 올라섰다. 그리고 가파른 경사면을 엉금엉금 기다시피 오르기 시작했다.

백옥의 쌍가락지는 순결, 가시 돋친 엄나무는 더럽혀진 순결의 용서.

지나치게 가파른 비탈이었다. 나는 긴장했다.

실제로 과학적으로는 쌍가락지와 순결은 무관한 것이다. 엄나무와 처용도 무관한 것이다. 이른바 '교육'을 받은 내가 그것을 모를 까닭이 없었다. 그러나 그럼에도 불구하고 나는 백옥의 쌍가락지를 손안에 꼭 쥐고, 검게 하늘로 솟아 있는 엄나무를 향해 힘겹게 한 발짝 한 발짝 옮겨놓고 있는 것이었다. 다리가 후들후들 떨려서 그 한 발짝 한 발짝이 험하고도 먼 길이었다.

하늘과 땅의 조화를 꿈꾸며, 살아 있는 망루처럼 버티고 선 엄나무, 그 밑에 이르러 백옥의 쌍가락지를 놓고 무엇인가 빌려고 함이 확실했다. 그러나 그녀의 순결과, 순결을 잃은 뒤의 용서를? 과연 이렇게 구체적인 문제까지 다가가자 그만 아득해졌다. 딱정벌레처럼 비탈이 붙어 있는 내 행동의 근거부터가 의심스러웠다. 발밑으로 흙부스러기가 아래로 흘러내리는 소리가 났다.

그때였다. 왼쪽 발이 힘을 못 받는다 싶은 순간 내 몸은 비탈에 꼼짝을 못하고 붙박였다. 붙박인 게 아니었다. 헛디딘 왼발을 보좌하여 땅바닥이라도 할퀴어 쥐었어야 했을 왼손이 쌍가락지를 움켜잡은 조막손으로서 무력하게 허공을 휘저을 능력밖에 없었던 결과였다. 내 몸은 아주 짧은 동안, 비탈과 일정한 각도를 유지하며 딱정벌레가 아니라 박쥐처럼 위태롭게 매달려 있었다. 그리고는 뒤에서 누가 휘익 낚아채듯이 미끄러져 굴러떨어졌다.

"악!"

순간 나는 비명을 질렀을 뿐이었다. 가파른 비탈을 주르르 미끄러져 축대의 턱에 한 번 부딪친 다음 보도블록이 깔린 바닥에 나는 콱 처박히고 만 것이었다. 엉겁결의 찰나에도 나는 이대로 있다가는 죽는다는 생각이 얼핏 머리를 스쳤다. 그리하여 간신히 몸을 추스른 나는 그야말로 혼비백산하여 집으로 돌아왔다.

그리고 화장실에 들어가 상처를 자세히 살피려고 했을 때 한 손이 영원히 조막손이 된 것처럼 여전히 쌍가락지를 꼭 넣어 쥐고 있다는 사실을 알았다. 그것으로써 그녀의 순결은 증명되었다.

아니, 과거의 어느 날에 혹시 순결을 잃은 적이 있더라도 그것은 문제되어서는 안 되었다.

나는 꽤 많이 다쳤다. 다친 부위가 주로 얼굴이었으므로 그로부터 여러 날 동안 집 안 구석에 처박혀 있는 신세가 되었는데, 그러면서 나는 그 일에 관해 몇 가지 생각에 도달하게끔 되었다.

즉, 모든 것은 내 지나친 아집 때문에 일어난 일이라는 것, 공연히 그녀의 순결을 강요하고 더군다나 순결을 잃었을 때의 용서까지 운운했음은 내 추악함을 노출했음에 다름 아니라는 것, 밤에 엄나무를 향하여 갔던 일은 쌍가락지나 엄나무의 뜻을 믿기보다는 그것들을 내 뜻대로 부려보고 싶어 한 자만심의 발로라는 것, 비록 검은 꽃은 아직 못 그렸을지라도 어둠 속의 나무를 통해 하늘과 땅의 조화를 보려 한 화가에 대해

깔보고 싶어 했다는 것, 즉 그 엄나무를 나만의 특별한 나무로 삼고자 했다는 것 등등.

그러나 그런 생각들도 결국은 어거지로 얻어진 것들인지도 모른다. 나는 여전히 쌍가락지와 엄나무의 역할에 대해 골똘히 생각하곤 했고, 그로 인해 마음을 끓였다. 그녀의 순결은 내 속절없는 바람이었다. 하지만 만약에? 그녀는 언젠가는 내게서 또다시 떠날 것이었다.

백옥의 쌍가락지는 순결, 가시 돋친 엄나무는 더럽혀진 순결의 용서.

나는 어둠 속에서 묻혀가는 저녁답의 엄나무 쪽을 바라보고 가만히 탄식했다. 그러나 그 뒤부터 그 가시나무 밑은 우리에게는 가장 은밀하고도 은성한 밀회장소가 되었던 것이다. 물론 그곳이 예로부터 신성한 장소로 동네 사람들에게 인식되어 온 이상 우리의 행위도 그만큼 신성하지 않으면 안 되었다. 그러므로 그곳에서의 우리의 정사는 일종의 종교 행위와도 같았다고 고백한다. 모든 사랑은 종교 행위로 승화되어야 한다는 것이 내 이상이기도 한 것이다.

모든 남녀는 상대방의 육체에서 신을 발견하려고 노력한다. 그것이 성(性)인 것이다.

그러나 그럼에도 불구하고 나는 여전히 류와의 사랑의 완성을 어떻게 성취할 수 있는가 고통스럽게 생각하지 않으면 안 되었다. 그러나 그런 것은 아니었다. 우리는 만나지 않으면 안 되었다. 그리하여 필연적으로 다시 만났다고 믿는다.

하지만 나는 그녀와 만나면 만날수록 그것이 우리가 또다시 헤어져야 한다는 사실을 확인하는 일임을 깨닫지 않을 수 없는 것이었다. 한번 지나간 사랑은 그렇게 완성되어 있었다고 나는 말해야 한다. 그것이야말로 미완성의 완성이라고 해야 할 것이었다. 그러므로 진정한 사랑의 완성을 뜻한다면 그것은 헤어짐 속에서 찾아야 하지 않을까. 나는 그 사실을 아픔으로 받아들여야 한다고 느끼고 있었다.

"저기 집이 있지? 저기서 밤을 샐 수 있을까?"

나는 한 귀퉁이가 무너져가는 흙집을 가리켰다.

"저긴 왜?"

"저 집, 상엿집이야."

"그게 뭔데?"

예전에는 마을마다 상여를 넣어두는 집을 짓고 필요에 따라 사용했으며, 저 집이 바로 그것이었다고 나는 설명해주었다.

"그럼 누군가 죽으면 저기서 상여를 꺼내……?"

그녀의 물음에 나는 머리를 끄덕였다. 그리고 그녀의 손을 잡아끌었다. 그녀는 뜻밖에 순순히 끌려왔다. 죽은 사람을 싣고 가는 여행에 기꺼이 동참하겠다고 쉽게 결정했음을 나는 알아차렸다.

우리의 행동이 무슨 뜻이었을까. 어두운 상엿집 안으로 들어선 나는 아무 말 없이 그녀를 끌어안고 알몸 속으로 손을 뻗쳤다. 그녀는 오래전부터 그곳에서 그러기를 기다려온 여자 같은 몸짓으로 나를 받아들였다. 우리는 그때 그렇게 죽음의 그림자를 보고 있다고, 나는 믿었다.

코끼리새

류와 다시 만나기 바로 직전의 일이다. 하지만 류가 그 사실을 안다고 해서 아무런 거리낌은 없다. 나는 이제는 진심으로 아무도 사랑하지 않기로 하고 있었던 것이다.

어느 날 텔레비전에서 〈퀴즈탐험 신비의 세계〉라는 프로그램을 보고 있던 나는 또다시 그 새를 보게 되었다. '또다시'라고는 하지만 첫 번 그것이 역시 텔레비전을 통해서였다는 것만 기억될 뿐 언제의 무슨 프로그램이었는지는 분명치 않다. 또한 먼젓번 보았을 때는 이름도 조금 다르고, 살고 있는 곳도 다른 곳이었다는 생각이 들었다. 그 새는 이쪽 나무에서 저쪽 나무로 날아 건너뛰며 나뭇가지에 매달린 열매를 부리로 쪼아 따고 있었다. 몸이 둔중하고 커서 공중에 잠깐이라도 머물듯이 떠 있는 행동이 불가능하므로 쉬운 일이 아니었다. 엄청나게 커다란 새인데도 빨강과 노랑과 초록으로 알록달록한 빛깔은 유난히 화려했다. 인도네시아의 한 섬인 셀레베스에 사는 코끼리새, 혹은 코뿔새.

그 이름을 듣는 순간 나는 아득하게 먼 어떤 곳으로 가고 있다는 느낌이었다. 그곳은 세상에서 가장 멀 뿐만 아니라 알 수 없는 곳이었다. 알 수 없는 심연 같은 곳이기도 했다. 이상한 새가 사는 섬. 물론 텔레비전에 나오는 설명에 따르면 코끼리새가 사는 그곳은 오랜 세월 동안 대륙과 떨어져 독특한 동식물들이 사는 곳으로 되었다는 것이었다. 나는 그곳보다도 더 아득히 절연되어 있는 어떤 곳으로 가고 있었다. 그곳은 이 세상에 없는 곳이 분명하다고 여기면서도 이 세상 어디엔가 있어야만 한다고 생각되었다.

나는 두 번째로 그 새를 텔레비전으로 보았다고 했다. 그런데 첫 번째는 그 이름을 듣지 못했는데 그것이 코끼리새라는 사실을 두 번째 봄으로써 비로소 알게 되었고, 바로 그 순간 어떤 깊은 심연으로 빠져들어가는 느낌에 사로잡혔던 것이다.

그러나 실상 나는 그 새를 보지 못했던 내 지난 인생의 시절에도 몇 번 그 이름을 입에 올렸던 적이 있었다. 그것은 이상한 일이었다. 그 새의 이름은 국어사전을 찾아봐도 나오지 않고 백과사전을 찾아봐도 나오지 않는다. 그러므로 텔레비전의 해설에서 그렇게 나오는 것은 외국 이름을 뜻 그대로 번역한 것이 틀림없었다. 세상에 뒤늦게 알려진 것이므로 편의상 그렇게 부르는지도 몰랐다. 그거야 아무려나 상관없었다. 다만 나는 그 이름을 알기 전에 단지 그 이름을 내 입으로 소리 내어 불러본 적이 있었다. 하지만 흔히 우리가 그렇듯이, 먼저 어떤 것에 대해 이러쿵저러쿵 이야기를 했는데 무슨 조화인지 그 이야기의 대상이 곧 눈앞에 나타나게 되었을 때 느끼게 되는 신통한 예언의 자기최면 같은 것에 걸릴 필요가 없을 것이다. 내가 그 새를 보기도 전에, 그 이름을 한두 번 읊었다고 나 자신 이상한 경험이라고 신비주의자 같은 감정에 빠지지 않는다. 나는 영적 체험이 어떠니 하면서 함부로 종교적이 되는 사람들의 알 수 없는 영혼에 어리둥절하지 않을 수 없는 입장인 것이다. 영혼이란…… 함부로 이야기할 것이 아님을 나는 안다.

그러므로 나는 잠깐 뒤에 내가 코끼리새를 입에 올린 이야기를 쉽게 쉽게 가벼운 이야기로 하려고 한다. 인생이란 지내놓고 보면 뭐 그다지 기쁘지도 않은 것이며 슬프지도 않은 것이기 때문이다. 그리고 어쩌면 그 이야기의 배경이 되는 시절은 내게는 잊힌 세월이라는 생각도 든다. 아니 그것이 내 인생이 아니었다는 생각마저 든다. 내가 아무리 상세하게 이야기해도, 꽤 오랜 세월 동안의 내 방황을 남들은 곧이듣지를 않는 것이다. 이에 관해 내가 1970년대의 꼬박 십 년 동안을 이런저런 직장 생활을 하면서 보냈다는 엄연한 역사적 사실을 밝히면, 도저히 믿지 못하겠다고 놀란 눈으로 빤히 내 얼굴을 쳐다보는 사람이 있는 것이다.

한때 직장을 놓고 있을 때 나는 한 친구로부터 뜻밖의 제안을 받았다. 예전에 뜨내기 직장에 함께 있던 친구였다. 그와 함께 서해안의 새로운 도시로 놀이 삼아 가보지 않겠느냐는 제안을 받았다. 그와 나는 그리 친한 사이라고도 할 수 없었다. 그러나 나는 그 무렵 몹시 피폐한 상태에 있었다. 나는 여전히 여러 가지 의미로 쫓기고 있는 몸이었다. 사회로부터 버림받고 있었다고 해도 지나친 말이 아니었다. 나는 차라리 가장 밑바닥 생활이 그리웠다. 아니면 아예 땅속으로 꺼져버리든가 하늘로 날아올라가버리든가 하고 싶었다. 하지만 뾰족한 수가 없었다. 싸구려 지하실 방을 얻어 굼벵이처럼 사는, 하루하루가 지겨운 날의 연속이었다. 그러므로 나는 그 말을 듣는 순간

귀가 솔깃했다. 그와 함께 가자는 것은 그곳에 마땅한 일자리가 있다는 뜻을 담고 있었다.

나는 우선 만나서 얘기하자고 말하고 전화를 끊었다. 그가 같이 가자고 하는 것은 단순히 내가 직장이 없이 지내는 꼴이 한심하게 보여서일 까닭도 있을 것이다. 그러나 그것보다도 그 자신의 외로움 때문일 것이라고 생각했다. 그러나 어쨌든 좋았다. 그가 "같이 안 갈래?"라고 말을 던졌을 때, 그 말은 강한 요구였고 호소였다. 그런데 그 말이 강한 요구였든 호소였든 그것을 떠나서 나는 순간적으로 내 머리를 스치는 무엇을 느꼈다. 그것이 무엇인지는 형용하기 어렵다. '날개!'라고 진부하고도 노골적으로 말할 수도 없다. 공단이라는 곳에 더군다나 경비원으로 간다는 친구가 같이 가자고 했대서 '날개!'를 외친다는 것부터가 우스운 노릇이었다.

날개란 찬란한 것이다.

그런데 그 직종은 누가 보아도 찬란한 직종이라고는 하기 어려웠다. 이것은 직업에 귀천이 없다는 말과는 다른 것이다. 그러므로 나는 '날개!'라고 표현하지는 않는다. 그러나 내게는 그 지하실을 탈출할 수 있다는 것부터가 비상인 것이었다. 하기야 험한 일자리를 구하자면 서울 바닥에도 얼마든지 있을 것이었다. 그러나 서울에서의 탈출을 나는 꿈꾸고 있었다고 보아야 한다. 그러므로 괴로운 유충으로 이러지도 못하고 저러지도 못하고 꿈틀거리고만 있었다고 보아야 한다.

미지의 세계를 동경하지 않는 자 누가 있으랴만, 그놈의 미지의 동경 때문에 나는 종종 나 자신의 위치를 잃어버렸던 것이다. 남들이 다 가는 보장받는 길을 결코 걷고 싶지 않았기에 얻은 결과였다. 나는 온갖 모험에 부풀어 찬란한 날개를 꿈꾸었던 지난날을 돌이켜보았다. 오랜 세월이 지나서 그 꿈의 날개에서는 금빛 가루들이 다 떨어져나가고, 나는 다시금 태어나지 않으면 안 되게 되어, 유충으로 머물러 있었던 것이다. 친구의 별 볼 일 없는 한마디는 그래서 내게 구원의 '말씀'처럼 들린 것인지도 모른다. 그렇다. 그래서 나는 친구의 말을 몇 번이나 되새기며 온몸에 잔잔한 기쁨의 전율마저 느낄 수 있었던 것이다.

그래, 떠나보는 거다.

"웬일이에요?"

그녀가 내 얼굴을 바라보며 물은 것도 무리는 아니었다. 내 얼굴이 그렇게 밝게 상기되어 있다는 것을 나는 알고 있었다. 여기서 나는 분명 '그녀'라고 했다. 그러나 그 무렵 내가 연립

주택의 지하에서 '그녀'와 함께 살고 있었다는 사실만 먼저 말하고 자세한 것은 뒤로 미루기로 한다. 어쨌든 지금은 우선 미지의 세계로 떠나야만 하는 것이다.

나는 과연 날개를 단 것일까?

이 물음에 대해서 나는 대답하기를 거부한다. 이런 물음은 모든 날짐승에게나 물어보아야 할 것이다. 하지만 내가 그 지하에서 지상으로 올라왔다는 것만은 확실했다. 친구 녀석과 함께 서해안의 공단을 찾아 떠나게 된 것이다.

"또 만났구나 이렇게."

그는 새삼스럽게 감개가 무량하다고 말하고 있었다. 나와 함께 또다시 일하게 되었다는 사실이 그렇다는 것이었다.

"지겹다."

나는 버스에 나란히 앉아서 난생처음 가는 길을 내다보았다. 사실 좁디좁은 땅덩어리에서 어디 가서 산들 그것을 낯간지럽게 새로운 땅에서의 삶이라고 할 수는 없었으나 밥벌이의 터전을 옮긴다는 것은 확실히 새로운 땅에서의 삶이었다. 그러나 내가 지상으로 올라왔다고 하더라도 내 꼬리는 아직 지하에 박혀 있다는 느낌이었다. 그 지하의 방은 아직 내 방으로 남아 있었다. 그리고 방이 빠질 때까지 굳이 이름을 밝힐 필요까지는 없을 그녀를 그곳에 남겨둔 것이었다. 그 여자는 내 대리인인 셈이었으나 볼모에 다름 아니었다.

그녀에 대해서는 나는 별달리 이야기할 것이 없다. 나는 그녀에게 오직 "언제든지 떠날 테면 떠나라"고만 말했을 뿐이었다. 어떠한 언질도 줄 수 없었고 또 주기도 싫었다. 이것이야말로 내가 지난 세월 동안 사귀다 헤어진 여자들로부터 물려받은 유산이었다. 산다는 것은 너무나 많은 공격 앞에 노출된다는 것을 뜻했다. 그러므로 나같이 용기 없는 자는 앞으로 나아가면 안 되었다. 하기야 내게는 그런 여자가 적격이었다. 차창 밖을 내다보면서 나는 어서 빨리 꼬리마저 빠져나와야 할 텐데 하고 생각했었다.

새로운 땅은 멀지 않았다. 그는 벌써 몇 번이나 그곳에 와보아서인지 익숙하게 움직였다.

"우선 내가 있는 데로 가서 오늘을 지낸 뒤에."

그는 시외버스에서 내려 다시 시내버스로 갈아탔다. 그가 정해놓은 숙소는 시내버스에서 내려서도 상당히 걸어 들어가야 하는 곳이었다.

"새뿔이라는 데지, 경기도 반월공단의."

새로 조성된 시가지의 빌딩들과 아파트촌과는 대조되게 그곳은 예전부터 있었던 마을 같았다. 방값이 싸서 그곳에 기어들었다고 그는 말했다.

"새뿔."

"응 한자로 새 신(新) 자, 뿔 각(角) 자를 써서 신각이라고도 한대."

그가 얻어놓은 방은 그래도 번듯하다 싶은 집의 문간방이었다. 아무려나 상관없는 일이었다. 새뿔이라는 말을 처음 들었을 때 그 새가 날아다니는 새였으면 좋겠다고 생각한 것이 어긋나서 섭섭하다는 느낌 말고는, 그러나 그럼에도 불구하고 나는 그 이름이 새의 뿔이라고만 머리에 새겨져서 자못 경이로운 나라에 온 듯했다. 내게 있어서 새는 어차피 어떤 상징이었다. 나는 종종 그 상징에서 벗어나려고 몸부림치곤 했지만 그것은 헛일이었다. 새의 상징은 단순히 그 날아오름에만 있지 않았다. 어느 날 새들은 죽어서만 하늘에 떠 있는 것 같았다. 그럴 때마다 나는 오싹 놀라 하늘을 응시하고는 했었다. 그렇다면 내가 지하에서 꿈꾼 비상은 무엇이었을까. 뿔 달린 새? 그러나 그런 새는 이 세상에 없었다.

"참 이상한 데까지 왔어."

나는 중얼거렸다. 그것은 나 자신에게 하는 말이었다.

"이상한 데 아냐."

그는 그래도 나를 위로했다.

"이상한 데야. 뿔 달린 새……"

"그게 아니라 새로운 뿔이라니까."

방구석에 짐을 몰아놓은 그도 뭔가 처연한 기분에 사로잡혀 있음이 느껴졌다. 그 모습은 마치 봄에 새로운 뿔이 돋고 있는 늙은 수사슴을 연상시켰다. 문득 눈을 들어 살펴보면 우리는 아직 젊은 나이였다. 그런데 왜 이렇게 늙어버렸는지 모를 노릇이었다. 우리나라에서는 왜 삼십 대 초반의 나이가 가장 늙은이처럼 되어 있는 것일까 하고 나는 생각했다.

"그래도 뿔 달린 새만 떠올라. 어떻게 됐나봐."

나는 먼지가 묻어나는 방바닥에 털썩 주저앉았다.

"너야말로 시인이구나. 코뿔새 같은 소리만 하고 있으니."

"코뿔새?"

그렇다. 이렇게 그 코뿔새는 내 입에서 나온 것이었다.

"그래. 그런 게 있다. 밤마다 여기 뒷산에 와서 운다, 왜?"

그는 나의 '뿔 달린 새'에 대해 엉뚱하게 코끼리새 혹은 코뿔새라는 걸 내세워 공박하고 있었다. 아무려나 좋았다. 나는 서울의 지하실 방이 빠지는 대로 '독립'을 하기로 하고 있었다. 그동안 나는 어쩔 수 없이 새로운 뿔이 아닌 새의 뿔에 임시 둥지를 틀어야 하는 것이었다. 그러므로 그와 코끼리새 혹은 코뿔새에 대해 이러쿵저러쿵하고 있을 겨를이 없다. 바람에 창문이 덜컹거렸다.

"이불이니 뭐니 그래도 대충 갖고 올걸 그랬나?"

그 휑뎅그렁한 방에 그와 함께 누워서 밤을 지낼 일이 은근히 걱정스러웠다. 밤에 무슨 새라도 와서 끼룩끼룩 울어댄다면 코끼리새든 코뿔새든 더 어마어마한 이름을 붙여도 좋으리라 싶었다.

"하여튼 며칠 지내봐. 이러고 있을 게 아니라 간단한 짐들이라도 해야지."

그도 스산하기는 마찬가지인 모양이었다.

"그러자. 오다 보니까 가게가 있던데, 막걸리라도 두어 병 사오지."

나는 일어났다. 우리는 함께 밖으로 나왔다. 몇 미터의 골목을 벗어나자 가게가 있었다. 우리는 막걸리 두 병에 오징어를 비롯한 간단한 안주를 샀다.

"저기 코끼리새가 나타나는 언덕에 올라가 한잔하고 볼까?"

그가 뒤편을 가리켰다. 그 을씨년스러운 방구석에 찾아들고 싶지 않아서라고 나는 판단했다. 뒤편 언덕 위의 파릇파릇한 풀밭 위로 올라간 우리는 가져온 것들을 내려놓았다. 그리고 동시에 눈을 들어보니 멀리 벌판을 가로질러 공단이 한눈에 들어왔다. 우리는 망연히 그곳을 쳐다보았다. 나는 갑자기 그가 왜 코끼리새를 들먹이는지 알 수 없었다. 그때야 그저 그러려니 했지만 그도 역시 새뿔이라는 지명에서 새의 뿔을 연상하고 있었으며 그것이 엉뚱하게 코끼리로 연결되지 않았을까 하는 생각이 든다. 그러나 코끼리새에게도 뿔은 없는 것이었다. 그런데 그가 그러는 걸 보면 그 나름대로 새로운 땅에서의 새로운 각오를 다짐하는 것처럼도 보였다. 나는 웬일인지 가슴이 무거워진다고 생각했다. 한참을 아무 말 없이 바라보던 우리는 그만 눈을 돌린다. 그러자 뜻밖에도 그리 멀지 않은 벌판 저쪽으로 작은 열차가 달려가는 게 눈에 들어왔다. 나는 그 언젠가 배 짓는 곳에서 보곤 했던 그 작은 열차가 떠올라 가슴이 저렸다.

"저게 협궤열차야. 장난감 열차지. 술이나 먹지."

"협궤열차……"

나는 처음으로 그 이름을 들은 듯 중얼거렸다. 그러나 열차는 곧 자취를 감추었으므로 공통 관심사는 술밖에 없었다. 하지만 나는 그도 나와 똑같은 느낌에 사로잡혔으리라고 확신했다. 나는 작은 열차가 사라지는 걸 보며 멀고 먼 이역 땅으로 간다는 상상을 하곤 했다. 작은 열차는 아무도 가보지 못한 신비한 어떤 땅으로 가려고 꽁무니를 감추고 있었다. 어디론가 가물가물 이어지며 산 넘고 물 건너 달려가는 열차에 내 몸을 싣고 싶었다. 둔황은 얼마나 멀며, 로우란은 얼마나 멀며, 쿠차는 얼마나 멀며, 천산은 얼마나 높은 것일까. 열차를 타고 그곳으로 가서 무슨 말인가 나누고 싶었다. 그리고 아무도 모를 나의 말, 아마도 틀림없이 '사랑'이라고 소리 되어 나올 나의 말을 들려주고 싶었다.

나는 그의 잔에다 뿌연 막걸리를 따랐다. 그렇게 말한 건 확실히 뭔가 불안한 때문이었다. 그래서인지 그 말도 이젠 우스개로 되어 나오지 않았다. 두려웠다고 해야 할 것이었다.

"자, 받아. 새뿔 시인."

나보다 먼저 이곳에 눈을 돌린 그도 도리 없이 불안하기는 마찬가지인 모양이었다.

"건배!"

우리는 얇은 플라스틱 술잔을 부딪쳤다. 그리고 단숨에 마셨다.

"너 경비 같은 걸 해봤니?"

그가 물었다.

"아니."

물론 내게 그런 경험이 있을 리 없었다. 그러나 나는 하나의 망루(望樓)를 기억하고 있었다. 그 망루는 변두리의 공장에 있었다. 그 공장에 왜 망루가 필요했는지는 알 수 없었지만 한 달 남짓쯤 나는 거기서 경비원 비슷이 생활하다시피 했었다. 밤에 공장을 지켜준다는 명분이었는데, 그곳은 어떤 일로 쫓기고 있던 내게 훌륭한 도피처가 되어주었다.

"뭐 별건 없대."

"아무래도 괜찮아. 우선 굶어 죽지만 않으면 되니깐. 공단 안에도 망루 같은 게 있을까?"

나는 예전의 그곳이 그리웠다. 그리 높지 않은 그곳이나마 홀로 앉아 내려다보고 있으면 높디높은 곳으로 날아올라 있다는 착각이 들곤 했었다. 그것이 비상이었을까.

그러고 보면 나 자신이 모순된 인간임에 틀림없었다. 나는 언제나 좁은 골방 속에 파묻히고 싶어 했으며 또한 드높은 하늘로 날아오르고 싶어 했다. 이 두 가지 상반된 마음이 나를 이루고 있는 것이었다. 나는 엄청난 부자를 꿈꾸었으며 동시에 밑바닥 가난뱅이를 꿈꾸었다. 그래야만 내 삶은 완성될 수 있었다.

"망루 같은 건 없을 거야. 교도소나 군대 같은 데나 있으니까."

이렇게 말하는 도중에도 우리는 은밀하게 제각기 미래를 노려보고 있었으리라.

"그래, 넌 앞으로 어쩔 거니?"

그가 물었다. 그것이 그가 미래에 대해 생각하고 있었다는 증거였다.

"앞으로?"

"응."

"그야…… 뭐…… 일하면서 생각해봐야지."

나는 얼버무렸다. 그러자 느닷없이 사막 같은 곳이 머릿속에 펼쳐졌다. 그곳에 지평선으로 가는 길이 이어지고 있었다. 이를테면 로우란에서 둔황으로 가는 비단길의 어디쯤일까. 이제 새로 태어났으니까 새로운 설계가 필요하다고 말하고 싶었으나 그 길이 떠오르는 통에 왠지 어리둥절 입이 다물어졌다. 우스꽝스러워져서가 아닐 것이었다. 나는 그때 한때 학교 때의 상대인 류와의 헤어짐 이후 처음 본격적으로 만난 한 여자로부터 버림받았으며 틀림없이 그 보상심리의 결과로 잘 알지도 못하는 여자와 죽도 밥도 아닌 관계를 이끌어오고 있었다. 일단 버림받은 사람은 나아가 스스로 더 버려짐을 택함으로써 보상받으려 하는 것이다. 이러한 방법으로 인간은 파멸을 자초하여 자기 것으로 하는 방법을 익힌다. 이리하여 나는 떠나간 여자들과 지하실의 여자를 번갈아 생각한다. 그리고 느닷없이 영원한 세상을 꿈꾼다. 어림없는 일이었다. 그런데 비단길의 한 모퉁이라니?

미래란 과연 있는 것일까? 있다면 그것은 내게 어떻게 펼쳐질까? 이런 질문들과 함께 나의 새 삶은 시작된 것이었다. 새뿔 마을의 뒷산에 코끼리새가 없듯이 그곳에 망루라는 게 있을 리 없었다. 그러나 알루미늄 새시로 짜놓은 상자갑 같은 초소 안에 밤에 홀로 앉아 있을라치면 망루와 같은 느낌은 들었다. 내가 그렇게 생각을 몰아간 때문인지도 몰랐다.

나는 끊임없이 망루를 생각하고 있었다. 아니라면 절해(絶海)의 고도(孤島)를 생각하고 있었다는 것도 옳다.

밤에 집어등을 매단 배를 타고 망망한 바다 한가운데서 오징어잡이를 해본 후배의 말에 의하면, 육지로부터 수백 리도 더 떨어진 그곳에 웬 나방이와 잠자리 들이 그렇게 많이 몰려

오는지 알 수 없다고 했다. 왜, 어떻게 바다 한복판 불빛에 와서 부딪혀 바닷물로 떨어져 죽는지 알 수 없다고 했다. 그러니 내가 날개를 달았다 하더라도, 그리하여 어디론가 미래를 향하여 날고 있다 하더라도 그것이 그와 같은 무모한 짓일 수도 있는 일이었다.

'왜? 어떻게?'

'그 날개들은 그 망망한 바다로 날갯짓을 해야만 했을까?'

불가사의한 일들이 이 세상에는 한없이 많았다. 나 역시 불가사의한 삶을 살고 있지나 않은지 두려움이 밀려왔다. 본래 둘이서 서게 되어 있는 경비를 혼자서 선다는 것은 우리들의 편법이었다.

"나 좀 잘게."

나보다 선참자인 동료는 말하고 나서 어디론가 사라져버린다. 처음에는 친구 녀석이 함께 동행했으면 했었으나 내가 마다하고 다른 곳으로 갈려 나온 것이었다. 그리하여 나는 밤에 홀로 남는다. 공장을 확장한다고 새로 크게 짓는 건물의 경비였다. 창문도 채 달지 않고 시커멓게 구멍으로 남아 있는 건물은 미증유의 거대한 짐승의 유해 같았다. 그놈은 어둠 속에 죽어 있다. 나는 그 시체를 지키고 있다는 느낌이었다. 밤이 깊어도 그 상자갑 안에서는 이상하게도 잠이 오지 않았다. 내 머릿속을 어지럽히고 있는 것은 날개니 곤충이니 짐승이니 하는 것들이었다. 아마 그런 때 바깥에서 누군가 나를 관찰하는 사람이 있었다면 불빛에 반사하는 내 눈빛을 보고 놀라리라는 생각도 들었다. 나는 나 자신이 날카롭게 번들거리며 퍼런빛을 뿜는 눈을 하고 있으리라 여겨지곤 했다.

"여보세요. 거기 제2공장 경비실……"

어느 날 서울의 지하실 여자에게서 전화가 걸려온다. 방세가 빠졌다는 것 말고는 전화 연락을 하지 말라고 말해두었으나 그 전화는 아니다. 그 경우 나는 적당히 핑계를 대고 끊는 수밖에 없다. 그리고 혼자이기를 고집했다. 그런 밤을 꼬박 새우는 동안 나는 내가 무엇을 했는지 도저히 알 수 없어서 놀라곤 했다. 그것은 두려운 일이었다. 그러나 나는 전화 목소리의 주인공을 줄곧 생각하고 있었음을 알고 있었다. 그 여자의 존재가 백지상태로 남아 있게 될 때까지 생각하고 있었음을 알고 있었다.

이 세상에는 많은 여자가 있었다. 그녀도 그런 여자 가운데 하나일 뿐이었다. 그런데 어떻게 나와 연관되어 내 빈방을 지키고 있게 되었는지 알 수 없었다. 나는 물론 그녀를 어떻게 만났는지를 기억할 수 있었다. 그것이 어느 날이었던가. 나는 초저녁부터 내게서 떠나간 여자를 찾아 헤매고 있었다. 얼마 전 떠나간, 이름조차 밝히기 싫은 그녀라도 상관없었고, 류라는 성을 가진 여자라도 상관없다고 나는 생각했다. 그러다가 한밤중이 되어 어느 골목으로 접어들었다. 여자들이 우줄우줄 서 있는 골목이었다. 나는 내가 결코 환각상태에 빠져 있지 않았다는 것을 안다.

어렴풋이 길을 잃어버렸다는 느낌이었다. 하지만 내친걸음이었다. 그녀도 이런 골목 어딘가에 숨은 듯이 살고 있으리라. 아랍 여인들과 같이 검은 차도르를 쓰고, 그러므로 내가 이렇게 헤매고 있는 것은 결코 헛된 일은 아니리라.

"어디까지 가는 거야? 류는 어디 있지?"

난 엉겁결에 여자의 이름을 댔고 어둠 속 여자의 따라오라는 말에 따라 어디론가 가고 있었다.

나는 신음하듯 무엇인가 중얼거리며 이제는 불빛도 없는 골목길을 따라 걸었다. 앞서가는 여자의 모습이 유령 같다고 생각되었다. 유령의 발놀림으로 보아 목적지가 가까운 것을 알 수 있었다. 어디를 어떻게 왔는지 알 길이 없었다. 그곳 역시 내 삶처럼 미로였다. 여느 때 같았으면 어리둥절하고 약간은 걱정도 되었으련만 그곳이 내 삶처럼 미로라고 생각하니 제법 그럴듯하다는 위로마저 들었다.

"자, 여기."

어느 집 앞에서 여자가 잠깐 걸음을 멈추더니 내게 얼굴을 향했다. 나는 여자가 히죽 웃는 것처럼 보였다. 하지만 실상 그 얼굴은 어둠 속에서 윤곽만 보일 뿐이었다.

여자가 먼저 집 안으로 들어갔다. 나는 무엇 때문인지 아주 잠깐 머뭇거렸던 것 같다. 그러다가 곧 여자를 따라 안으로 들어갔다. 나는 그 집까지 오기 위하여 언제부터인가 이리저리 헤매 다니지 않았던가. 그것은 틀림없는 사실이었다.

방들마다 빨갛게 아른거리는 불빛들이 새어나오고 있었다.

몇 번째인지의 방문을 열고 여자는 안으로 들어갔다. 그곳은 전혀 생소한 사물들이 사는 집이었다. 나는 아무 데서도 숨을 곳을 찾지 못하고 사방을 두리번거리고만 있었다. 나는 어서 그 방으로 들어가 숨어야겠다고 여기며 그녀를 따라 들어갔다. 그것은 붉은 방이었다. 빨간 전등의 불빛은 지나치게 침침하고 어두웠다. 그런 곳에서라면 설혹 내 여자가 모습을 드러낸다고 하더라도 얼굴을 알아볼 수 없을 것이었다. 방 안을 둘러보았으나 모든 게 흐릿하기만 했다. 내 눈이 나쁜 탓만은 아니었다. 세상 자체가 그렇게 변해 있었다. 내가 왜 여기 와 있을까. 나는 순간적으로 몹시 의아해서 다시 한 번 방 안을 둘러보았다. 둘러본다는 행동이 어울리지 않는 작고 좁은 방이었으나 그것은 알 수 없는 공간이었다. 좁디좁은 공간. 그러나 저 멀리서 여자가 움직이고 있었다. 아마도 옷을 벗고 있는 모양이라고 생각되었다. 하지만 그 모습은 실루엣으로만 보일 뿐이었고, 역시 어김없이 유령의 모습이었다. 나는 명확히 내 뜻으로 여자를 사려고 마음먹었었다. 그러나 그 붉은 방에서 우두망찰 서서, 그 뜻은 내 뜻이 아니라 유령의 뜻이라는 생각이 퍼뜩 들었다.

"어서 와요."

어디선가 여자의 목소리가 들려왔다. 그것은 광야에서 들려오는 소리 같았다. 나는 그 소리의 주인공 쪽으로 눈길을 옮겼다. 그 여자는 어느새 이불 속에 누워 있었다.

"여기가 어디지?"

나는 엉뚱한 질문인 줄 알면서도 그렇게 물을 수밖에 없었다. 그와 함께 나는 소스라치듯 놀라 그 방문을 박차고 밖으로 나오고 말았다. 내가 내 여자를 찾는답시고 그 골목으로 들어선 사실 자체가 믿기지 않았다. 내가 나라는 사실 또한 믿기지 않았다. 나는 머리를 흔들었다.

캄캄한 밤이었다. 나는 어디론가 가고 있었다. 거리에는 많은 불빛이 있었으나 그것은 죽어 있는 불빛이라는 생각이 들었다. 그러면 살아 있는 불빛은 또 무엇이란 말인가. 살아 있는 불빛과 죽어 있는 불빛의 차이 때문에 나는 잠깐이나마 무엇인가 생각을 집중시켜보려고 애썼다. 그러나 곧 그것이 쓸모없는 짓임을 깨달았다. 그 차이점은 불빛 그 자체에 있는 것이 아니라 내 마음속에 있었다. 삶과 죽음이 공존하고 있는 것이었다. 그렇다고 깨닫자 나는 조금은 행복해졌다. 나는 작은 소리로 휘파람을 불며 거리를 걸어갔다. 물론 산 불빛과 죽은 불빛과 함께였다.

'여봐요. 밤에 휘파람을 불면 귀신 나와요.'

거리에는 사람들이 꽤 많았음에도 불구하고 어떤 여자의 목소리가 속삭이듯 들려왔다. 나는 깜짝 놀라 주위를 휘둘러보았으나 그럴 만한 여자는 없었다. 하지만 나는 이미 알고 있는 것이었다. 나는 회심의 미소를 지었다. 그것은 나 자신이 내게 타이르는 말이었던 것이다.

'그래도 괜찮아요.'

내 마음은 태연스레 말하고 있었다. 자동차들이 맹렬히 질주하다가는 맥없이 멈춰 서서 죽은 불빛 속에 살아나고 싶은 듯 헐떡이고 있었다. 그러니까 삶과 죽음 사이에서 귀신으로 표상되는 어떤 세계가 꿈틀대고 있다는 느낌이었다.

그것이 어떤 세계일까?

나는 그것이 알고 싶어 견딜 수 없다고 여겨졌다. 그것은 불가사의한 세계였다. 따라서 그 세계로 가고 있는 나는 나 자신이 불쌍하고 끔찍했다. 나는 휘파람 불기를 멈추고 이번에는 어떤 짓으로 내 불쌍한 영혼을 달랠까 궁리했다. 아니 그것은 영혼이라기보다는 육체였다. 여자의 방에서 쫓기듯 도망쳐 나온 것은 두말할 것 없이 육체였기 때문이었다. 그런데 영혼을 들먹여도 되는 것인지 애매했다. 그 순간 나는 불행한 육체와 행복한 영혼이라는 해결책을 찾아냈다. 혹시 불행한 영혼과 행복한 육체 쪽인지도 몰랐다. 하여튼 나는 이분법으로 두 쪽이 났으나 신기하게도 하나의 나로서 어둠 속을 걷고만 있었다. 누구든지 감히 내 앞에서 삶과 죽음을 이야기하지 말라고 외치고 싶었다.

나는 웬일인지 아주 심각한 얼굴로 어둠 속을 노려보며 걷고 있었다. 그렇게 된 까닭을 캐보려고 노력했지만 별다른 까닭은 없었다. 행복이든 불행이든 내가 틀림없는 것 같았다. 그래서 나는 제법 심각한 얼굴로 어둠 속을 노려보고 있는 모양이었다.

"저…… 말씀 좀 묻겠는데요."

누군가 말을 건넸다. 깜짝 놀라 쳐다보니 낯모르는 여자였다. 이렇게 그녀는 내게 모습을 나타냈던 것이다. 그녀는 내게 어떤 호텔의 이름을 말하고 있는 것 같았다. 그녀의 신분이 무엇인지에 대해서는 물을 필요가 없었다. 내게 물음을 던져왔다는 것이 고마울 뿐이었다. 떠나간 여자가 다시 돌아왔다는 착각마저 들었다. 그리고 다시 한 번 찬찬히 그녀의 얼굴을 살펴보았다. 도무지 알 수 없는 얼굴이었다. 나는 그 얼굴 어느 구석엔가에서 무슨 흔적이든지 발견하고자 했다. 마찬가지로 생소하기만 했다. 어리둥절하고 불안한 얼굴만 떠올라 있는 것이었다. 그런데도 나는 어디선가 본 여자일지도 모른다고 생각했다. 세상의 모든 남녀들은 서로 어디선가 마주쳤을 것임에도 모른 채 살아가고 있다는 상상이 일었다.

"뭔데요?"

나는 몽롱한 눈으로 그 여자를 쳐다보았다. 필경 길을 묻는 것이리라. 그런데 어디론가 나도 모르는 길을 가고 있는 내게도 길을 묻는 사람이 있다는 게 신기했다. 몹시 피곤했으므로 나는 곧 자리에라도 주저앉고 싶은 심정이었다. 주저앉아서 세상을 본 지도 참 오래되었다고 생각하니 감개가 무량하기조차 했다. 이럴 때 만약 네 다리로 걸어 다니는 짐승이었다면 얼마나 편할까 여겨졌다. 하지만 나는 어디론가 가야 했다.

"저어…… 어디로 가야 하는지…… 길을 몰라서……"

여자가 생긋 웃었다고 생각되었다. 그러나 여자는 꽤 급한 모양이었다.

"어디요? 남자가 기다리나요?"

나는 의외로 냉소적이 되었다. 그리고 곧 나는 화를 내야겠다고 마음먹었다. 그래야만 할 것 같았다. 그러나 웬일인지 화를 낸다는 것처럼 어려운 일은 없다는 사실을 깨달았다.

"날 따라오시오."

나는 말했다. 여자는 잠깐 나를 살피더니 곧 따라 걷기 시작했다. 그 근처에서는 찾기가 힘든 곳인 모양이었다. 나는 모처럼 어깨를 쭉 펴고 여자와 함께 걸었다. 인생에 있어서 거리를 걷는다는 것처럼 멋진 일은 없었다. 그런데 도대체 어디로 간단 말인가. 자기 존재를 확인하기도 어려운 어둠 속에서.

"어디로 가나요?"

여자는 초조하게 물어왔다. 여자는 아마도 내가 그곳 지리

에 대해 잘 알고 있다고 여기는 모양이었다. 나는 그런 언질을
한 번도 준 적이 없었다.

"우리 같이 갑시다."

화를 내는 데에 실패한 나는 이번에는 솔직하게 털어놓았
다. 나는 유령의 붉은 방으로부터 도망 나와 어딘가 안식처를
필요로 했다. 한겨울이 아니라면 어디 아무 데나 몸을 눕힐 수
있으리라.

주머니를 이리저리 뒤져보았으나 호텔에 갈 돈은 없었다.
더군다나 방값만 있다고 되는 일은 아닐 것이었다.

"어딜요?"

여자가 의심하면서 나를 쳐다보았다.

"하여튼 갑시다."

"안 돼요."

여자가 갑자기 위기를 느꼈는지 뛰기 시작했다. 어쩔 수 없
는 일이었다. 내가 여자에게 무엇인가 느꼈다면 그것은 단순
히 '유령'의 붉은 방 때문일 것이었다. 여자와 상관없이 나는
어디엔가 눕고 싶었던 것이다. 그것이 눈밭이든 풀밭이든 나
는 누워 있으면 될 듯싶었다. 그러면 나는 잠들었으므로 세상
도 잠들 것이었다. 허무, 그 속에서 한 여자만을 기억해낸다는

것은 무의미한 일일 것이다. 즉, 나는 허무를 원하고 있었다고 해야 옳다. 그럼에도 불구하고 나는 줄곧 떠나간 여자들만 떠올리고 있었다. 그 여자들은 사라졌지만 내 옆에 그 여자가 걷고 있다고 느꼈다.

"저기 호텔이 보이는군."

나는 말했다.

"어디요? 아아, 저기 맞아요. 오늘 밤은 참으로 안락한 밤이 되겠죠."

여자가 받는다. 그러나 실상 나는 혼자 걷고 있는 것이다. 이럴 때 상상이란 것이야말로 가장 마음에 맞는 벗이 된다고 어린애처럼 깨달았다. 나는 지금까지 누구를 그리워하는 것으로 삶의 자양분을 채우려 하지 않았던가. 그렇다면 그건 잘못이었나. 그리워한다는 것은 엄청난 소모였다. 우리는 그 소모를 통하여 희망을 얻으려는 것이었다. 나는 이율배반의 어둠 속을 어디론가 걷고 있었다.

너희들 유령들.

삶이 손가락 사이로 모래가 새어나가듯 새어나가는 동안 사랑이라는 이름으로 다만 모래시계의 시간만 재는 인간들. 시간을 재는 목적은 어디 있는지 모르는 허깨비들. 그리하여 덧

없는 사랑의 행위를 하고 어디론가 바람처럼 불어 가버리는
가. 모래시계가 만들어놓은 시간의 모래톱 위에 또 누군가가
남기는 헛된 발자국. 나 자신도 어느덧 유령처럼 흐느적거리
고 있었다.

"아저씨."

옆을 돌아다보니 아까의 그 여자였다. 벽에 기댔다가 몸을
일으켰으므로 마치 벽 속에서 방금 튀어나오는 사람 같았다.

"웬일일까? 아깐 도망치더니."

나는 둘 다 유령 같다고 생각했다.

"도망친 게 아니에요. 시간이 급해서……"

여자는 아직도 급한 숨을 몰아쉬고 있었다. 아무려나 상관
없기는 마찬가지였다.

"이번엔 날 좀 도와줘야겠어. 도무지 견딜 수가 없어. 금방
이라도 쓰러질 것 같아."

나는 여자에게 매달리다시피 애원했다. 더 이상 어둠 속을
헤매다가는 꼼짝없이 얼어 죽을 수밖에 없을 것 같았다. 언젠
가부터 벌써 희망이 얼어붙어 숨을 쉬지 못하게 되고 말았다.
희망이 꼼짝을 못하는 한 어리석은 몸뚱이 따위는 곧 그 뒤를
따르게 될 것이다.

"제발 부탁해요."

나는 신음하듯 말했다. 여자는 내가 극도의 피로감에 지쳐 쓰러질 위기에 있다는 것을 어렴풋이나마 느낀 것 같았다. 그러길래 내게서 떠나지 못하고 머뭇거리고 있으리라 여겨졌다. 그 결과 나는 마침내 어떤 계단을 밟고 내려갈 수가 있었던 것이다. 그 계단 아래 곰팡내 나는 내 방이 있었다.

"여기가 댁이세요?"

이상한 여자였다. 찾아가던 곳은 어디로 가고 여전히 내 옆에 있었다. 나는 분명히 도움을 요청했고 여자는 가엾은 나를 집까지 인도해주었다. 고맙기 짝이 없는 일이었다. 그런데 방까지 따라 들어오는 것이었다. 혹시? 하는 생각에 새삼스럽게 내 방을 살펴보았으나 훔쳐 갈 물건이 있을 까닭이 없었다.

"홀아비 냄새가 나요."

여자는 그런 소리까지 하며 코를 킁킁거렸다.

"당연하겠지. 것보다 우선 너무 춥군."

나는 방 한구석에 아무렇게나 접어둔 이불을 펼쳤다. 그리고 작은 전기난로를 켜고 곧장 이불 속으로 기어들었다.

"맘대로 해요. 난 춥고 피곤해 못 견디겠으니까."

다음 날 아침에 여자와 나란히 이불 속에서 잠에 깨어나리라 생각하며 나는 눈을 감았다. 이렇게 하여 나는 그녀와 한방에 있게 되었다. 비교적 소상히 밝힌다는 것이 이렇게 되었으므로 그녀가 어떤 여자인지는 더 이상 밝힐 생각은 없다. 미리 말했다시피 세상에는 별의별 사람들이 많은 것이며, 우리들 누구나 상황에 따라서 별의별 몸짓을 하게 마련인 것이다. 한 배에서 나온 형제인 우연과 필연을 같은 눈으로 바라보는 일만이 우리의 것이다. 그녀가 있게 됨으로써 죽음의 지하에 그래도 희미한 빛이 스며들기 시작했다고 나는 믿는다.

아침 해가 떠오름과 함께 나는 낯선 여자와 여행을 떠났다. 여자가 머리를 빗는 시간을 조금 지체했을 뿐 모든 것이 순조로웠다. 눈부신 빛 아래서 보니 여자는 꽃잎 같은 입술에 이슬 같은 눈빛을 하고 있었다. 꽃잎 같은 입술에 이슬 같은 눈빛이라고밖에는 나는 표현할 길이 없었다.

"우린 어디로 가나요?"

여자가 팔짱을 끼며 물었다.

"쉿, 조용히. 잘못하다간 만물이 깨어나."

나는 입술에 검지를 갖다 대고 주의를 주었다. 해가 환하게 비치는데도 온갖 사물들은 잠들어 있는 듯했다.

"만물요?"

여자의 눈빛이 내 얼굴에 사선을 그었다. 머리를 빗을 때부터 여자는 뭔가 미심쩍은 빛을 감추지 못했었다. 그럴 때 모든 여자의 본심은 의혹에서 출발한다는 사실을 깨달아야 했다.

"다들 잠들어 있는 거야. 그래서 우리는 여행을 떠나는 거야."

나 자신 무슨 말인지 모를 소리였으나 실제로 그렇다는 느낌은 확실했다.

"어디로요?"

여자의 머리는 생각보다 훨씬 더 치렁치렁했다.

"하늘 위나 땅 밑, 어디든 상관없지."

나는 내 인생에 대하여 웃음 지었다. 늘 초월을 꿈꾸었지만 그것은 결코 다다를 수 없는 세계였다. 그런데 뜻밖에도 이 긴 머리 여자와 함께 있으므로 그것이 가능해진 것이었다. 원인도 이유도 알 수 없었고 또 알 필요도 없었다. 여자가 정성스럽게 머리를 빗는 동안 내게는 없었던 힘이 솟았다. 숨겨놓은 힘이라고 해도 좋았다.

그래서 다짜고짜 여자에게 키스를 퍼붓고는 밖으로 함께 나왔던 것이다. 어느 나무 밑에 이르자 나뭇가지에 새들이 까맣게 올라앉아 지저귀고 있었다. 지저귀는 소리가 어느 먼 나라

사람들의 말소리로 들렸다. 매, 솔개, 말똥가리 같은 큰 새들의 소리였다. 예전에 언젠가 어떤 남녀가 새를 타고 날아갔었다는 이야기가 떠올랐다. 그 이야기는 사실이었다. 그런 우리나라에 있는 텃새들뿐만 아니라는 생각에 나는 눈을 비비며 올려다보았다. 사다새, 신천옹도 보인다고 여겨졌다. 새들이 물어와 먹다가 버린 작은 동물들의 시체가 땅바닥에 즐비했다. 찢어발겨진 그 주검에서 나는 비린내가 코를 자극했다.

"지독해요."

여자가 내 팔을 잡아끌었다. 그러나 나는 결코 그 숲을 빠져나가지 못하리라고 생각되었다. 그것은 무서운 새들의 영역이었다. 공룡새가 어딘가 눈알을 부라리며 있을 것이었다.

"도망쳐도 소용없어. 저것들은 벌써 우릴 감시하고 있는 거야. 모른 체하고 있지만 말야."

나는 슬프게 말했다. 여자는 공포에 질려 있는 듯했다.

"자, 이거라도 먹어야겠어."

나는 땅바닥에 널려 있는 알 중에 하나를 집어 들었다. 알은 하얗게 반짝였으며 돌같이 무거웠다. 도저히 깨뜨려지지 않을 것 같았다. 그러나 내 손에서 그것은 허무하게 깨어졌다. 알을 깨자 그 안에서는 기다렸다는 듯이 새끼 새가 눈알을 반짝이며 나와 파드득 날갯짓과 함께 나뭇가지 위로 올라앉았다.

"안 되겠어."

나는 절망적으로 내뱉었다.

"괜찮아요. 그래도 여긴 낙원이잖아요."

여자는 낙관적이었다. 낙원은커녕 그곳은 지옥보다도 더하면 더했지 덜하지는 않을 듯싶었다. 나아가서 나는 그곳의 상황이 혹시 꿈속에서 벌어지고 있는 것이 아닐까 하고도 여겨졌다. 여자는 아직도 분명히 어딘가를 찾고 있었다. 그러자 그 숲 속 어딘가에 방갈로를 닮은 그런 집이 있었다는 생각이 들었다.

"가만있어봐요. 내 그곳을 찾을 테니까."

나는 풀숲을 헤치고 앞으로 나아갔다. 가시덤불이 옷자락을 잡아당겼으나 나는 아랑곳하지 않았다. 잘못 보았을 리 없는데 그곳으로 가는 길은 나타나지 않았다. 숲은 더욱 거칠고 깊어져서 마침내 나는 오도 가도 못하게 되어버렸다.

나는 심호흡을 했다. 아무도 나를 구해줄 수 없다는 격절감에 온몸이 떨려왔다. 갑자기 나무들이 부쩍부쩍 자라서 나를 꼼짝 못하게 얽어맬 것만 같았다. 나무뿌리가 관을 뚫고 들어가 온통 얽혀 있었다. 나는 나무들이 얼마나 무서운 생명력을 가지고 있는지를 알고 있었다. 게다가 어느새 밤이 오고 있었다. 나는 태아처럼 주먹을 꼭 쥐고 어둠에 대항하는 자세를 하고 있었다. 아무리 어둠이 닥쳐와도 빛은 어딘가에 있을 것이다. 그것을 믿는 것이 중요한 일임을 나는 알고 있었다. 이제껏 살아오면서 한순간도 위기가 아닌 때는 없었다. 그것은 존재가 감쪽같이 사라질까봐 느끼는 위기라고 해야 했다. 모든 물음은 존재를 위태롭게 했다. 그러자 모든 존재가 내게 남긴 것도 하나의 물음이었다는 사실이 명백해졌다. 즉, 우리의 만남은 하나의 물음을 던지는 일인 것이다. 결국 해답이 없는 물음인 것이다. 나는 숲속에 앉아 때를 기다리기로 했다. 그런데 그제야 뒤를 돌아다본 나는 여자가 어디론가 사라져버렸음을 깨달았다. 실은 아까부터 나를 따라오는 소리가 끊긴 것을 알았다는 느낌이 들었다. 여자 혼자 어딘가를 찾아낸 것일까.

"이봐요. 어디 있어?"

나는 목청을 돋우었다. 아무 대답도 들리지 않았다. 바람 소리만 스산하게 들려왔다. 그리고 큰 새들이 내게로 무서운 얼굴을 하고 다가오는 소리가 들렸다. 그 발소리가 쿵쿵쿵쿵 지축을 흔들며 들려왔다. 그 소리에 쫓겨 나는 어디가 어딘지도 모를 곳으로 도망쳐 집으로 돌아왔다. 층계를 내려가 방문을 열자 여자는 어느새 방에 돌아와 있었다. 어찌된 영문인지 여자는 또 머리를 빗고 있었다. 나는 자리에 쓰러질 듯 누웠던 것이다.

나는 밤의 망루에 홀로 앉아 무엇인가 생각에 잠겨 있었다. 언젠가 갔었던 그 숲 속이 이 세상의 숲 속이었을까 줄곧 되새김질하는 때도 있었다. 그런 때도 있었던 게 아니라 그것이 주된 시간 속의 생활이었다. 그리고 그 알 수 없는 공간 속에 나를 놓고 보았을 때야말로 나는 자유스러웠고 비로소 하나의 인간이라는 안도감이 들었다. 이제야 되돌아보는 바이지만 그 존재의 숲 속에서 내 머릿속에 언제나 날아오르던 새는 여자의 코끼리새였다는 생각도 해본다. 애초에 그 이름을 들먹거린 친구 녀석의 말 때문인지도 모른다. 아아, 그리고 또한 남자로서 잊지 못할 여자들의 모습이 떠오르지 않았다면 그것은 거짓말이다. 물론 류의 모습도 떠올랐는데 그것은 기묘하게도 그녀의 방을 장식했던 세네카의 그 석고 귀와 함께였다. 그리고 나는 자위행위를 하곤 했다.

어쨌든 그 이상한 새와 함께 나는 모든 것으로부터 절연하고 새로운 세계, 새로운 종(種)을 꿈꾸었다. 날아오르는 코끼리를 본 적이 있는가. 그렇다고 해서 내가 무슨 코끼리처럼 거대한 몸뚱이를 가진 존재를 꿈꾸었다는 것은 결코 아니다. 나는 그 망루 안에 갇혀서, 다만 불가능의 가능에 대해서 곰곰 반추하고 있었다. 불가능의 가능이야말로 내가 추구하고자 하는 것이었다. 그것이 무엇이었든 말이다. 그렇게 해서 밤은 흘러갔고 아침이면 현실의 숲들이 저쪽 건너편 벌판 뒤로 펼쳐졌다. 그것은 찬란한 세상이었다. 태양이 떠오르고 온갖 사물들이 살아나고 있었다. 눈이 부셨다. 하지만 나는 여전히 '날개!' 하고 외칠 자신이 없었다. 그렇다면 나는 애초에 불가능으로서만 한계 지어졌다고 단정할 수밖에 없었다. 코끼리새는 결코 진화하지 않을 것이다. 그것은 퇴화를 거듭하여 드디어 힘겨운 비상을 멈추고 땅에 툭 하고 떨어질 것이다. 그래서였는지, 나는 그곳에서 불과 며칠밖에 견디지 못하고 떠나는 길을 택했다.

며칠 전 프랑스 파리에서 그림을 그리고 있는 화가 최�울가의 개인전을 보러 인사동에 가서 그를 반갑게 만났고 그 옆에 있던 시인 김신용을 만날 수 있었다. 이야기 끝에 그가 새뿔 근처의 어디엔가 살고 있다는 말을 들은 나는 다시 한 번 코끼리새에 대해 얼핏 생각이 미쳤었다. 나는 아득하고 알 수 없는 어떤 곳을 다시 바라보았다. 그곳이 어떤 곳일까? 나는 아직껏

이 세상과 절연된 어떤 곳, 이 세상에서 가장 멀고 알 수 없는 그곳을 그려보고 있는 것이었다. 떠나간 사람들이 살고 있는 세계를 향하여 영원히 그리운 몸짓을 하고.

둔하게 퍼덕 퍼덕 퍼덕 날고 있는 날개, 그러나 알록달록 화려한 날개로 그곳을 향하여 날아가고 내가 거기에 있다는 상상에 빠져서.

이것은 불행하게도, 아니 행복하게도 류와 만나기 위한 전초전에 속한 것이라고 해야겠다. 류가 이제는 내 날개가 되었다고 믿고 싶은 마음이 있기 때문이라고 말하고 싶은 것이다. 그러나 실상 우리는 서로가 서로의 함정에 빠져버린 것이다. 추억을 빙자한 폐허 속에서 말이다.

외로운 새의 그림자

우리의 발소리가 유난히 크게 울린다. 나는 그 발소리에 내 마음의 어떤 공백을 의지하고 있는 것 같기도 하다. 그래서 내 발자국과 류의 발소리에 잔뜩 귀를 기울인다. 허물어버려야 한다는 주장과 그대로 놔두어야 한다는 주장이 있는, 식민지 시대의 대표적 건물은 이제 박물관이 되어 있다. 높은 궁륭의 천장으로 우리의 발소리가 맴돌고 있다고 나는 느낀다.

그녀로부터는 여러 날이 지나 소식이 전해져 왔었다. 그 옛날 처음 소식이 끊겼다가 다시 이상한 형태로 만났고 또 소식이 끊겼던 것이다. 그녀와의 관계는 애초부터 수수께끼며 숨바꼭질인 것으로 규정되어 있다는 느낌도 들었다. 그러나 나는 예전의 내가 아니었고 따라서 당연히 내 감정도 예전의 내 감정이 아니었다. 박물관에 간다고 해도 함께 안산에서 출발할 수도 있었을 텐데 그것 역시 의문이었다. 우리는 예전에 맺었던 관계도 우리의 것이 아닌 듯한 마음이었다. 그녀는 다시 밝히건대 어쨌든 남의 여자였다. 그런데 갑자기 또 만나자는 약속을 했고, 그것도 어쭙잖게 박물관을 함께 거닐고 있게 된 것이다. 박물관으로 가보자고 제안한 것은 류였다. 무엇 때문에 그런 제안을 했는지는 알 수 없었다. 만나기는 만났으나 다방 구석에서 이야기를 나누기에는 좀 뭐했는지 모른다. 아닌게 아니라 마땅한 장소도 없기는 없었다. 그렇지만 아무리 박물관 근처에서 만났다고는 해도 박물관은 내게는 어려운 장소였다. 그곳은 뭔가 살아 있는 것의 집이 아닌 죽어 있는 것의 집이라는 점에서 더욱 그랬다. 죽은 것일지라도 그것이 가령 무덤처럼 본래 모습으로, 자연의 한 부분으로 있는 곳이 아니면 곤란한 것이었다. 이렇게 생각을 더듬던 나는 그녀가 어쩌면 죽어 있는 것의 인위적인 집합체인 이곳을 의도적으로 데이트 장소로 골랐을지도 모른다는 결론에까지 이르렀다.

"스키타이 황금이 저기 있어."

먼저 삼층으로 올라가 커피를 마시고 다시 아래층으로 내려와서 그녀가 말했다. 거기에 소련 에르미타주 박물관이 소장하고 있는 '스키타이 황금' 유물 전시회가 열리고 있다는 포스터가 붙어 있었다. 포스터의 그림은 황금을 지키는 괴조(怪鳥)의 모습이라고 했다. 여러 짐승이 어우러진 새의 모습은 일찍이 중앙아시아와 흑해 연안의 초원지대를 무대로 무서운 세력을 떨쳤던 스키타이 사람들이 만든 상징이라는 것이었다. 기원전 8세기니 7세기니 하는 아득한 옛날의 황금새는 박물관의 진열창 안에 금방이라도 날아오를 듯 눈을 번뜩이고 있었다. 날카롭게 굽은 부리, 힘 있게 뻗친 볏과 갈기, 바짝 선 귀, 부라리고 있는 눈, 독수리 머리에 사자 몸뚱이…… 마지막 날이 이틀 뒤로 다가와 있어서인지 평일인데도 그 전시실은 사람들이 제법 붐비고 있었다. 그리하여 나는 그녀 뒤를 따라 들어가서 한 마리 새의 모습을 보았던 것이다.

그냥 불쑥 그리핀이라면 언뜻 머리핀이 생각날지도 모른다. 머리핀이 아닐지라도 어떤 종류의 핀이나 뭐 그런 것을 떠올리게 되지 않을까 하는 것이다. 우리들 인간의 상상력이란 실은 매우 보잘것없는 것이어서 때때로 우리를 서글프게 만든다. 그런데 도대체 그리핀이란 무엇일까?

내가 처음부터 그리핀에 대하여 물음을 던진다는 것은 잘못된 일임에 틀림없다. 나는 그것에 대하여 알고 있다. 그런데도 나는 또다시 '그리핀이란 무엇일까?' 하는 질문을 던져야 한다. 그러니 이것은 뭔가 아귀가 안 맞는 노릇인 것이다.

내가 그리핀에 대하여 처음 얼핏 들은 것은 잿머리 성황제에 가서였다. 잿머리 성황제란 이곳 성곡동의 옛 이름인 잿머리에서 열리는 성황굿 행사로서, 그날 가서 귀동냥을 한 바로는 상당히 오랜 역사를 간직하고 이어져 내려온 것이라 하였다. 이 과학시대에 잿머리는 뭐며, 성황제는 또 뭐란 말인가 하고 고개를 갸우뚱거릴 사람이 적지 않을 것이다. 그러나 이 행사는 한동안 명맥이 끊겼다가 오히려 최근에 되살아난 것이라 했다. 몇 년 전에 이 행사가 해마다 음력 10월 3일에 열린다는 사실을 우연히 듣고부터 나는 그때마다 한번 가보겠다고 별러왔지만 번번이 날짜를 놓치곤 했었다. 문화원에 "그 행사 언제 안 하느냐?"라고 물을라치면 벌써 지났다는 대답이었다. 이번에도 음력 10월 3일을 기억한다고는 하고 있었으나 막상 그날 아침에는 깜빡하고 있던 참이었다. 그런데 마침 서해안의 물때를 알아볼 일이 있어서 음력 날짜를 짚어보다가 그날이 바로 음력 10월 3일임을 알게 된 것이다. 물때란 밀물과 썰물의 높낮이가 큰 서해안에서는 생활과 밀접한 관계가 있다. 하루에 두 번씩 드나드는 밀물과 썰물도 문제이긴 하나 보름

사리와 그믐사리가 더욱 문제이다. 여기서 굳이 이런 것들을 따질 계제는 아니므로 간단히 설명하면, 달의 인력 탓으로 보름과 그믐 때는 사리라 하여 바닷물이 가장 많이 올라와서 고기잡이 역시 가장 활발한 때가 된다는 것이다. 반대로 보름과 그믐의 중간 때는 조금이라 하여 이때는 밀물이라 해도 포구는 조그만 개울처럼 물이 얕다. 때마침 서해안의 물때를 알아볼 일이 있었다는 것은, 같은 아파트 단지에서 그저 안면이나 알고 지내는 사이일 뿐인 사내가 "집에서 김장 때 쓸 생새우를 사러 간다는데 언제가 좋을까요?" 하고 느닷없이 전화를 걸어온 것을 말한다. 그와 나는 포장마차가 큰길가에 즐비하던 무렵 그곳에서 몇 번인가 만났는데 그 뒤 포장마차가 거리 질서 확립인지 뭔지로 된서리를 맞아 자취를 감추고부터는 통 얼굴도 볼 수 없었다. 그때 아마 나는 내 집 전화번호를 그에게 적어준 모양이었다. 그러던 그가 김장 때 쓸 새우젓을 담그려고 생새우를 사러 가는 아내를 위해 물때를 물어온 것을 보면 내가 술김에 어지간히 아는 체를 한 모양이었다. 알기는 내가 무엇을 안단 말인가. 포구에서 어정거리다가 몇 마디 피상적으로 얻어들은 지식에 지나지 않았다. 전화로 대답을 해주면서 나는 웬일인지 몹시 부끄러웠다. 이날 이때까지 살면서 내가 얻어 지닌 지식 모두가 그렇게 피상적인 것에 지나지 않는다 는 생각도 어김없이 뒤따랐다. 조금 때는 물고기가 잘 잡히지 도 않는다, 그래서 어부들이 굶는다고 '무싯날'이라고도 한다, 밤에 잡는 새우와 낮에 잡는 새우는 빛깔이 다르다 등등 다 주 워들은 말이었다. 하여튼 "음력 초사흘이라…… 아직은 괜찮 은데……" 하고 대답하면서 나는 비로소 오래전부터 별러왔던 바로 그날임을 깨달았으니 '성황님의 크신 뜻'이 그로 하여금 느닷없이 전화를 하게 했는지도 모를 일이었다.

"협궤열차가 올 시간인데……"

나는 성황제 행사장으로 가며 철도 양쪽을 살폈다. 거기서 열차가 지나는 시각이 임박했다면 행사 예정 시각에는 벌써 많이 늦은 것이었다. 자동차는 잠깐 머뭇거리다가 덜커덕거리 며 낡은 철도를 건너갔다. 거기서부터 공단이었다.

잿머리 성황당은 공단 끄트머리, 바다를 내려다보는 작은 등성이 위에 있었다. 당집은 복원한 지 얼마 되지 않았다는 설 명대로 울긋불긋 단청이 지나치게 선명했다. 열한 시가 반도 넘어 이미 행사는 시작되어 시장의 '한 말씀'은 끝나 있었고 문화원의 원장과 부원장이 행사의 의의며 유래에 대해 말할 차례였다.

고려시대의 장군이며 외교가인 서희(徐熙)가 중국에 사신으로 가기 위해 이 바닷가에 이르렀다. 그러나 풍랑이 심해서 배를 띄울 수가 없었다. 그날 밤 서희의 꿈에 웬 여자 둘이 나타났다. 두 여자는 한 사람은 안(安)씨로서 신라의 마지막 임금인 경순왕의 왕비라 했고 다른 사람은 그녀의 어머니인 홍(洪)씨라고 했다. 이 두 여자는 서희에게 그녀들의 소원을 들어주면 풍랑을 자게 하겠다는 것이었다. 그 소원은 이곳 등성이에 당집을 짓고 그녀들의 떠도는 혼령을 거두어달라는 것이었다. 이튿날 잠에서 깨어난 서희는 간밤의 꿈에 그럴 만한 뜻이 있다고 여겨서 이곳에 당집을 짓고 제사를 올려 그녀들의 혼령을 달랬다. 그러자 거센 풍랑이 거짓말처럼 자면서 바다가 잔잔해졌다. 서희는 곧 배를 띄워 중국으로 무사히 향할 수 있었다. 그로부터 이곳에서는 해마다 성대한 성황제가 열렸다.

부원장이 쪽지에 적어 와서 읽고 있는 성황제의 유래는 대략 그랬다. 《내 고장의 전설》이라는 책에선가 읽은 적이 있는 이야기였다. 나는 서희 장군이 거란이 쳐들어왔을 때 용감하게 적진으로 가서 담판에 성공했다고 고등학교 국사 시간에 배운 그 서희 장군이겠지 생각하고 있었다. 성황제의 유래에 곁들여진 설명에 따르면 잿머리의 그 당집은 보통의 당집들이 두세 평에 지나지 않는 데 비해 매우 규모가 커서 열두세 평이나 되었다고 하며 새 당집도 그에 맞추어 새로 지은 것이라고 했다.

"신라의 경순왕이 어떻게 여기 왕비를 얻었을까요?"

누군가가 그렇게 옆 사람에게 묻고 있었다.

"그야 신라가 망하고 나서…… 아마도 여길 지나갈 일이 있었겠지…… 그래서 며칠 밤…… 그런 거 아닐까?……"

옆 사람은 웃음까지 실실 흘렸다. 그러자 그 옆에서 듣고 있던 사람이 한마디 했다.

"예끼, 이 사람. 여기서 그런 소릴 하는 게 아닐세."

서울을 떠나 서해안의 새 도시에 자리 잡은 뒤로 심심찮게 우리 고유의 민속, 나아가서는 무속(巫俗)을 접할 수 있게 된 것은 행운이라면 행운이었다. 언젠가는 한양대학교 안산캠퍼스 문화인류학과를 다닌다는 사오리라는 일본 여학생이 군자봉 성황제에서 작두를 탄다는 말을 듣고 영각사(永覺寺)에 갔다가 온 적도 있었다. 초록과 노랑 깃발들이 꽂힌 가운데 빨강, 노랑, 초록 저고리와 치마를 입은 무녀들이 징과 제금을 울리며 뛰다가 사오리에게 무복을 입힌다. 한 무녀가 들고 있던 작두를 내려놓는다. 향냄새가 짙게 나며 칼이 번뜩인다. 박수들

은 초록 소매의 붉은 웃옷에 붉은 두건 차림으로 부채와 요령
을 흔든다. 노랑, 연두의 깃을 단 고깔을 쓰고 곤룡포를 입은
사오리는 창과 삼지창을 들고 징 소리에 맞춰 뛴다. 다시 쌍칼
을 들고 뛰다가 부채를 든다. 그러나 그날 사오리는 작두 앞에
서 고개를 갸우뚱거리다가 결국 오르지도 못하고 말았다. 그
옆의 만신이 사오리에게 어떤 신 지핀 경지에 이르도록 경중
경중 뛰어주었으나 사오리는 웬일인지 뭉그적거리는 모습이
었다.

　그때의 광경을 떠올리는 것은 군자봉 성황제가 열리는 그
군자봉이 바로 경순왕을 받드는 무속의 본거지라는 사실을 이
곳에 와서 배웠기 때문이기도 하다. 경순왕은 이곳에서는 그
성씨를 따서 김씨 대왕으로 불리고 있었다. 이와 함께 뒤늦게
무속을 공부하는 이곳의 한 중년 여인이 산에서 기도를 드리
려고 강원도 치악산까지 찾아갔다가 '김씨 대왕의 군자봉을
놔두고 뭣하러 여기까지 왔느냐'는 힐난을 들었다는 이야기도
곁들일 필요가 있겠다.

　문화원의 부원장에 이어 또 몇 사람이 마이크를 잡고 나서
성황제의 본행사라 할 굿거리 순서가 되었다. 당집의 왼쪽 모
서리 추녀 밑, 축대 위에 어울리지 않게 양복 차림으로 앉아

있던 피리며 날라리며 장구들이 일제히 울리기 시작했다. 당집 안에서는 무녀가 부정거리를 시작하고 있었다. 굿거리 순서는 부정거리로부터 산거리·불사거리·대신거리·대감거리·창부거리·별상거리·신장거리·작두성수놀이·서낭거리로 이어진다고 했다. 나는 슬그머니 일어나 당집 옆으로 향했다. 그곳에는 벌써 밥이며 떡이며 술이며가 차려져 있었다.

성황제는 아직도 계속되고 있다. 그러나 내가 막걸리를 앞에 놓고 앉아 있었다는 것으로 그 이야기는 줄이기로 한다. 막걸리를 한 잔 마셨을 때 무녀 하나가 제금을 양손에 들고 다가와 복채를 요구했고 나는 왼쪽 제금 위에 만 원짜리 한 장을, 오른쪽 제금 위에 천 원짜리 한 장을 놓음으로써 나 나름대로 그 행사를 끝냈다는 생각이었다. "그렇게 놓으면 복이 기울어져 들어와요" 하고 무녀가 생긋 웃어 보였으나 주머니 사정도 주머니 사정이려니와 일단 손에 그렇게 잡혀 이루어진 행동을 번복할 뜻은 없었다. 돌이켜보면 지난 삶에 있어서 내 복이란 한쪽에 만 원어치가 들어오고 또 한쪽에 천 원어치가 들어오는 형국이 아니라 한쪽에 얼마쯤 들어올라치면 다른 한쪽에서는 들어온 만큼만 다 빠져나가는 게 아니라 본디 내 것까지 아예 더 빼내가버리는 형국이었던 것이다.

"저건 마치 솟대 같군. 안 그래요?"

문득 누군가가 상에 다가와 앉으며 말했다. 나는 그의 얼굴과 솟대 같다는 것을 돌아보았다. 알 만한 얼굴이었다. 그는 이곳의 지방신문의 기자라고 알고 있었는데, 이른바 지방자치화 시대에 발맞추어 몇 개의 신문사가 문을 열어 정확히 어디에 속한 기자인지는 어렴풋했다. 그가 문득 솟대를 들먹인 것은 성황제가 열리고 있는 분위기 때문인지도 몰랐다. 그럴 것이었다. 그리고 그의 민속에 대한 관심과 지식을 은근히 드러내 보이려는 의도도 얼마쯤 곁들여 있었으리라.

나는 나뭇가지 위에 앉은 새를 바라보았다. 무슨 새인지 알 수 없었다.

"까마귄가요?"

그가 다시 물었다. 그의 태도로 보아 그는 나에 대해 잘 알고 있는 듯했다. 보통 나는 술자리에서 다른 사람과 인사를 나누는 경우가 많고 그 경우, 다음에 까맣게 잊어버리기 일쑤인 것이다.

"글쎄요. 요샌 까마귀도 정력제라고 해서 죄 잡아 판다던데요."

나는 엉뚱한 말을 했다. 정력에 좋다면 개구리나 뱀이나 너

구리나 오소리까지 무슨 짐승이나 가리지 않고 먹어치우는 습성에 대해서는 오래전부터 이야기가 되어온 것이었다. 그런데 며칠 전에는 까마귀까지 신문에 등장하고 있었다. 정력과 고혈압, 신경통에 좋다고 알려져 한 마리에 삼십만 원까지 하고 있다는 것이었다. 나는 까마귀 고기를 먹으면 건망증이 심해진다고 들었던 말을 떠올렸다. 그러는 사이에 까마귀인지 뭔지 모를 그 새는 날개를 퍼덕거리며 나뭇가지를 떠났다. 그러고 보니 새가 올라앉아 있을 때 그것이 솟대같이 보이기는 했다는 생각이 들었다. 물론 솟대라는 게 사라져가는 민속에 속하는 것이며 또 보편적으로 널려 있던 것이 아니라서 쉽사리 그 이름을 들먹이는 데는 좀 어떨까 싶은 구석이 있다. 그러길래 내가 정력제가 어떻고 하면서 엉뚱한 말을 늘어놓았을 것이다. 새는 날아갔으나 솟대의 장대에 해당할 나무는 그대로 남아 있었다. 언젠가 내 고향의 바닷가를 찾아가서 거기 솟대를 본 적이 있었다. 경포대를 돌아가기 전 바닷가에 세워진 장대 위에는 세 마리 나무 새가 올라앉혀 있었다. 왜 옛사람들은 장대 위에 새를 깎아 올린 것을 신앙의 대상으로 삼았을까? 나는 이런 의문을 품었으나 그때는 더는 관심을 기울일 여유가 없었다. 다만 그것이 어떤 지역에서는 꼭 나무 장대 위에 새를 없는 것만이 아니라 돌 위에도 없는다는 것, 그 새는 오리가 주로 되어 있지만 경우에 따라서는 기러기, 갈매기, 따오기, 까치, 까마귀까지 다양한 모습을 보인다는 것 정도만을 알 수 있었다. 그러므로 지방신문의 기자가 당집 옆 나뭇가지 위에 앉아 있는 새를 까마귀라고 하여 솟대를 말했다고 해서 잘못된 것은 아니라 하겠다. 그때 강릉에 가서 솟대를 보게까지 된 마당에 좀 더 파고들어보았어야 했다. 그러나 그때는 정말이지 그럴 여유가 없었다. 그때 나는 아직 젊었고, 떠나간 한 여자를 못 잊고 있었다. 솟대를 보게 된 것도 그 여자의 흔적을 더듬어갔다가, 말하자면 개평으로 얻은 소득이었다.

웬만한 사람들이 다 그렇듯이 나도 이제껏 몇 명의 여자를 만났고 또 헤어져야 했다. 그러니까 세월이 지난 지금 이야기하고자 하는 것은 당연히 헤어짐에 대한 것이 되겠다. 내가 솟대 아래로 만나러 갔던 여자, 류는 이미 오래전에 내게서 종적을 감춰버린 것이었다.

그보다 먼저 여름 어느 날이었던가. 류는 아무 낌새도 없다가 사라져서 일주일 만에 다시 나타났었다. 어딜 다녀왔느냐는 내 물음에 그녀는 쉽사리 입을 열려고 하지 않았다. 나는 다시 물었다.

"동해 용왕의 동굴 속에."

류는 웃지도 않고 대답했었다. 다른 때 같으면 부아가 났을 법하지만 나는 상당히 침착했었다. 인간이란 진정한 위기 앞에서는 그렇게 되는가보았다.

"납치라도 됐던 건 아냐?"

나는 웃음을 띠고 물었다. 거기에는, 설마 그런 일이야 당했을라고 하는 그 '설마'가 곁들여졌었다.

"납치는 아냐."

그녀는 말했다. '납치는'의 '는'이 문제였다.

"그럼?"

나는 내 호기심과 궁금증이 질투심으로 귀착되는 데는 언제나 환멸을 느낄 수밖에 없었다. 그럼에도 불구하고 나는 묻지 않을 수 없는 것이었다.

"말했잖아."

류는 피곤해했다.

"동해 용왕의 동굴 속?"

"응."

그녀는 더는 말하고 싶지 않다는 얼굴이었다. 그로부터 나는 그녀가 내 눈에 보이지 않기만 하면 또다시 어디 동굴 속에 있지나 않은지 깜짝 놀라곤 했다. 사실 처음부터 그녀는 언제나 떠나고 있는 느낌을 갖게 하는 여자였다. 그래서인지 그녀와 남남이 된 지금도 그때 일이 새삼스러워진다. 동굴은 무슨 놈의 동굴이람 하고 못마땅하게 여기면서도 그녀의 별난 행동이 내게 주었던 아픔을 생생하게 기억하고 있는 것이다.

사실 나는 아직도 그녀가 동굴 속에 있다는 생각을 지워버릴 수가 없다. 살아가는 과정 속에서 어떤 특별한 인상이 우리를 지배한다는 것은 슬픈 일이다. 그러나 나는 그녀를 생각하면 동굴 속에 웅크리고 있는 어떤 모습이 어른거린다.

"동해 용왕? 무슨 수로부인 같은 얘기지?"

나는 짐짓 그렇게도 물었었다. 그녀도 물론 옛날 수로부인의 이야기를 알고 있었다. 옛날 신라시대에 순정공이라는 벼슬아치가 강릉땅으로 부임하던 길에 동해 가에 머물렀다. 그러자 동해 용이 나와 그 아내인 수로부인을 앗아 바닷속으로 들어가버렸다. 사람들이 온통 아우성을 치자 동해 용은 마지못해 수로부인을 내보냈는데, 어느덧 그 부인의 몸에서는 희한한 향내가 나는 것이었다. 그 향내는 왜 나는 것일까. 그녀의 몸에서는 정말 수로부인의 몸에서처럼 어떤 향내가 난다고 나는 생각했던 것이다. 그전에는 맡을 수 없었던 향내라는 생각이 나를 괴롭혔다.

　뭐라고 설명할 길은 없다고 그녀는 말했었다. 나는 애써 태연한 척하고 있을 뿐이었다. 실상 나는 설명을, 그것도 납득할 만한 설명을 기대하고 있었던 것이다. 그러나 그녀가 자기 자신을 설명할 만큼 굴복적인 자세를 갖지 않으리라는 것은 잘 알고 있었다.

　"어쨌든 나는 그 동굴 속에서 깨어났어. 아주 오랜 세월이 흘러간 느낌이었어. 동해 용왕이 아니었다면 신밧드쯤 해놓을까."

　류는 내가 알아듣든 말든 중얼거렸다. 언제나 그녀는 자기 자신을 암호라고 생각하는 못된 버릇이 있었다. 하기야 그녀가 종종 어디론가 불현듯 잠적했다가 나타나는 버릇은 암호보다도 어려운 행동이었다. 아무리 '잠수 탄다'는 말이 있다곤 해도 지나친 일이었다. 그래서 그 여름의 일도 나는 암호를 풀듯 꼼꼼히 풀어나가야 했다. 모든 암호가 그렇듯이 그것을 푸는 열쇠는 있는 법이었다. 그리하여 나는 그녀가 실제로 일주일 동안 바다 벼랑의 동굴 속에 있었음을 알았다. 혼자 여행을 떠났다가 웬 남자 패거리를 만났었다고 했다.

　인생에는 정해진 길이 없을 것이라고 나는 말한다. 그녀의 어두운 얼굴이 땅바닥을 향하고 있음을 본다. 살아간다는 것은 한계를 깨달아가는 것이었다. 그것이 헤어짐이었다. 동굴 일이 있고 나서도 처음 얼마 동안은 우리는 겉으로 보기에는 아무런 변화도 없었다. 그러나 알 수 없는 것은 어쩐 일인지 그전의 감정과는 다른 감정이 개입되어 있음을 느끼기 시작한 것이었다. 무엇인지는 알 수 없었다. 나는 그전과 똑같은 상태가 유지되기를 간절히 바랐다. 하지만 그러면 그럴수록 모호하고 이질적인 감정이 점점 몸피를 늘려가고 있었다.

그리고 그녀가 사라지고 난 얼마 뒤 도저히 견딜 수가 없었던 나는 지난 흔적이나마 찾겠다고 집을 나섰었다. 어느덧 내 발걸음은 예전의 한 여관 앞에 머물러 있었다. 눈으로 길이 막혔던 그 전해 어느 날 우리는 그 여관의 층계를 밟았었다. 눈 때문에 도리 없이 그렇게 되었다고 우리는 마음속으로 말하고 있었다. 사실 무엇 때문이라고 구태여 구차스러운 변명을 마련해야 할 필요도 없었다. 그런 점에서 우리는 순진한 연인들이었던 셈이었다.

"방 있습니까?"

나는 창구에 대고 물었다. 예전에는 그렇게 묻는 내 뒤에서 그녀가 구두에 묻은 눈을 털고 있었다.

"예. 혼자십니까?"

여자가 나왔다.

"예. 혼잡니다."

예전에는 혼자가 아닌 것이 어색했지만 이제는 혼자인 것이
어색하다는 생각이 들었다.

"이리 오세요. 온돌 하시겠습니까, 침대 하시겠습니까?"

그녀가 앞장서서 층계를 올라가며 물었다.

"302호 혹시 비었습니까?"

내 말에 여자는 "예?" 하고 다시 물었고 나는 그 방의 호수
를 정확히 기억해 들려주었다.

"그 방은 큰 방인데……"

"그렇지요."

마침 그 방은 비어 있었다. 여자가 열어주는 대로 안으로 들
어갔다. 예전 그녀의 것이 아닌 침대가 놓여 있었다. 그걸 보
자 왠지 서글퍼져서 나는 우뚝 서 있었다. 302라는 숫자는 어
디에도 있을 수 있는 번호인 것이다. 학교의 강의실에도, 아파
트의 동·호수에도, 병원의 병실에도 그 번호들은 나열되어 있
다. 그러므로 그 여관방의 302라는 숫자도 특별한 의미를 갖
는 것은 아니다. 그러나 나는 나만의 특별한 숫자로 간직하고

그 방에 들어선 것이었다. 많은 남녀들이 그 방을 거쳐 갔을 것이다. 방구석마다 갖가지 사랑의 사연들이 보이지 않는 무늬로 아로새겨져 있을 것이었다. 이름을 부르면 그때의 그녀는 그 모습대로 나타날 것만 같았다. 빛이 일 년 동안 가는 거리는 일 광년의 거리. 그 거리를 둔 저쪽에서는 지금 내 모습을 일 년 뒤에나 볼 수 있다. 이런 사실이 신파 이야기로서 다가와 곤혹스럽게 만들었다. 그동안 내 모습은 빛에 의해서 운반되는 셈이 된다. 더 먼 거리에서는 더 오랜 시간 동안 그럴 것이었다. 나는 나직하게 그녀의 이름을 불러보았다. 그렇다면 그때의 우리 모습은 지금 어느 공간이든 빛에 의해 실려 가고 있을 것이다. 그러니까 우리들 삶의 순간순간은 모두 영원히 살아 있는 장면들로 우주 공간을 가고 있다는 이야기가 된다.

"여관방은 왜 이렇게 창문을 막아놨는지 몰라."

류는 그렇게 투덜거렸었다. 그것은 바깥쪽으로 나무판자로 가려져 있었다. 내가 하고 있는 짓거리는 모두 우습기 짝이 없는 것임을 나는 알고 있었다. 떠나간 사람의 흔적을 찾아 언젠가 머물렀던 장소를 찾아다닌다는 것은 무슨 의미가 있는 것일까? 나는 그 밤을 뜬눈으로 새우다시피 하고 아직 새벽이 머물러 있는 박명의 거리로 나왔었다. 나는 그녀의 행동을 잘 이해하고 있었다. 그녀는 늘 어디론가 탈출을 꿈꾸고 있었더랬다. 무엇이, 왜 그렇게 만들었는지는 정신과 의사들이 밝힐 문제일 것이다. 그런데 내가 잘 이해하고 있다는 것은 나 자신이 그런 꿈에서 한시라도 자유롭지 못하기 때문이었다. 내게서 떠난 사람의 마음을 이해한다고 하는 것은 비극이다. 그럼에도 불구하고 나는 지나간 또 다른 흔적들을 찾아다녀야 했다. 그리하여 여름이면 사람들이 떼를 지어 몰려들곤 하는 내 고향 바닷가로 향하게 되었던 것이다. 그러나 내가 그 바닷가로 향해 간 길은 흔히 그곳으로 가는 길과는 반대쪽으로 뚫려 있었다. 거기서 생각지도 않게 솟대를 보게 되었던 것이다.

류가 내게서 그렇게 떠나간 뒤로 나는 오랫동안 그녀의 소식조차 들을 수가 없었다. 그 사실에 생각이 미치면 나는 그곳으로 그녀를 찾으러 갔던 게 아니라 어쩌면 솟대의 정체를 확인하러 갔던 게 아닌가도 여겨진다.

"저게 뭔가요? 장대 위에 새 세 마리가……"

나는 그것을 보고 동네 사람에게 물었다. 꽤 여러 차례 단오제 행사를 보러 오기도 했지만 그런 게 바닷가 마을에 서 있는 것은 처음이었다. 그것이 바로 솟대라는 것이었다. 그날 나는 호숫가를 한 바퀴 빙 돌아서 버스 정류장 근처에 이르렀고, 철

지난 해수욕장의 간이음식점에서 소주 한 병을 혼자 마셨었다. 그녀가 떠나갔음을 그렇게 확연히 마음속에 받아들이는 절차이기도 했다. 그 호숫가 어딘가에 그녀가 기적처럼 있어주었으면 하고 기대하는 마음이 깊었으나 그것도 터무니없는 것이었다. 떠난 사람은 이 세상 어디에도 이미 존재하지 않는다.

잿머리 성황제가 거의 끝나갈 무렵까지 나는 쉬엄쉬엄 막걸리를 마시며 예전의 그 솟대와 지금 새가 날아가고 나뭇가지만 앙상한 솟대 아닌 솟대를 번갈아 생각하고 있었다. 딱히 무슨 생각이었는지는 명확히 알 수 없었다. 우리의 한때 만남은 어느새 박제가 되어 저쪽 진열창 안에 먼지를 뒤집어쓰고 있었다. 추억이 언제까지나 살아 있자면 사랑을 제물로 삼아야한다. 단도직입적으로 말해서 사랑의 심장을 보는 앞에서 희생으로 삼아야 한다는 말이다. 그렇다면 그녀는? 나는 생각의 갈피를 제대로 잡을 수가 없었다.

옆에서 솟대니 까마귀니 하던 기자도 어디론가 옮겨 가고 없었다. 그는 그날따라 이것저것 꽤 많은 이야기를 했는데 나는 그가 해박하나 설익은 지식을 꺼내놓으려고 안달하는 것같아 그저 건성으로 고개만 끄덕여주었다. 그런 어느 어간에 그가 그리핀에 대해서 한마디 했는지는 자세히 기억되지 않는다. 그러나 그는 어디론가 옮겨 가기 전에 분명히 내게 그리핀이라는 낱말을 전해주고 갔다. 아마도 그의 말을 듣는 내 태도가 성실치 못하다고 여겨서 거기서 멈추었는지도 모른다. 그리핀. 그게 솟대의 새와도 연관이 있다고 그가 말한 것 같다. 그러니까, 앞에서 내가 그리핀에 대해서 처음 들은 것이 잿머리 성황제에서였다고 했지만 '얼핏'이라고 했듯이 그때는 자세한 기억이 없다고 하는 게 옳겠다. 나중에 기억을 더듬어본 결과 그랬었구나 하는 정도인 것이다.

그야 어쨌거나 별 상관이 없는 일이다. 그리핀이든 머리핀이든 나는 성황제에서 돌아와서도 내내 솟대라는 데 생각이 머물러 있었다. 성황제가 열렸다고 해서 민속적인 측면에서 그것에 관심을 기울이고 있었던 것은 결코 아니었다. 그것에 관해서라면 '그 애송이 기자 녀석 공연히 아는 척을 해' 하고 오히려 못마땅한 마음이었다. 자기 것을 찾자느니 뭐니 해서 케케묵은 것들을 뒤지고 다니는 꼴도 신물이 나도록 봐와서 은근히 반발심마저 일고 있는 판국이었다. 그런데 나는 그날 줄곧 솟대가 머리에서 떠나지를 않았다. 그러므로 나는 아무래도 그녀 때문이라고 고백하지 않을 수가 없는 것이었다.

그녀 때문이었다. 나는 바닷가를 끼고 호숫가로 나아간다.

거기에 솟대가 있었다. 솟대란 무엇인가? 나는 비로소 그 의미를 캔다.

산속 마을에서 나는 한 여자를 만난다. 그 산속 마을에는 모닥불이 피워지고 그 여자는 춤을 추었다.

"당신이 오실 줄 알고 있었어요."

그 여자가 말했다.

"어떻게?"

술잔을 들고 나는 물었다.

"그것은 운명이에요."

"운명?"

나는 그 여자의 얼굴을 들여다보았다. 모닥불의 홍염이 여자의 얼굴을 비추었다. 여자가 살포시 몸을 기대왔다.

"저는 이 부족의 수호 여신이에요."

그러면서 여자는 자신의 정체를 밝혔다. 나는 생각에 잠겼다.

"운명이라는 건 당신은 오늘 밤 절 선택하게 되어 있다는 거예요."

"그게 무슨 뜻이지?"

나는 알 수 없는 '운명'이 다가오는 느낌을 받았다.

"당신은 이 마을에 온 첫 손님이에요. 그 손님이 바로 닷새

뒤까지 안 오면 저는 수호 여신 자리에서 물러나게 되지요."

무슨 엉뚱한 이야기일까.

"난 못 알아듣고 있소."

나는 머리를 저었다.

"어려운 얘기예요. 어쨌든 저는 오늘 밤 당신 여자예요."

"그래서 어떻게 된다는 걸까?"

"그래서…… 당신은 저를 선택하지 않으면 목숨을 잃게 되지요."

그 여자는 나를 응시했다.

"그러면…… 그다음엔?"

나는 술잔을 비웠다.

"저를 선택한 다음에요? 그다음엔 저를 데리고 떠나야 해요."

여자가 고기 한 점을 집어 나의 입에 넣어주었다. 내가 마을에 온 것은 작은 우연에 지나지 않았다. 그런데 운명이 결부되어 있다니 난처한 노릇이 아닐 수 없었다.

"어디로 떠나야 한단 말이오?"

나는 궁금하기 짝이 없었다.

"어디론가요. 벌판 끝에 호수가 있어요."

그 여자는 이야기의 내용에도 불구하고 얼굴을 발그레 물들이고 있었다. 나도 그 호수가 있다는 것을 알고 있었다. 그러나 그 주변에는 아무것도 없다. 다만 짐승들만 출몰하고 있는 것이다.

"난 다른 일이 있는 사람이오."

나는 피할 길을 생각한다.

"그러니까 운명이지요."

여자가 따뜻한 손을 건넸다.

"저 사람들을 보세요."

여자는 눈짓을 했다. 눈을 들어보니 다른 사람들은 이쪽을 예의 주시하고 있었다.

"이것은 이 마을의 운명이기도 해요. 오래전부터 내려오던 습속이지요. 그렇게 하지 않으면 이 부족은 멸망한다고 믿고 있어요."

점점 무서운 현실이 다가온다고 나는 생각한다. 그러나 여기서 벗어날 길은 없다는 것도 알 듯했다.

"저기 멀리 호수가 있어요."

"거긴 그저 황량하기만 하던데."

"저희 마을 사람들은 그 호수를 신성하게 생각하고 있어요."

그 여자는 꿈꾸는 듯한 눈을 들어 먼 곳을 응시했다. 여자의 몸에서는 향내가 난다. 이게 무슨 냄새일까. 나는 그 향기에 점점 취해 옴을 느꼈다.

"우리는 그곳으로 가야 해요."

"가야 된다니?"

"우리는 그곳에서 의식을 치러야 해요. 그러지 않으면 당신은 저 사람들에게서 벗어날 수 없을 거예요."

나는 그 여자의 몸이 자신에게 점점 기대 옴에 따라 최면에 걸린 듯 온몸이 굳어져 왔다. 그녀의 바스락거리는 비단옷 소리만 어스름히 들려왔다.

"자! 이리 오세요."

나는 그 여자가 이끄는 대로 따라갔다. 그러자 이대로 그 여자를 따라 어디든지 가도 좋다고 생각되었다. 거기가 유황불이 타는 지옥이라도 말이다.

"저기 새가 한 마리 와요."

"어디 새가?"

나는 그 여자가 가리키는 곳을 바라보았지만 아무것도 보이지 않았다.

"어디?"

"저기 안 보여요?"

아득한 저쪽에 뭉게구름 같은 게 보인다. 여자의 벗은 몸이 다가왔다. 그는 어느새 방 안에 와 있다는 것을 스스로 느낀다.

"여기가 어디야?"

나는 문득 방 안을 둘러봤다.

"여기는 신소(神所)예요."

여자는 그리고 꼭 입을 다물었다.

"신소?"

"당신은 이미 운명의 장소에 들어온 거예요."

나는 어쩔 수 없이 운명이 다가왔다는 것을 절실하게 느꼈다. 그러자 멀리 저쪽에서 새 한 마리가 날아왔다. 큰 부리를 가지고, 큰 날개를 가지고, 긴 다리를 가지고 있었다. 그런데 이상하게 그 머리는 어디서 본 듯한 사람의 얼굴을 하고 있었다.

"앗! 너는 뭐냐?"

그 얼굴은 아무 말도 하지 않았다. 그리고 옆에 내려와 앉았다.

"너 이놈, 저리 가지 못할까."

새는 날개를 한 번 퍼덕거렸을 뿐 그 여자 앞에 있었다. 여자는 벗은 알몸을 일으켰다.

"어서 타세요. 함께 이 새를 타고 그 호수로 가야 돼요."

"호수라고?"

"신성한 곳이에요."

여자는 더 이상 말이 없다. 입을 다물고 그윽이 바닥을 내려다보았다. 말하자면 그녀는 한 마리 새로 변신하고 있는 것이었다. 큰 부리와, 큰 날개와, 긴 다리……

어느 사이엔가 나는 아무도 모르는 사이에 먼 땅에 버려져 있었다.

호수는 멀리 있는가.

나는 눈을 뜨며 생각한다. 그러면서 주변을 둘러보았다. 사방은 흰 눈에 덮여 있었다. 눈은 순결했다. 모든 걸 정화시키듯 아니, 온갖 것을 다 밑바닥에 감추듯 백색으로 덮고 있는 것이다. 순결…… 나는 생각했다. 이 버림받은 땅에 버려져 있는 육신, 나는 문득 순결해지고 싶었다. 버림받은 땅에 버려져 있는 그대로 눈 속에 묻혀 그대로 얼어붙고 싶었다. 호수는 얼어 있을까? 나는 눈을 감았다. 그러고는 땅바닥에 얼굴을 갖다 대었다. 차가운 감촉이 전해져 왔다. 호수는…… 망막 속으로 호수가 갇혀 왔다. 아니, 갇혀 온다기보다는 펼쳐져 나갔다. 돌을 던진 연못에 물결이 퍼져 나가듯 계속해서 퍼져 나가는 것이

다. 얼마를 그렇게 엎드려 있었을까. 꿈인지 현실인지 분간할
수 없는 속에서 나는 한 마리 물고기처럼 되어 유영했다가 부
스스 몸을 일으켰다. 차가운 땅에 손을 짚고 온 힘을 다해 일
어섰다.

'여기가 어디일까?' 나는 새삼스럽게 다시금 주위를 둘러보
았다. 기억에 없었다. 아무것도 눈에 익은 게 없었다. 사방은
눈에 덮여 있을 뿐 기억 속에 존재하는 것은 하나도 눈에 띄지
않았다. 아무리 기억을 더듬어도 어떻게 해서 여기까지 오게
되었는지 그것조차도 알 수 없었다.

호수……

나는 눈 덮인 들판에다 대고 중얼거렸다. 나는 비척거리며
걸음을 옮겼다. 호숫가에는 숲이 우거져 있었다. 그리고 밤에
는 그 숲에서 짐승 울음소리가 들리곤 했었어…… 한 걸음 한
걸음 옮길 때마다 등에선 식은땀이 이어져 나왔다. 생각 같아
서는 그 자리에 누워 잠들고 싶었다. 아주 영원하고 아늑한 잠
을. 그러나 나는 걸어야만 되었다. 어디로 가야 하는지도 모
르지만 어쨌든 가야만 되었다. 그게 자신의 운명인지도 몰랐
다. 호수를 찾아야만 돼…… 나는 생각했다. 망막 속으로 다시
금 호수가 펼쳐졌다. 해가 지고 어둠이 내리면 커튼을 치듯, 그

리고 펼쳐진 커튼이 잠시 출렁이듯, 호수의 물결이 일렁이며 눈에 어른거렸다. 그게 나에게 주어진 숙명인지도 몰랐다. 나는 금세라도 무너져 내릴 것 같은 자신의 육신을 달래며 한 발짝 한 발짝 걸음을 옮겨나갔다. 호수를 찾아서…… 류를 찾아서……

……나는 오랫동안 이것을 꿈이라거나 환상이라거나 하는 투로 돌려두려고 하지 않는다. 물론 터무니없는 이야기로서 비록 꿈속에 이상하게도 몇 번인가 반복되기는 했으나 꿈이란 어김없이 어떤 식의 희망사항이라고 꿈 학자는 말하고 있었다. 그런 의미에서 꿈보다 해몽이 좋다는 말은 그야말로 그럴싸한 말이었다. 꿈속에서 나타난 광경이건 현실에서 몽롱한 가운데 그려본 광경이건 간에 나는 그 이면에 숨겨져 있는 뜻을 간단명료하게 설명할 수 있다. 즉, 그 큰 부리에 큰 날개를 한 긴 다리의 새는 솟대의 새이며, 그 호수는 내 고향의 호수가 틀림없다는 것이다. 비록 내가 그리는 광경의 내용이 솟대를 만들어, 설사 옛사람들의 뜻과 구체적으로는 다르다 할지라도, 거기에 어떤 종류든 신앙의 의미가 깃들어 있음이 분명하다 할 것이면……

솟대란 무엇인가? 듣건대, 솟대란 세계나무와 하늘새의 개

넘을 나타낸 것이라고 했다. 말했다시피 나무나 돌로 만든 새를 장대나 돌기둥 위에 앉힌, 마을의 신앙 대상물로서, 북아시아 사람들의 무속(巫俗)과 직접적인 연관을 가지고 있다는 것이었다. 북아시아 무속에서는 우주는 상계·중계·하계라는 세 개의 우주 층으로 되어 있고 이 세 우주 층을 잇는 세계 축으로서 세계나무가 존재한다. 이때 새는 세계나무를 통해 신의 세계와 인간의 세계를 왕래하는 사자(使者)의 역할을 한다고 했다. 그러니까 세계나무와 하늘새로서 솟대는 존재한다. 그러나 이런 학자들의 연구가 어찌되었든 나는 나 나름대로의 독특한 솟대를 마음속에 만들어 세워놓았다는 이야기가 된다. 그녀 때문이었다. 아닐 것이다. 그녀 때문이었다가 아니라 그녀를 향해 갔던 그 길의 뜻 때문이었다.

그런데 그로부터 불과 며칠 뒤 다시 그리핀이 있다. 그녀와 나는 '스키타이 황금'의 대표적인 상징이 된다는 황금 그리핀 앞에 여러 번 발걸음을 멈추었다. 황소를 공격하는 그리핀, 사슴 머리를 물고 있는 그리핀, 멧닭 수컷을 공격하는 그리핀, 산양을 공격하는 그리핀…… 사자 머리의 그리핀, 독수리 머리의 그리핀…… 황금을 지키는 괴조(怪鳥), 새는 새지만 여러 짐승과 합친 모습이었다. 일찍이 중앙아시아와 흑해 연안의 초원지대를 무대로 무서운 세력을 떨쳤던 스키타이 사람들이 만든 상징이었다. 기원전 8세기니 7세기니 하는 아득한 옛날의 황금새는 박물관의 진열창 안에 금방이라도 날아오를 듯 눈을 번뜩이고 있었다. 날카롭게 굽은 부리, 힘 있게 뻗친 볏과 갈기, 바짝 선 귀, 부라리고 있는 눈, 독수리 머리에 사자 몸뚱이…… 이런 찬란한 유물들을 남겨놓고 그들은 어디로 사라졌을까 하고 크게 한숨짓는 대학생 차림의 관람객도 있었다.

"어디 가서 점심이나 하지."

황금의 유물들을 뒤로하고 나오면서 나는 말했다. 실로 오랜만에 박물관에 가서 많은 황금을 봐서인지 머리가 혼란스러웠다. 그 진열창 한구석에 스키타이 유물들과 비교해보라는 뜻으로 오도카니 놓여 있는 신라 금관도 다시 눈에 어른거렸다. 서봉총(瑞鳳塚)이라고 이름 붙여진 무덤에서 나온 금관이라고 했다. 서봉총이라면 지금 스웨덴의 왕 구스타프가 왕자였을 때 경주에 와서 발굴에 참가했다고 해서 스웨덴의 한자 표기인 서전(瑞典)의 서(瑞) 자를 딴 이름이라고 언젠가 들은 적이 있었다. 명칭이야 어떻든 전시실에 붙어 있는 설명 쪽지에는 그 금관이 스키타이 유물과 어떻게 닮아 있는지를 말해주려고 애쓰고 있었다. 나는 스키타이 유물의 장대투겁에 앉아 있는 세 마리의 새를 보았다. 내가 그렇게 금관을 자세히 살펴본 것은 처음이었다. 그것들은 나뭇가지에 앉아 있는 그리핀, 아무리 봐도 그리핀이었다.

"점심…… 그래…… 마지막 인사라도 해야 되니깐…… 우린 어디론가 떠나가. 뭔가를 찾아서. 남자가 맹목적으로 살기는 싫다는 거야. 나도 아주 멀리 떠나고 싶고…… 어디 맛있게 하는 데 알아?"

류가 비로소 팔짱을 끼어왔다. "떠나기는, 어디로?" 나는 간신히 물었다. "글쎄, 사막은 어떨까?" 그녀는 웃었다. 나는 내 고향 바닷가 마을에 서 있는 솟대 위에 앉아 있는 세 마리 새를 떠올렸다. 스키타이의 새, 금관의 새, 솟대의 새는 하나같이 하나의 모습이었다. 그것의 의미는 무엇이며 그녀가 굳이 박물관으로 나를 데려가 보여준 의미는 무엇일까?

나는 늦가을 햇빛 아래 박물관 앞뜰을 건너지르며 몽롱한 생각에 빠졌다. 뜰 옆 잔디밭 앞에서는 갓 결혼식장에서 나온 신혼부부들이 사진사의 연출에 의해 괴이한 몸짓으로 사진을 찍고 있었다. 지지고 볶으며 살아갈 앞날을 미리 보상받으려는 듯, 문자 그대로 선남선녀의 모습을 연출하는 그 행동들은 더욱 비현실적으로 과장되어 보였다. 행복은 부드럽게 미소

짓는 가면 속에서 벌써부터 일그러진 얼굴로 변하고 있는 것
만 같았다. 우리는 서로 약속이나 한 듯 마주 보며 피식 웃음
을 터뜨렸다.

그날 그녀가 나를 데려가서 그리핀을 보여준 것은 그녀가
이 우주의 어디, 즉 상계거나 중계거나 하계거나를 막론하고
멀리멀리 가 있다 하더라도 세계나무에 얹어진 하늘새에 의
해 나와의 관계는 연결되어 있다는 의미를 말하고자 했던 것
일까? 이것은 지나친 표현일지 모른다. 그럴 것이다. 그럼에도
불구하고 나는 이 가을 그 의미를 받아들이고자 하는 것이다.
점심을 먹은 뒤 그녀는 떠나갔다. 나는 중요하거나 긴박한 때
내 뜻과는 상관없이 엉뚱한 말을 내뱉는 버릇이 있다. 뒤돌아
서는 그녀에게 내가 한 말도 그랬다. 그것은 우리 동네에 경순
왕, 그 김씨 대왕을 모시는 민간신앙이 있는데 그 신당이 있었
던 군자봉 꼭대기에 이상하게도 몇백 년 묵은 느티나무가 한
그루 있는 걸 아느냐는 말이었다.

"그래? 그걸 볼 시간은 없구."

그녀는 간단하게 받고는 뒤돌아섰다. 그것이 마지막 순간이
었다. 나는 그 마지막 순간에 왜 좀 더 가슴에 와 닿는 말을 직
접적으로 하지 못했을까? 오랜 시간이 지나 그 만남의 의미가

퇴색했다고 하는 것은 거짓말이다. 막연하게나마 나는 남모르게 언제나 그녀와 함께 호수로 표상되는 저 세계로 날아가는 꿈을 꾸어왔던 것이다.

그렇게 류는 다시 떠나갔다.

언젠가 그녀 옆에서의 '영원히'를 꿈꾸었다면 그 '영원히'는 이제 정반대로 실현되었다는 느낌이었다. 사실인 것이다. 그녀가 영원히 떠났음을 받아들여야 한다고 여겨졌다. 그녀는 영원히 떠나갔다. 그러나, 그러나 그녀가 보여준 그리핀이 의도적이었든 의도적이 아니었든, 그리핀으로 하여 내 꿈은 다시 선명하고도 생동적으로 살아났음을 깨닫는다. 첫사랑에 눈뜰 무렵처럼 나는 스스로 의미를 부여한다. 그리고 삶이란 의미를 부여함으로써만 삶일 수 있다고 믿기 시작한다. 그렇게 될 때 우리들 헤어짐은 결코 헤어짐으로 막을 내리지 않는다. 다만 그 진실을 믿는 것이 문제인 것이다. 그렇다면 옛사람들의 그리핀은 내게다 진실을 전하기 위해 지금까지 사막이며 초원은 물론 박물관의 진열창 속에서까지 외롭게 외롭게 버텨온 것이 아니었을까.

이렇게 생각에 젖어 있던 나는 돌아오는 일요일에는 오랜만에 군자봉으로 산행을 해서 그 느티나무를 또 한 번 보아야겠다고 다짐했다. 그날 우연하고도 다행스럽게 그 나무 꼭대기에 까마귀 한 마리라도 와 앉아 있게 되기를 은근하고도 끈끈하게 희망하면서, 그리고 멀리 비단길의 모퉁이 길 한 자락이라도 떠올릴 수 있기를 희망하면서.

희망

오랜 시간이 흘렀다.

나는 협궤열차를 타고 송도에서 내려 제물포구락부로 향한
다. 사실 협궤열차가 운행을 멈춘 지는 꽤 오래되었다. 그러나
나는 예전 생각에 그 길을 더듬어 가려고 한 것이었다. 얼마
전에 무슨 행사를 한다고, 참석할 수 있겠느냐고 물어 왔을 때,
나는 그 방법을 생각해내고 다짜고짜 승낙하고 만 것이었다.
거기에는 나를 태우고 둔황역까지 갔던 협궤열차가 나를 기다
린다는 믿음이 있음을 나는 보았다.

"어디요? 어디라구요?"

나는 잘못 들었나 싶어 다시 물었다.

"예, 작년에도 행사를 했는데……"

"아, 제물포구락부에서 하는 행사가 아니로군요. 자유공원 밑에 있는 그……"

그러고 보니, 지난번에 그 건물에서 행사를 하면 좋겠다고 말을 꺼낸 것은 내 쪽이었다. 김윤식 시인의 안내로 갔던 김에 나는 지나가는 말처럼 제안했던 것이다. 내 말에 따른 행사가 아니라 해마다 열리는 행사에 초청되었다는 이야기였다. 지난 해에 이어 올해도 섬에서 열 계획이라는 것이었다.

전화를 끊고 나는 지난번 그곳에 갔던 때를 되돌아보았다. 오래된 양관 건물 안으로 들어가면서 나는 순식간에 과거의 한 장면 속의 나로 변신하는 느낌이었다.

"여기에 이런 곳이 있는 줄 몰랐네요."

나는 일찍이 그 공원을 알고 있었다. 중국인거리를 구경한다고 언덕길을 걸어다니다가 계단을 올라 도달했었다. 그때는 자귀나무가 많아 우거져 있는 곳으로만 기억에 남았다. 그런데 공원 한옆에 제물포구락부라는 이름의 양관(洋館)은 기억에 남아 있지 않았다.

나는 안내하는 대로 실내로 들어갔다. 입구부터 장식되어 있는 옛 왕조 시대에 이 땅에 상륙했던 제국주의의 유물들 때문일까, 하와이 이민이니 제물포 해전이니 경인선 개통이니 하는 역사적 사건들 때문일까. 나는 과거 속에 놓여졌다. 옛러시아와 독일과 일본의 분위기를 전해주는 전시물들은 당장이라도 현재 속에 쓰임새를 맡고 있다고 말하는 것 같았다. 게다가 걸음을 옮길 때마다 유난히 삐걱거리는 마룻바닥 소리는 그 무렵의 어떤 순간들을 상기시키려고 애쓰고 있지 않은가. 그 마루는 본래의 그것이 아니라 새로 뜯어고친 것이라는 설명이 있었지만, 소용이 없었다. 삐걱삐걱삐걱…… 옛사람 누가 걸어오고 있는 발걸음 소리……

1901년 6월 22일, 1년여의 공사 끝에 제물포구락부의 회관 개관식이 거행되었다. 제물포와 서울에 거주하는 여러 외국인들이 참석한 이날 행사는 오후 4시 30분 주한미국 공사 알렌 부인이 은제 열쇠로 출입문을 엶으로써 시작되었다.

나는 작은 팸플릿에서 건물의 연혁을 읽었다. 알렌이라는 이름은 대한제국의 역사와 고종임금이 등장하는 책의 갈피들에서 여러 번 마주치는 이름이었다. 연세대학교하고도 무슨 연관이 있다고 읽은 적이 있는 듯한데, 아리송했다. 대학을 세운 사람은 언더우드였다. 그 동상이 교정에 있었다. 그런데 대학 때 신문사에서 일하면서 드나든 건물이 그의 이름을 붙인 알렌관 아니었던가. 틀림없는 것 같았다. 겨울 어느 날은 추위에 떨던 나머지 묵은 신문 뭉치를 난로에 쑤셔 넣으며 밤을 지샌 적이 있었다. 신문지는 활활 불타오를 때만 열기를 뿜을 뿐 사그라지면 금방 냉랭해진다. 온기가 조금이라도 도는 가운데 책상 위에서나마 눈을 붙이려 한 것은 헛된 꿈이었다.

내빈들은 회관 내부를 두루 둘러본 다음, 허버트 고페 영국 영사가 경과보고와 함께 회관 신축에 기여한 러시아의 사바틴, 미국의 데쉴러, 독일인 뤼어스 등의 노고를 치하했으며, 알렌 부인이 개관을 선언함으로써 본격적인 운영에 들어갔다.

그러니까 인천의 20세기는 이렇게 바깥세상에 문을 열고 있었다. 그러나 제물포 지역에 각국 조계(租界)가 설치된 것은 이보다 앞선 1884년이라고 했다. 나는 중국의 현대사 이야기를 읽다가 조계라는 낱말을 처음 배웠다. 그것은 외국이 마치 자기네 땅처럼 치외법권을 가지며, 스스로 행정권과 재판권을 행사하는 영역이었다. 중국의 조계에 외국 세력들이 밀려들고, 마침내 중국과 부딪쳐 전쟁이 일어나는 영화를 본 기억이 되살아났다. 인천에도 그런 지역이 있었다는 사실이 새삼 흥미로웠다.

제물포구락부에서는 보름마다 무도회가 열리는데, 모인 사람들은 잡다하지만, 사람들과 사귀는 건 흐뭇하다고 전번에 말씀드렸지요.

고종황제의 시의였던 독일인 분쉬의 일기에서처럼 제물포구락부는 외국인들이 모여 사교하며 정보를 나누는 장소였다. 나는 바깥으로 나와 아래를 내려다보았다. '넓은 항구에는 수많은 배들이 보였고, 가파른 산으로 둘러싸인 낮은 섬들이 먼 바다에 흩어져 있어, 항구가 마치 내륙의 호수처럼 보였다'는 그의 기록은 지금도 여전히 그대로였다. 낮에 지하철 인천역에서 만난 우리는 법성포구를 둘러보고 그곳까지 올라간 것이었다.

"설계한 사람이 러시아인이었단 말이죠?"

나는 설명을 듣고 옆 사람에게 물었다.

"네, 여기 써 있어요."

여자 안내자가 나서서 내가 들고 있는 팸플릿의 다른 쪽을 펼쳐주었다. 사바찐이라는 글자가 보였다. 철자는 't'인데 현지 발음은 'ㅉ'로 나는 모양이었다. 러시아에 갔다 온 사람들은 예카테리나 여제도 예카쩨리나 여제로 발음하고 있었다. 사바찐이든 사바틴이든 어쨌든 그 사람은 1860년생으로 1883년에 인천에 도착했다고 한다. 인천 해관에 근무하면서 해관 청사와 세창양행 사택, 부두, 각국 공원, 홈링거 양행 인천 지점 사옥 등도 설계했다. 그러나 러일전쟁과 함께 조국 러시아가 패하자 이십삼 년 동안의 인천 생활을 마감하고 가족과 함께 돌아가는 몸이 되었다.

"사바찐, 사바틴."

나는 이름이라도 외워둘 것처럼 홀로 중얼거렸다. 그때까지도 삐걱거리는 마룻바닥 소리는 내 귓바퀴에서 사라지지 않았다.

항구에는 대규모 공사가 벌어지고 있는 듯 거대한 크레인 아래 철골 구조물들이 우뚝우뚝 솟아 있었다. 아까 보았던 법성포구도 새로 석축을 쌓아 시멘트로 바닥을 넓혀놓고 있었다. 통통배들이 황해의 바다에서 새우에 돌고래까지 잡아와 부려놓는 곳이었다. 도무지 포구로 가는 길이라 여길 수 없는 좁은 골목길을 지나면 빤히 열리는 조그만 포구였다. 안산에 여러 해 사는 동안 나는 이쪽 바닷가의 포구들과 친숙해질 수 있었다. 새우와 함께 가재를 사기도 하고 돌고래의 꼬리를 구해다 박제를 해보기도 했다. 그리고 여러 종류의 젓갈에 위안을 얻곤 했다. 젓갈이 어떻게 위안이 되느냐고 물어서는 안 된다. 그것은 하루하루 끼니를 잇는 게 생활인 사람만이 아는 것이다. 그러나 젓갈에는 끼니 그 이상의 무엇이 있다. 삭여서 저장한 것의 담보는 삶을 지탱하는 힘이 된다.

나는 오래전 어느 날, 소래포구가 내게 준 시 〈희망〉을 생각해냈다. 그러니 나는 황새기젓, 곤쟁이젓, 꼴뚜기젓 같은 젓갈들에서 꽃, 사랑, 꿈을 찾았다는 이야기가 된다. 요즘에는 소통되지 않을 이 문법을 가진 내 과거를 나는 소중하게 여기지 않을 수 없다. 나는 협궤열차를 타고 소래역에 내려 포구로 가서 녹슨 드럼통 속의 젓갈을 사오곤 했었다. 그 가운데 가장 볼품없는 젓갈을 제목으로 단 〈곤쟁이젓〉이라는 시도 있었다.

조선시대 간신 남곤과 심정의 이름 곤정에서 비롯되었
다고 하는

곤쟁이젓

그토록 시원찮은 것이언만

내 술안주가 된다

남들은 무엇인가 외치며

보무도 당당한 이 봄날에

뒷날 끼니 걱정은 이것으로 던다

맨 밥에 물 말아 놓고

이것 오백 원 어치면 보름은 문제없겠지

간신의 이름으로 밥을 넘긴다고

사람들 웃겨줘야지

소래에서 사온 곤쟁이젓

그러나 실상 그 젓갈의 밥상은 이제 어떤 상징일 뿐임을 나는 알고 있었다. 그것은 궁핍을 지내온 자에게 달라붙어 있는 허기의 망령이 시킨 짓이었다. 정신적인 허기를 달래려면 상징이라는 먹이가 필요하다.

지난해 김의규 화가의 크레용 그림 전시회에 갔던 때가 떠올랐다. 크레용 그림이라…… 어린 학생의 정서? 그러나 전시장에 들어선 순간, 나는 놀랐다. 아니, 실은 초대장에 찍혀 있

는 그림에서부터 놀라기는 했지만, 전체 분위기가 주는 중압
감에 더욱 놀란 것이었다. 크레용이란 현재나 미래를 위한 안
료가 아니라 과거를 위한 안료인가, 거기에는 온통 내 과거, 이
십 년 전 무렵의 과거가 송두리째 담겨 있었다.

그것은 공교롭게도 '포'라는 글자를 앞세운 포장마차와 포
구의 두 장소가 중앙 무대로 등장한다. 아닌 게 아니라 나와
우리들의 대화와 놀이는 그곳에서 주로 이루어졌다. 기쁨과
슬픔, 드러냄과 감춤, 외침과 말없음, 달림과 섬……이 함께 있
었다.

어둠 속에서 희망과 절망이라는, 한 짐승 두 대가리를 싸 짊
어지고 어디론가 걸어가던, 달려가던 시절이었다. 그것을 나
는 어느 글에서 '자멸파(自滅波)'라 불렀다. 지금 가고 있는 길
이 포구 아랫길이건 염전 귀퉁잇길이건 어디건 상관없이 나는
'삶? 삶! 삶……' 하며 나 자신을 찾아가는 길임을 잊지 않았
다. 그렇게 '자멸의 계절'은 지나가고 있었다. 돌이켜보면 그때
의 우리들 가운데 여럿이 이미 이 세상 사람이 아님에는 할 말
을 잃게 되는 것이다.

지금은 개발되어 옛 모습이 가뭇없이 사라진 곳들 가장자리
에 포구들이 있었다. 물때 맞춰 새우잡이 통통배들이 갯고랑

을 타고 드나들었다. 그 은성하고 황량한 풍경에 나를 맡기고, 나는 이 사실이 무엇인가를 스스로에게 묻곤 했었다. 그런 시간 안의 나 역시 은성하고 황량했다. 통통배들이 들어오면 포구의 풍경은 이제까지와는 전혀 다른 얼굴이 된다. 그 얼굴을 늘 새롭게 낯설게 맞닥뜨리며 나는 갓 잡혀 와 무더기 무더기 쌓여 있는 새우들과 어떤 속삭임을 나누곤 했다. 바다 어디에 그토록 많은 새우들이 있었을까. 지금도 새우젓을 보면 어디선가 속삭임이 귀먹은 귀에 들려오는 소리처럼 들려온다. 새우들이 까만 눈동자로 말을 한다……

새우젓의 새우 두 눈알

까맣게 맑아

하이얀 몸통에 바알간 꼬리

옛 어느 하루 맑게 돋아나게 하네

달밤이면 흰 새우, 그믐밤이면 붉은 새우

그게 새우잡이라고 배운 낡은 포구

멀리 밝게 보이네

세상의 어떤 눈알보다도 까매서

무색한 죽음

삶에 질려 아득히 하늘만 바라보던

그 사람의 까만 두 눈

옛 어느 하루 멀리 맑게 돋아나네

그게 사랑의 뜻이라고 하네

멀리 사라진 모습이

맑게 살아나는 게 사랑이라 하네

　그 시절의 나를 돌아보며 나는 또 하나의 사랑 노래를 얻는
다. 그 속삭임들을 다 옮겨놓을 수 있을까, 멀리, 그러나 맑게.
어두운 시절을 '맑게 돋아나'게 하려는 뜻은 시적 변용에 머물
뿐인가. 지독한 삶의 자멸, 즉 '부운멸(浮雲滅)'을 어찌해보려고
스스로 새우젓 종지 하나를 붙들고 있는 내 꼴이 아닌지, 나는
황망하여 담배를 피워 물었다. 예전부터 나는 포구는 동굴 같
다는 생각이 들었었다. 아주 오래전에 자연 동굴은 인간의 삶
의 공간이었다. 포구에서 바다로 나가는 사람들은 동굴에서
사냥을 나가는 사람들과 같았다. 사람들은 잡은 것을 동굴로,
포구로 가져온다.

　그렇다면 나는 포구에서 사냥 나간 누구를 기다렸다는 말이
된다. 나 자신을 못 내보내고 나는 나의 희망을 대신 내보냈다

고 해도 좋을 듯하다. 아니, 절망이라는 엔진을 달고 꽃, 사랑, 꿈을 찾아나섰다고 해도 좋을 듯하다. 그 사실을 본 것은 이제 잡힌 새우의 새까만 두 눈알뿐.

나는 내 눈'알'이 흐려지는 걸 남에게 보이지 않으려고 공연히 구락부의 팸플릿을 다시 들여다보았다. 벽돌로 지어진 이 층 건물은 연면적 367.11평방미터로 지붕은 일본식 합각지붕과 맨사드 지붕이며 마감재료는 양철이라고 했다. 정면 중앙부와 오른쪽 창문 위는 삼각형의 페디먼트 장식이 도드라져 있고, 왼쪽 창문 위는 평아치로 처리되어 있는 것은 대칭성에 변화를 준 것이라는 설명. 내부에는 사교실, 도서실이 있었고, 당구대도 놓여 있었다.

"여기서 무슨 행사를 하면 좋겠군요."

나는 옆으로 다가온 김 시인에게 말했다. 그는 머리를 끄덕였다. 아닌 게 아니라 몇 번 문화 행사를 했다는 말도 곁들였다.

구락부는 그동안 역사의 소용돌이를 그대로 받아들인 증인이었다. 조계제도가 폐지된 뒤 기능을 잃고 1913년 일본 재향군인연합회가 정방각(精芳閣)이라는 이름으로 사용하였다. 1934년부터는 일본부인회가 들어왔고, 해방 뒤에는 미군 장교 클럽, 1947년부터는 대한부인회 인천지회가 사용하였다. 그뿐인가, 6·25 때는 북한군 대대본부가 설치되었는가 하면 미군 사병 클럽이 들어와 있기도 했다. 1952년부터는 의회, 교육청, 박물관, 중구문화원으로 이어 바뀌었다. 지금은 지정 유형문화재 제17호로서 인천광역시 문화원 연합회가 사용하고 있다. 시대에 따라 변하고 또 변한 명칭을 열거하면 우리 근대 역사가 한 줄기로 꿰어질 터였다. 제물포구락부의 '구락부'도 본래의 '클럽'이 조계제도가 폐지됨과 함께 일본식으로 '구락부'가 된 것이었다. 설계자가 러시아인으로서 중국 상하이에서 건축 기술자로 일하다가 독일인 묄렌도르프에게 발탁되어 왔다는 사실까지 합치면, 세계 여러 나라가 모인 곳일 뿐만 아니라 시대 변천이 오롯이 모아져 있는 만국기의 건물이었다. 나는 설계자인 사바틴의 자료를 찾아보았다.

벽안의 러시아 사람 사바틴(Sabatin, A.S)은 1883년 초 세관을 세우기 위한 차관 교섭차 상하이에 온 묄렌도르프의 보좌관으로부터 꿈같은 제의를 받는다. "대조선 국왕이 올바로 사람을 쓰려 하는데 일할 마음이 있으면 외국 조계지 측량과 궁궐 건축을 맡아달라." 그해 9월, 23세의 청춘은 청운의 꿈을 품고 이 땅에 왔다. 그러나 그는 제대로 된 교육을 받은 건축 전문가가 아니었다. "귀하를 천거하기 곤란하다. 최소한 중학교 전 과정을 이수한 인물을 필요로 한다." 1895년 9월 러시아 공사관은 러시아어 학교 교사로 자신을 추천해달라는 그의 요청을 학력 미달을 이유로 거절했다. "본인은 2급 자격을 부여하는 교육기관이 발급한 증명서를 갖고 있다." 그의 항변을 근거로 종래 그가 '육군 유년학교 공병과'를 나온 것으로 알려져왔다. 아들 표트르가 기억하는 부친은 '독학으로 공부'해 입신한 인물이었다. 그러나 타지아나 심비르체바의 연구에 따르면, 그는 러시아 교육기관 중 다소 수준이 떨어지는 '항해사양성 전문 강습소(Maritime Classes)'를 수료한 것으로 보인다.

그는 공식 자격증이 없던 건축가였기에 유럽의 전통 양식에 한국적 특색을 가미한 독특한 창조물을 남길 수 있었다. 파리의 개선문을 모델로 '신로만 양식'을 따랐지만, 장식을 최소화함으로써 한국의 전통 건축미도 배어나오는 독립문이 그 대표적 사례다. 인천부두와 해관청사, 세창양행 직원 사택, 러시아 공사관, 덕수궁 내 중명전과 정관헌, 그리고 손탁호텔 등. 1904년 러일전쟁이

터져 귀국길에 오르기까지 20년간 그는 자신을 '조선 국왕 폐하의 건축가'로 칭하며, 죽어가는 왕조의 마지막 길이 어떠했는지를 증언한다는 축조물을 개항장 인천과 수도 서울에 남겼다.

"마루는 20~25명의 양복 차림 일본인들이 일본도로 무장한 채 점거하고 있었고, 그들은 방의 안팎으로 뛰어다니며 여인들의 머리채를 잡아끌고 나와 마루 아래로 내던져 떨어뜨리고 발로 걷어찼다." 그는 명성황후가 궁궐에서 일본의 우익 낭인들에게 참살 당하는 비극을 목격하고 그 만행의 진실을 당당히 증언한 '고매한 목격자(Noble Winess)'이기도 했다. 그때 우리는 제국주의 열강의 침략을 막고 근대국민국가를 세우는 시대적 과제를 달성하는 데 실패했다. 몸은 썩어도 뼈는 남듯이, 그의 손길로 지어진 근대 건축물들은 남의 힘을 빌려 살아남으려다 망국의 슬픈 역사를 쓰고 말았던 그때의 뼈아픈 교훈을 망각하지 말라는 메멘토 모리(Memento Mori)로 남아 오늘 우리 곁을 지킨다. (허동현 경희대학교 후마니타스 칼리지 교수)

이런 곳은 세계에서도 흔치 않을 것이었다. 그러나 그것은 고난과 시련의 만국기였다. 게다가 그곳 자유공원에는 맥아더 장군의 동상이 서 있다는 사실을 나는 알고 있었다. 저 바다로부터 이곳으로 온 사람들과 배들과 나라들. 이 동산은 그리 높지 않은 곳에서 굽어보고 있구나.

나는 동산과 함께 바다를 굽어보고 있다는 생각에 빠져들었다. 대학 때인가, 저 바다에 떠 있는 통나무 위에 올라 망둥이 낚시를 했었다. 내가 어떻게 그 바다까지 갔는지는 수수께끼인데, 외국에서 수입해 온 아름드리 통나무가 둥근 그대로 둥둥 떠 있는 광경은 퍽 색달랐다. 그리고 그 위에 올라타려면 빙글빙글 도는 통에 미끄러지기 십상이어서 쉽지 않았다는 것만은 아직도 기억에 새로웠다. 인천항의 지정학적 위치라든가 외세의 개입 등등 진지한 문제는 뒷전인 채 오로지 망둥이 낚시에 재미를 느끼는, 젊다기보다 어린 나였다. 둥근 통나무 위에 올라앉아 낚싯대를 드리운 나는 어디에 있을까. 그 바다는 어디였을까. 가늠할 수가 없었다. 항구의 모습이 워낙 달라진 데다가 세월은 그만큼 흘렀다. 그렇지 않더라도 내 기억력이 그토록 꼼꼼할 리는 없었다.

그래도 멀리 섬들은 어딘지 낯익었다. 그러나 나는 월미도

가 육지와 연결되기 전에 가본 적이 있었지만 나머지 섬들과는 인연이 없었다. 그런 가운데 작약도에 갔던 날의 희미한 시간이 누렇게 바랜 사진처럼 망막을 지나갔다. 시인이 되고 동인을 만들어 동인지를 낸 기념으로 나들이를 했었다. 시인들은 시에 관한 무슨 기념 모임을 좋아하는 것이다. 그런데 생전 얼씬하지도 않던 작약도는 웬일인지 모를 일이었다. 강은교, 김형영, 박건한, 석지현, 윤후명, 임정남, 정희성, 이들 동인들이 다 갔는지는 정확치 않다. 우리는 그날 새로운 시인으로서의 모임을 자축했다.

나는 맥아더 장군의 동상이 바라보이는 벤치에 앉아 담배를 피워 물었다. 장군이 입에 물고 있던 그 유명한 옥수수파이프는 어디에 있을까. 옥수수를 먹고 나서 그런 파이프를 만들어볼까 속을 파내기도 했었다. 내 담배 연기가 흩어지는 쪽으로, 항구 밖의 섬들은 구락부의 안내 팸플릿에 나와 있는 옛 지도 속 섬들처럼 형체가 가물거렸다. 죽은 사람들이 남긴 구두짝 같은 섬……이라는 표현을 할 수 있을까. 나는 내 엉뚱한 상상에 퍼뜩 당황했다. '구두짝'이 아니라 '발자국'쯤이 되어야 할 것 같았다. 섬이 왜 내게 발자국이 되는가. 아마도 조병화 시인이 쓴 시에서 '바다 기슭'을 연상했는지도 모른다. 언젠가 조병화 시인이 살았었다는 집에 가서 떠올렸던 그 시가 다시 머리에 맴돌았다. 산부인과 의사였던 부인의 병원과 살림집을 겸했던 건물의 이층은 카페가 되어 있었다. 나는 고등학교를 마칠 무렵 시인의 산문집《밤이 가면 아침이 온다》를 읽었다. 내가 산 문학책으로서는 박목월 시인의《보랏빛 소묘(素描)》에 이어 다섯 손가락 안에 곱히는 책이었다. 그것만으로도 조병화 시인은 내게 잊을 수 없는 이름이 된다.

> 잊어버리자고/바다 기슭을 걸어보던 날이/하루/이틀/
> 사흘//여름 가고/가을 가고/조개 줍는 해녀의 무리 사
> 라진 겨울 이 바다에//잊어버리자고/바다 기슭을 걸어
> 가는 날이/하루/이틀/사흘

　그 '바다 기슭'은 어디를 말하는 것일까. 인천, 하면 나는 이 구절이 떠오르며 그곳이 어디인지 늘 궁금했다. 곳곳에 시비라는 게 세워지는 풍조인데 그 시를 새긴 시비가 있다는 말은 듣지 못했다. 내가 내려다보는 섬과 시 속의 '바다 기슭'은 서로 아무런 연관이 없다고 봐야 할 것이었다. 아마도 연안의 바닷가였겠지만 개발이라는 명분과 함께 모든 게 순식간에 사라

져버리는 우리네 사정에 비추어 어디가 어딘지도 모르게 변했을 듯싶었다.

오래전에 없어진 협궤열차를 타고 송도에 내려 구락부로 향한다는 동선에는 문학산 아래 있었던 결핵 요양원이 포함되어 있었다. 그곳이 꼭 포함되어야 하는 것은 친구 이원하의 '발자국'이 있기 때문이었다. 그는 결핵을 앓아 학교를 포기하고 그곳 요양원에 들어갔다고 했다. 그리고 '운명적'으로 동료 여자 환자를 만나 결혼했으며, 세월이 지난 다음 나와 이웃하여 내 친구가 되었다. 홍콩이 중국에 반환되던 무렵, 그것이 세계사적 사건이라며 소설로 써보겠다고 홍콩으로 간 이래 어찌어찌하여 필리핀의 원주민 언어인 타갈로그어를 배운다고 책을 보여준 것이 우리의 마지막 만남이었다. 한국에 남아 있던 아내와 헤어지게 된 그는 지금 어디서 무엇을 하고 있단 말인가. 타갈로그어를 말하며 필리핀 어느 골짜기를 헤매고 있다는 상상을 한 적도 있었다. 그를 따라 문학산 아래 허름한 주막에 들러 '운명적인 사랑' 이야기를 듣던 나는 지금도 종종 그를 생각하는데, 그는 어디서 그 '운명'을 되새기고 있단 말인가.

하기야 그 무렵 만난 여러 동료들이 이미 이 세상 사람이 아닌 것이다. 80년대 중반, 안산으로 거처를 옮긴 나는 영화인들을 비롯한 여러 '예술인'들과 어울려 밤이 낮인지 낮이 밤인지 모를 시간을 보내고 있었다. 그 무렵 만난 문인들로 손꼽을 사람이 소설가 박기동, 박영한, 이균영, 이원하였다. 물론 시인 고정희도 있었고, 소설가 이관용도 있었다. 우리는 그 새로운 땅의 산과 들과 바다로 하루가 멀다 하고 쏘다녔고, 밤이면 포장마차에 진을 쳤다. 나는, 우리는 포구와 염전과 협궤열차를 얘기하며 불안한 미래를, 불순한 시대를 저주하곤 했다.

그러던 어느 날, 고정희에게 나쁜 소식이 있다는 급보를 듣고 집에 전화를 걸지 않았던가. 그리고 전화에 녹음해둔 목소리를 듣지 않았던가. "저는 수요일에 돌아올 예정입니다. 그때 다시 연락 주십시오." 그러나 그녀는 이승에 없는 사람이었다. 내게 "윤형, 술 조심해" 하던 박정만. 그도 42세에 세상을 등졌다.

그리고 나는 안산을 떠났다. 서울로 온 얼마 뒤, 이균영이 찾아와 소설을 다시 쓸 계획을 들려주었다. 〈어두운 기억의 저편〉으로 이상문학상을 탄 젊은 귀재는 그동안 역사 공부, 특히 신간회 연구 때문에 소설에서 멀어져 있었다. 그리고 양평 어디로 냉면을 먹으러 가자고 했다. 그러나 약속일이 가까운 날, 그는 교통사고로 저세상 사람이 되고 말았다.

박영한은 나의 초등학교와 대학교의 후배라는 인연으로 불가분 가까울 수밖에 없었다. 그가 《머나먼 쏭바강》으로 오늘의 작가상을 탔을 때, 나는 시인이었다. 그와 '한잔'을 기울인 그 많은 시간은 문학과 싸움한 시간을 대변한다. 그러나 몇 해 전에 세상을 떠났다. 그 밖에 이관용은 알 수 없이 야산에서 불에 타 죽어 발견되었는데, 이원하는 도대체 어디로 갔는지조차 종적이 가뭇할 뿐. 그의 실종은 '운명적인 사랑'이라는 말만큼이나 나를 불편하게 하건만. 나는 그와 그 아내와 함께 소래로 갔던 날을 아직도 가까이 느끼고 있건만.

섬에서 행사가 열리는 날, 나는 다시 협궤열차를 타고 가야 한다. 예전의 나에서 지금의 나로 이어지는 길을 밟아보고 싶은 것이다. 새로운 삶의 터전에 익숙해지느라 바닷가 곳곳을 헤매고 다닌 내게 무엇이 있었던가. 흐린 바다가 있었고, 갯고랑을 드나드는 통통배가 있었고, 염전이 있었고, 갯가풀 나문재와 퉁퉁마디가 있었고, 무엇보다도 협궤열차가 있었다. 우리나라에서 유일한 꼬마 열차였다.

어쨌든 이제는 없는 협궤열차를 타고 나는 가야 한다. 그와 함께 내 머리는 문득 한 구절의 시를 읊고 있었다.

　　그들이

섹스 피스톨스의 〈아나키 인 더 유케이〉를 부르며 떠들
지라도
나는 인천의 바다 기슭을 걷고 싶다.
하루 이틀 사흘……
옥수수파이프를 입에 물고
하루 이틀 사흘……

섹스 피스톨스는 왜 나왔는지 모를 일이었다. 그 곡명은? 알
길이 없었다. 평소에 익숙하게 알고 있던 이름도 아니었다. 그
옛날 조계를, 제물포구락부를 드나들던 외래인들의 문화가 지
금의 현상에 덧씌워지며 불쑥 얼굴을 내밀었다고밖에는 설명
할 수 없을 텐데, 그것도 미지수였다. 혹은 행사 장소가 구락부
아닌 섬이라는 데서 온 패러디였을까. 하지만 '섹스 피스톨스
의 〈아나키 인 더 유케이〉'라는 고유명사 대신에 다른 유행곡,
유행작을 대치해도 그만이라는 단서를 달고는 싶었다. 문학
작품이라도. 더 이상 설명은 금물. 돌이켜보면 이제까지 나는,
나를 설명할 수 없을 때, 진정 나를 느끼지 않았던가. 그리하여
무엇인가 쓰지 않으면 안 된다고, '나'를 향해 책상 앞에 앉지
않았던가.

송도에서 협궤열차를 내린 나는 소래와 요양소와 제물포구
락부를 거쳐 마침내 섬으로 가는 통통배를 탈 것이다. 아니, 협
궤열차를 탄 채 섬까지 가게 될지도 모를 일이다. 그리고 '바다
기슭'을 걸으며 필리핀의 원주민 언어 타갈로그어로 '안녕'을
말할 것이다. 모든 사라진 것들에 한국어로 '안녕'을 말할 것이
다. 일본 합각지붕 아래, 혹은 필리핀 어느 골짜기에서 '삐걱삐
걱삐걱…… 옛사람 누가 걸어오고 있는 발걸음 소리'를 들을
것이다. 먼 실크로드를 거쳐 마침내 돌아오는 그녀, 류의 발걸
음 소리를 들을 것이다. 그녀는 떠나갔으나, 떠나가지 않았으
므로.

협궤열차의 바퀴 소리

중국에서 열린 베이징 한국문화원 행사에서 누군가 물었다.

"혹시 《협궤열차》를 쓰신……?"

나는 그를 바라보며 그렇다고 대답했다.

세월이 지난 지금도 그 작은 열차는 그렇게 내게로 오고 있었다. 서울을 떠나 마치 유배를 당한 것 같았던 시간. 그때 잘가닥잘가닥 좁은 철길을 밟으며 가까이 다가오는 작은 열차가 있었다. 그곳 사람들의 삶과 역사를 실은 열차였다. 새로운 도시의 탄생과 함께 황량한 땅에서 어떻게든 살아남아야 한다는 강박감에 시달리던 나는 그것을 쓰기 시작했다. 산과 호수와 바다가 있는 신도시는 황량한 게 아니라 풍량한 곳이었다. 나는 내 삶 속에 그 자연과 문화를 받아들였다. 그리고 협궤열차의 바퀴 소리가 내 글이 굴러가는 소리로 들리기 바랐다. 한밤에도 협궤열차는 흐린 불빛을 담고 달린다. 삶은 언제나 멈추지 않고 어디론가 가고 있다. 그 삶 가운데 내가 있다. 그러므로 나는 외롭지 않다. 그것을 나타내는 게 내 소설이다. 문학은 삶 자체이다.

그곳을 떠나올 무렵, 버스 터미널 예정지의 빈 땅으로 가서 버스를 타고 올 사람을 기다렸다. 박주가리 덩굴이 새 삶을 향한 듯 구불구불 자라 잎겨드랑이에서 꽃송이가 피고 있었다. 모르던 꽃의 발견이었다. 그리고 나는 이 책의 원고들을 안고 폐쇄 병동으로 들어갔다. 이 책은 폐쇄 병동 이부영 의사 선생님의 호의 아래 정리되었다. 지금도 나는 그 덩굴꽃을 일부러 심는다.

그로부터 나는 협궤열차가 어디든 내가 꿈꾸는 곳으로 나를 싣고 가는 열차라고 믿는다. 산이든 호수든 바다든…… 아니, 섬이든 사막이든……

얼마 전 그곳에 갔다가 동네 뒷산 가사미산에 홀로 올랐다. 나는 옛 터전을 내려다보았다. 언젠가 겨울 호숫가에서 B와 L과 셋이서 어울린 사진 한 장. 훌륭한 글을 남긴 그 둘은 어느

덧 이 세상에 없고, 무성하던 엄나무도 시들어 있었다. 나는 난간을 붙들고 천천히 걸어 내려왔다. 멀리서 협궤열차의 바퀴 소리가 들려오기를 귀 기울이고 있었다고 해야 한다.

2016년 여름

윤후명

작가 연보

1946년 강원도 강릉에서 태어났다.

1967년 《경향신문》 신춘문예에 시 〈빙하(氷河)의 새〉가 당선되며 시인으로 입
신했다. 그로부터 신춘문예 당선 시인들의 모임인 《신춘시》에 작품을
발표하다가 시 동인지 《70년대》의 창간 동인으로 활동하면서 시인에
의 길에 본격적으로 들어섰다.

1977년 그동안 여러 출판사들을 전전하며 써 모은 시들을 엮어 시집 《명궁(名
弓)》을 문학과지성사에서 펴냈다. 개인적으로 문학적 성과이기도 한
이 시집은, 동시에 문학적 갈증을 유발시켰고, 그 무렵 밀어닥친 가정
사의 문제와 뒤엉켜 소설에의 길을 모색하는 계기가 되었다.

1979년 《한국일보》 신춘문예에 단편소설 〈산역(山役)〉이 당선되며 소설가가
되었고, 이듬해에 다니던 출판사를 그만두고 소설가로서의 삶만을 살
기로 결심했다.

1980년 소설 동인지 《작가》의 창간 동인이 되었다.

1983년 거제도 체류. 중편소설 〈돈황(敦煌)의 사랑〉으로 녹원문학상을 수상했
고, 동명의 표제작으로 첫 소설집을 문학과지성사에서 펴냈다.

1984년 단편소설 〈누란(樓蘭)〉(뒤에 〈누란의 사랑〉으로 개작)으로 소설문학
작품상을 수상했다.

1985년 단편소설 〈엉겅퀴꽃〉과 〈투구게〉를 중편소설 〈섬〉으로 개작, 한국일보
문학상을 수상했다. 소설집 《부활하는 새》를 문학과지성사에서 펴냈다.

1986년 단편소설 〈팔색조〉(소설집에는 〈새의 초상〉으로 수록), MBC 베스트극장
에서 드라마 방영.

1987년 산문집 《내 빛깔 내 소리로》를 작가정신에서, 중편소설 문고 《모든 별
들은 음악소리를 낸다》를 고려원에서 펴냈다.

1988년 중편소설 〈높새의 집〉이 국제 펜 대회 기념 《한국 소설집》에 번역(서지

문 옮김), 수록되었고, 〈모든 별들은 음악소리를 낸다〉가 무용가 김삼
진에 의해 호암아트홀에서 공연되었다.

1989년 소설집 《원숭이는 없다》를 민음사에서 펴냈다.

1990년 장편소설 《별까지 우리가》를 도서출판 둥지에서, 산문집 《이 몹쓸 그
립은 것아》를 동서문학사에서, 장편소설 《약속 없는 세대》를 세계사에
서, 문학선집 《알함브라궁전의 추억》을 도서출판 나남에서 펴냈다.

1992년 장편소설 《협궤열차》를 도서출판 창에서, 장편동화 《너도밤나무 나도
밤나무》와 시집 《홀로 등불을 상처 위에 켜다》를 민음사에서 펴냈다.

1993년 《돈황의 사랑》이 프랑스 출판사 악트 쉬드(Actes Sud)에서 번역(최윤 옮
김)되어 나왔다.

1994년 중편소설 〈별을 사랑하는 마음으로〉로 현대문학상을 수상했다.

1995년 중편소설 〈하얀 배〉로 이상문학상을 수상했다. 한국소설가협회 기
획분과위원회 위원장에 선임되었다. 연세대학교, 동국대학교 국문학
과 강사(~1997년).

1997년 소설집 《여우 사냥》을 문학과지성사에서, 산문집 《곰취처럼 살고 싶
다》를 민족사에서 펴냈고, 한국소설학당을 설립했다.

1998년 추계예술대학교 강사(~2000년).

1999년 단편소설 〈원숭이는 없다〉가 독일에서 나온 《한국 소설집》에 번역(안
소현 옮김), 수록되었다.

2000년 민족문학작가회의 이사로 선임되었다.

2001년 추계예술대학교 문예창작과 겸임교수가 되고(~2003년), 소설집 《가장
멀리 있는 나》를 문학과지성사에서 펴냈다. 한국소설가협회 이사, PEN
클럽 기획위원회 위원으로 선임되었다.

2002년 단편소설 〈나비의 전설〉로 이수문학상을 수상했다. 산문집 《그래도
사랑이다》를 늘푸른소나무 출판사에서 펴냈다. 중편 〈여우 사냥〉이 일
본의 이와나미문고에서 나온 《현대한국단편선》에 번역(三枝壽勝 옮김),
수록되었다. 대한매일신보 명예논설위원, 연세대학교 동문회 상임이
사(문화예술분과)로 위촉되었다.

2003년 산문집《꽃》을 문학동네에서 펴냈다.

2004년 소설가협회 중앙위원이 되고, 2005년 독일 프랑크푸르트 도서박람회 주빈국(한국) 출품 도서 '한국의 책 100선'에《돈황의 사랑》이 우리 소설 16편 중 하나로 선정되었다. 동화《두부 도둑》을 자유지성사에서 펴냈다.

2005년 장편소설《삼국유사 읽는 호텔》을 랜덤하우스중앙에서 펴냄과 함께 《돈황의 사랑》을《둔황의 사랑》으로(문학과지성사),《이별의 노래》를 《무지개를 오르는 발걸음》으로(일송북) 제목을 바꾸고 여러 곳 손을 보아 다시 펴냈다. 프랑크푸르트 도서전을 계기로 독일 순회 낭송회에 참가, 본 대학과 뒤셀도르프 영화박물관에서 작품을 낭송하고 해설하는 행사를 가졌다.《The love of Dunhuang(둔황의 사랑)》(김경년 옮김) 이 미국 CCC출판사에서 나왔다. 서울디지털대학교 초빙교수.

2006년 《敦煌之愛(둔황의 사랑)》(왕책우 옮김)이 중국에서 나왔다. 국민대학교 문예창작대학원 겸임교수(~현재). 시와 소설 그림집《사랑의 마음, 등불 하나》를 랜덤하우스중앙에서 펴냈다.

2007년 단편소설〈촛불 랩소디〉로 제12회 현대불교문학상을 수상했다. 소설집《새의 말을 듣다》를 문학과지성사에서 펴내고, 이 책으로 제10회 동리문학상을 수상했다.

2008년 《21세기문학》편집위원.

미술; 「티베트의 길, 자유의 길 전」(헤이리 '마음등불')에 참여했다.

2009년 중국 베이징 주중 한국문화원 개원 2주년 기념행사 '한중작가 사인회'(장편《인민을 위해 복무하라》의 중국작가 옌롄커(閻連科)와 미국 LA 한인문인협회 세미나에 참가(강연)했다. 문학 그림집《지심도, 사랑을 품다》를 펴내고(교보문고), 전시회와 낭독회(거제도)를 가졌다.

미술; 「독도 전」(전국순회전), 「어머니 전」(미술관 가는 길), 「구보, 청계천을 읽다 전」(청계천 광장, 부남미술관).

2010년 한국소설가협회 부이사장이 되고, 중국 난징(난징대학)과 타이완 타이베이(정치대학) '한국문학포럼'에 참가. 산문집《나에게 꽃을 다오 시간

이 흘린 눈물을 다오》를 중앙북스에서 펴냈다. 중편소설 〈하얀 배〉
〈모든 별들은 음악소리를 낸다〉 고등학교 교과서에 수록.

　　미술; '문인 자화상 전'(신세계갤러리), '한국의 길―제주 올레 전'(제
주현대미술관. 포스터 채택), '이상, 그 이상을 그리다 전'(교보문고, 부남미
술관선유도), '조국의 산하전'(헤이리 '마음등불'), '한국, 중국, 오스트리아
교류전'(헤이리 아트팩토리).

2011년 《한국소설》 편집주간을 겸임하고, '한국작가총서 문학나무 이 한 권의
책 001' 《사랑의 방법》을 '문학나무'에서 펴내고 문학교육센터(남산도
서관)에서 낭독회를 열었다.

　　미술; 한일교류전(헤이리 한길아트), '아트로드77'전(헤이리 리앤박 갤러
리), 조국의 산하전(광화문 '광' 갤러리)

2012년 육필시집 《먼지 같은 사랑》을 지식을만드는지식에서, 시집 《쇠물닭의
책》을 서정시학에서 펴냄. 제1회 부산 가마골소극장 문학콘서트를 열
고, 소설집 《꽃의 말을 듣다》를 문학과지성사에서 펴냄과 함께 첫 개
인 그림전시회 '꽃의 말을 듣다'(서울 인사아트센터) 개최. 장편소설 《협
궤열차》를 다시 펴내고(책만드는집), 《둔황의 사랑》이 러시아에서 출간
됨(박미하일 옮김). 제1회 고양행주문학상 수상.

2013년 세계인문문화축제 '실크로드 위의 인문학, 어제와 오늘'(교육부, 경상북
도 주최)에서 '실크로드의 문학' 발표. 시집 《쇠물닭의 책》으로 제4회
만해님시인상 작품상 수상.

2014년 미술; 개인 초대전 '엉겅퀴 상자'(길담서원 갤러리).

2015년 서울대통일평화원 인권소설집 《국경을 넘는 그림자》에 단편 〈핀란드
역의 소녀〉 발표. PEN 세계한글작가대회 강연, 강릉 문화작은도서관
명예관장, 토지문학제 명예대회장, 몽블랑 문화예술후원자상 심사위
원, 수림문학상 심사위원장, 이상문학상, 산악문학상 외 각종 문학상
심사.

현재 문학비단길, 문학나무 고문, 강릉문화작은도서관 명예관장.

윤후명 소설전집 03

협궤열차

1판 1쇄 인쇄 2016년 8월 31일
1판 1쇄 발행 2016년 9월 7일

지은이 · 윤후명
펴낸이 · 주연선

책임편집 · 강건모
편집 · 이진희 심하은 백다흠 이경란 윤이든 강승현
디자인 · 이승욱 김서영 권예진
마케팅 · 장병수 김한밀 정재은 김진영
관리 · 김두만 유효정 신민영

(주)은행나무

04035 서울특별시 마포구 양화로11길 54
전화 · 02)3143-0651~3 ㅣ 팩스 · 02)3143-0654
신고번호 · 제 1997-000168호(1997. 12. 12)
www.ehbook.co.kr
ehbook@ehbook.co.kr

잘못된 책은 바꿔드립니다.

ISBN 978-89-5660-605-7 04810
ISBN 978-89-5660-996-6 (세트)